最短的白日　迟子建

作家出版社

目 录

最短的白日 …………………………001

雪窗帘 ………………………………017

门镜外的楼道 ………………………032

白　墙 ………………………………054

二重唱 ………………………………065

格里格海的细雨黄昏 ………………085

蒲草灯 ………………………………101

月光下的革命 ………………………122

挤奶员失业的日子 …………………141

旅　人 ………………………………152

庙中的长信 …………………………170

回溯七侠镇 …………………………186

与水同行 ……………………………200

烟霞生卒年表 ……………………210

爱情故事 …………………………221

重温草莓 …………………………228

最短的白日

是冬至的正午，我在古兰甸附近的一家乡镇卫生院做完三台肛肠手术，搭乘一辆破旧的运输水果的货车，赶往大连。

货车司机是我第二台手术的患者的哥哥，看上去五十上下，虎背熊腰的。他见了我先问吃了没。我摇摇头，告诉他我去高铁上吃。他一抹嘴说："咳，早知道把剩下的半盘饺子给你带来好了，冬至的饺子夏至的面，不吃的话，就觉得这日子没过似的！我老婆今儿包的饺子，是鲅鱼韭菜馅的，可鲜亮呢。我吃了满满一盘，还抿了两盅酒呢。"

我坐在副驾驶的位置上，抽了抽鼻子，我的过敏性鼻炎发作了。司机以为我是在闻他酒气大不大，说："放心，我喝了一两不到，你没看脸都没红吗？这点儿酒对我来说，就跟女人抹口红差不离，沾沾唇，表面光鲜，肚里还素着呢。"说完，他打了一个悠长的呼哨。

司机的快乐不是没来由的。他顺路载我去大连，我们少收了他弟弟几百元钱，他就不用给他弟弟钱了。不然照当地风俗，亲人进医院做手术，哪怕只是摘除个阑尾，也得出个三头五百。

我从早晨八点进手术室，平均一小时一台。手术间隔我不过喝口茶，抽支烟，做做深呼吸，略解疲劳。所以现在两腿酸痛，双手僵直，手脚有被捆绑的感觉。

货车离开灰蒙蒙的小镇，驶上高速公路了。

我想趁此打个盹儿，可司机不知是生性好说，还是酒精作用，谈兴很浓，他一边开车一边问："你头晌做了几台手术？"

我懒得用言语答他，伸出左手，竖起三根手指。

"我弟说他比进城做手术少花不少钱呢。就是这样，在镇卫生院，也得花四五千，你得分掉其中一多半吧？你是外请的高手，主刀的，肯定拿大头！"他用右掌拍了一下方向盘，像法官在宣判时落下法槌，给我一锤定音了。

我含糊地"哦——"了一声，算是回答。

他"咳"了一声，说："技术跟技术的命真不一样啊，握手术刀的，就比我这握方向盘的吃香！你割仨屁眼儿，四五千块钱到手了吧？我起早贪黑地干，活儿好的话，半个月才能挣这么多哇。"

虽说我外出做的这类手术风险很小，患者术后在卫生院监测一下体温、呼吸，如无感染和其他并发症，一周内即可出院，但我毕竟是肛肠病专家，司机称我为"割屁眼儿的"，让我不爽。我白了他一眼，身体后倾，头搭在座椅靠背上，抱起胳膊，耷拉下眼皮，身体呈现出一种为他闭幕的状态，他只能长叹一声，专心开车了。

从哈尔滨西站到大连北站，再从大连北站到哈尔滨西站，这两三年来，我数次往返于这段旅程。通常来说，我从哈尔滨出发是正午，四个多小时后，就置身大连了。如果是夏秋时节，我会在黄昏时分先去泡个海水澡，然后吃顿海鲜，踏实睡上一觉，第二天清晨奔向手术地。我付出精湛的医术，受痛又受惠的，是那些亟待手术却在大城市医院排不到床位的人，是对大医院的手术费望而却步的人，是小病终可小治的普通患者。我与乡镇卫生院有约在先，收取足够丰厚的专家主刀费。要是一天能做四五台手术，我的钱包就是被蜜浸润的蜂巢，叫人心甜。有时赚个千头八百的，我也乐意跑一趟。为患者解除病痛，毕竟能给我黯淡的生活带来一丝明媚，让我觉得自己是个有用的人。当然，到了冬季，寒流就把我泡海水澡的享受剥夺了，而冬闲下来做肛肠手术的人，却如涨潮的海水，汹涌而至。到了此时，我抵达大连后，会直奔手术地的乡镇（它们多在古兰甸周遭），吃一顿农家饭，在异乡的夜晚，关上房间的灯，坐在窗前吸烟看星星。古兰甸在我眼里就是葵花的花蕊，而那些乡镇是四散的金色花瓣，温暖地照耀疲惫的我。

我像我这个年龄的绝大多数中年男人一样，上有老，下有小。父亲十五年前去世了，如今八十多岁的母亲跟弟弟一家生活。同在一座城市，自从我儿子进了强制戒毒所，母亲见我就生气，每年只允许我看她两次了。一次是七夕节她生日的那天（她会数落我为父失职，害得她长孙没法给她拜寿），还有就是腊八节的那天，她会赐我一碗粥喝。母亲有严重的肺心病，一到冬天病症就加剧，尤其是雾霾天。她声称要活到长孙出戒毒所的那天，代我教育儿子。母亲与我老婆一样，说是养不教父之过，把儿子吸毒，完全归咎于我。这时我会心虚地辩解："'养不教，父之过'中的'父'，不单是指父亲吧。"母亲和老婆闻听此言，总是将双目瞪向我，像要发射子弹一样，令我脊背发凉。

我也的确比较娇宠放任孩子。他自幼想干什么就干什么，想要什么，我就尽量满足他。我以为一棵不经修剪的树，才能顶天立地。可我忘了，他生活的现实丛林，远比真实的丛林要物质和险恶。

我以前在某医科大学一家附属医院的肛肠科工作，作为常上手术台的主刀医生，工资奖金外加患者送的红包，日子过得很滋润。而我收红包，总要还给患者一半。虽说我知道即便这样，我也不是个正人君子，但至少良心稍安。

我的职业让我看多了说死就死的人，医院的太平间从没冷清过，就像妇产科病房总是人满为患一样。不同的是一些人彻底在这世上闭嘴了，一些人则哭喊着来了。不管人生多么悲苦，没谁死后会为自己哭上一场，所以我对灵魂的有知始终持怀疑态度。死了便死了，如同空中的一朵云，散了就散了，不会有同样一朵云的复原。这也决定了我对人生和金钱的态度，该挥霍就挥霍，因为人可以大把大把地赚钞票，却不能大把大把地赚时光。我不讲究穿戴，以我的职业，一件白服得穿大半辈子。我曾跟人说过，要是人人皆是医生，布店的老板就得哭晕。而我穿白服的时候，总觉这是给自己在提前吊孝。除了穿，其他的享乐我都注重：住得舒适，吃得可口，开一辆自己喜欢的车。所以我们家很早就卖掉安发桥下的旧居，在道外买了一套可以看松花江的房子。

说起道外，我老婆不喜欢那个区。我是外县人，可她是在哈尔滨南岗的俄式老房子出生的，那一带原是俄国人的中东铁路高级职员居住区，每幢房子都是带庭院的花园小洋房。虽说后来居于此的中国人是两三家共用一幢，但出生在那儿，她总有点儿跟贵族沾亲带故的优越感，瞧不起旧时下里巴人居住区的道外。如今的道外虽然大加改造了，但依然杂乱，达官显贵极少居此，所以房价相对便宜。而我要的就是道外的这种世俗气，街巷不规整，小店小铺四处开花，夜市吆喝声不绝，古玩市场前是卖糖人和烤红薯的，花街前趴着打盹儿的狗，载货的三轮车夫一边蹬车一边哼着小调，剃头的依然在盛夏时赤膊在街角招揽生意，生活不就是在这乱象中，才活力毕现吗？我最爱道外老字号的小吃店，一个豆腐馅包子，一碟酱牛舌，一瓶啤酒，便是我周末的好享受了。

我老婆在一家事业单位工作，是园艺设计师，收入虽没我高，但也不错。她的工作节奏是：上班绘图，下班搜包。这时的她像个训练有素的医生，而我的钱包则是病灶，她总能不留死角，干净利索地将钱一扫而空。当然，有时她下手慢，会被我儿子先行搜罗去。儿子懒于学业，高中时就三天两头逃课，打网游，泡酒吧，最后只考上了一所郊区的民办大学。他有宿舍却不住，而是租房，和女友住一起。当然，他的女友是不固定的。

我老婆拿了钱，最热衷的是买貂皮大衣。寒风凛冽时足蹬高跟长筒靴，身披款式花色各异的貂皮大衣，"咯噔——咯噔——"地走在中央大街的石子路上，是她最惬意的时光。在哈尔滨这座城市，园艺设计师冬天多半闲起来了，她有充裕的时间炫美。

因妻儿搜我钱包成瘾，迫使我在办公室的抽屉里放私房钱，还在工资卡外，另开了一张卡，不定期存些钱，以备不时之需。密码他们很难破译，747474，就是"起死起死起死"的谐音。一个医生用这样的密码，等于为自己立下了"救死扶伤"的座右铭。我明确告诉老婆儿子，这张卡是我的日常消费卡，休得惦记。除了吃喝和养车，每月支付给母亲一千五百元生活费（打到弟弟的账户上），我还有不能公开的花销。因为除了老婆，我还有一个女人，她是道外开馄饨馆的，丈夫因病去世了，有个上大学的女儿。我先是被她家的馄饨诱惑住，接着是她。虽然她也告诉我，她不止我一个男人。她说不再婚了，哭男人的感受，她不想经历第二次。我和她并不常见，有时彼此忙，或是都没有情人在一起本该有的需求，我们会两三个月也不见一面。有时我有心情了，去馄饨馆找她，赶上她食客不绝，或是她突然渴望我了，冒充病人来挂我的专家号，见我无暇抽身，我们只能在陌生人的包围中，热辣辣地对望一眼，无奈走开。

一个多小时后，货车驶入大连。司机一进城就把我甩下了，说是卡车限行，让我自己打车到北站。我在寒风中等了近二十分钟，才打到一辆车。抵达北站时离开车只剩一刻钟了，我加塞儿取票，走急客安检通道，才没误车。

上车后未等坐稳，车就开了。高铁列车从海滨城市驶出，就像一条闪着银光的带鱼，是我童年唯一在过年时能吃到的那种鱼，扁头，身形如长剑，异常雪亮。得益于我第一台手术的患者，他是乡企老板，给我在网上订下一个特等座，否则我自购的不过是一等座的票。

特等座与一等座在同节车厢，以车厢门为分割点，由磨砂玻璃幕墙，隔成了两个独立空间。特等座占这节车厢的四分之一吧，一共八个座位，却只有两名乘客。另一位乘客是个中年男人，他坐在临窗座位上，哇啦哇啦打电话，与人说玉米的价格，看来是个生意人。列车驶出大连后，他扫了我一眼，嘟囔道："高铁不让人抽烟，真能把人憋屈死。"见我未应，他又开始打电话，这次他是打给家人的，他想家里的狗狗了，非要听听狗狗的叫声。大概狗狗不太配合吧，只听他骂道："真是白疼你了，等我回家，不打烂你的狗头，不算完事！"

列车员进来验过票，分发给每人一份牛皮纸袋包着的食品。我打开一看，不过是两块饼干，一小包花生米，三颗山楂果脯，根本不顶饿。我问列车员，特等座给提供餐食吗？他"哼——"了一声，说："想吃正经饭，你得掏钱买。"我问怎么买，他语气和缓了一些，说："谁下午两点了还不吃饭？饭口早过了。不过我可以帮你问问，看有没有剩下的盒饭。"

列车员走后不久，果然来了个服务员。他像医生一样穿着白大褂，手持托盘上是三份卖剩的盒饭。他问谁要，我说我要。他说了声"二十块"，让我自取一盒。我付过钱，把手伸向三份盒饭，摸了一份稍微温乎的，捧在手中。饥饿的肠胃立刻开足马力，将半生不熟的大米粒和憔悴不堪的青椒肉片，卷入囊中。吃过盒饭，倦意袭来，我斜倚车窗，朝外望去。

天空灰蒙蒙的，原野一片苍茫。飞速掠过的风景中，是光秃秃的庄稼地，三三两两的牛羊，低矮的房舍，火光中烧麦秸的人，以及坟场。是冬至的缘故吧，这些景物在大地折射出长长的影子，与实物相映，看得我眼花缭乱，很快就睡过去了。

我醒来时天色已昏。那位乘客不见了，不知他是在营口、鞍山还是刚经过的沈阳下的车。

一个穿制服的小伙子，与我平行坐在过道另一侧，低头摆弄着手机。他虽坐着，但看得出他身形高大，一双长腿斜伸着，阔背宽肩。他见我伸着懒腰站起来，笑眯眯地盯着我说："叔，你可真能睡，从鲅鱼圈一路睡到沈阳。"

他四方大脸的，宽额，浓眉，不大不小的眼睛，敦厚的嘴唇，圆润微翘的下巴，元宝耳。那挺直的鼻梁，在他平和的面目中，就像一道坚毅的墙，彰显着他温柔中的强悍。

"是啊，我一觉就把天睡黑了。"我对他说。

"叔，这不怪你，这得怪冬至。今天是白天最短的日子，太阳不待见咱，回得太早了。你说太阳相当于天庭的 CEO，它又不用打卡，谁管得了它啥时来啥时回呢。"他幽默地说。

我问他是特等座的服务员吗，他摇摇头，说："我是设备维护和故障处理的。"

我说："那就是技工了？"

他点点头。

"怎么特等座这么少人坐？到了沈阳这样的大站，也没人上吗？"我说。

"叔，这车从起点到终点，才四个来钟头。搁过去，站都能站下来，现在二等座也挺不错，坐一等座的人都少，别说特等座了，这么贵，谁花这个冤枉钱啊？"小伙子摆了一下手，说，"要是我，就买二等座！省下的钱，下车后找家馆子，吃了它。"他吧唧一下嘴，大概想起某种美味了吧。

我说："我当年上大学，寒暑假回家，总是坐硬座，也没觉得苦。现在呢不管岁数大小，屁股都娇气了，知道挑座了。"

小伙子说他观察了坐特等座的，商人和官人多，还有就是"小姐"多。他说那些一身名牌，目光空虚，颐指气使，身上散发着浓烈香水味的女孩，都是不知被什么人包养的人。

我说："你怎么那么肯定？"

他说因为特等座多半闲着，所以他常来此歇歇。这样的女孩上车后，就煲电话粥，他能从女孩的话中，听出端倪。

我问他："你今年多大了？"

"二十五，跑车都三年了。"小伙子说。

我叹息一声，说："你比我儿子才大两岁哇，就自食其力了。你一个月能挣一万吗？"

小伙子把自己的耳朵当风铃了吧，轻轻拨弄了一下，说："叔，一听你就是做大买卖的，挣一万哪能呢！每月最多时开七千，平常也就五六千块。在同学眼里，他们还羡慕我挣得多呢。他们不知道我遭的是啥罪啊，在车上吃不上一顿好饭，能像现在这样清闲坐上一会儿都是少的。有时赶上我休班，领导一个电话又叫你上岗，你要是不来，得罪了领导，哪有好果子吃啊，就得硬挺着上。谁都知道透支身体，不是好事啊。我们段上有个跑车的，比我大四岁，刚结婚两年，连着跑了一个月的车，下车后坐公共汽车回家，结果卖票的发现有个乘客趴在座上睡觉，老不下车，就扒拉他，问他哪站下。结果发现人都硬了。"小伙子叹息一声，说："幸亏他还没孩子呢，要不把媳妇可坑惨了。"

"那你成家了吗？"我问。

"叔，像我这样的人，哪好找啊。我处过一个对象，第一次约她吃饭，就跟她吹了。"小伙子跟我细说原委，"我点菜时，客客气气地叫服务员过来，结果服务员走后您猜她怎么说，她说你又不是不花钱吃饭，对服务员那么恭敬干啥？我一听就觉得这女孩素质不好。结果大师傅把鳇鱼炖土豆做咸了，她吆喝过来服务员，一顿训斥。挨了骂的服务员通告了后厨，大师傅满头大汗出来道歉，说昨夜没睡好，手感不如往日好，盐搁多了些，这道菜他来买单，不收我们钱。可她不依不饶，非要人家重做。我一看哪，她一点儿同情心都没有，不想再见她第二面。吃了饭，我买了单，出了饭馆把她送上出租车，就把她电话列入我手机黑名单了。我想找个朴实的女孩，不张扬，善解人意，能尊重人的，要不将来我妈都得跟着遭罪。"

小伙子的话刺痛了我。我儿子的女友，我见过两个，都是穿奇装异服、满嘴脏话、玩世不恭、喜欢抽烟喝酒的女孩，可他却欣赏她们，称其"活得明白"。他就是带第二个女友泡吧时，沾染上的毒品。那个女孩无论冬夏，都穿超短裙。等我发现儿子的脸色和精神出现异常时，他已染毒两年了。因为从我这里得不到足够的钱，他和女友借高利贷吸毒，所以他进戒毒所，我得为他们偿还近百万元的债。我被迫放弃过去的工作，去了江北一家条件虽一般，但收入和自由度更高些的肛肠病专科医院，这样能外出多揽些活儿。当然，一个人该有的享受我还是要的，吃顿海鲜，看场电影，偶尔去快捷酒店开个钟点房，和馄饨馆的情人私会，短暂快乐一下——而哪种快乐会长久呢。

我曾问儿子，明知毒品有害，为什么要吸？他说生活太无聊了，毫无想象的空间，有钱没钱都空虚。可他吸食毒品后，在幻觉中却无限充实。他想当皇帝就是皇帝，可以锦衣玉食，嫔妃成群，想斩谁就斩了谁。他想做风雅的乞丐呢，就怀抱酒壶，破衣烂衫地穿行在飞舞着蝴蝶的桃花林中。他在幻觉里可以舀银河之水泡茶，可以捉一个地狱的小鬼给他当马夫。当然，他那时还可以给我当老子，发号施令，而我是跪在他面前俯首帖耳的儿子。我根本不知他的空虚从何而来，在我想来，他衣食无忧，即便学业荒疏，不成栋梁之材，也该做个正常人，过个安稳日子。

小伙子见我沉默着，说："叔，是不是你觉得我不该跟那个姑娘吹？反正现在的女孩太多这样的了。不看人品，认钱的多。还有就是爱耍性子，好像不'野蛮'点儿，就不可爱似的。像您这么有钱的，您儿子身后的小姑娘，肯定一帮一帮的，您是不愁找儿媳妇的了！不像我妈，四处托人给我找女友，五十出头的人，都成白毛女了！"

"那你爸不管你的事？"我问。

"我十岁时，爸就没了。他那时在粮库上班，有一年刚上冻时，他赶着毛驴车运粮，为了抄近路，贸然上了一条还没冻严实的冰河，结果冰裂了，他连人带车一起掉进冰窟窿。我爸真可怜啊，驴扑腾着上岸了，他和粮食却沉下去了。我妈憎恨那头驴，她说好牲口能在危难时救主，坏牲口却是扛着招魂牌的小鬼，把主人出卖给阴间了。"

列车到达铁岭西站了。小伙子起身忙他的活儿去了。他起身的一瞬，我看清了他的身高，至少一米八零，真是魁梧。天已黑透，上下车的旅客不多，站台看上去有些冷清。

我心底喜欢上了这个阳光而结实的小伙子，期待着再和他聊聊，可自铁岭起，直到四平和长春，来特等座的，是其他乘务人员了。他们坐下来摆弄一下手机，小憩片刻，也就走了。这样又剩下了我一人。

车窗外是滚滚夜色，如墨流淌。有时经过有灯火的地方，这墨里就撒了星星似的，闪闪烁烁。在时速三百多公里的列车上，窗外所有的风景都仿佛长了腿，拼命在奔跑。所以即便灿烂的灯火，转眼也成了"昨夜星辰"。

列车到达终点站前，小伙子又来了。他见了我亲切地笑着，说："叔，再过一站，就到哈尔滨了，您快到家了。"

"听你口音也是东北人，你家在哪儿呢？"我问。

"已经路过了——"小伙子有点儿惆怅地说。

他没有告诉我他家具体在哪儿，只说那地方在他高考的那年，出了著名的舞弊案。他和作弊的考生在同一考场，知道他们作弊，一直在答卷过程中与自己斗争，是否向监考老师举报（他说怕同学报复，最终选择放弃），所以发挥失常，只考上了一所铁路专科院校。而他的梦想，是学艺术。

"学艺术？"我有些惊诧。

"我爱电影。"他说，"最喜欢伊朗的马基·麦基迪、阿巴斯，还有日本的黑泽明、北野武，他们拍的片子太牛了！"

"那你喜欢黑泽明导演的《德尔苏·乌扎拉》吗？"我问。

"那还用说吗！"小伙子如遇知音，兴奋地竖起大拇指说，"叔，您是我跑车以来，遇见的最有文化的商人！"

小伙子告诉我，他并不喜欢目前的工作，累，枯燥，还危险。有一回列车高速行驶着，雷电突袭，列车紧急停车，车厢也停电了。外面是黑咕隆咚的夜，他打着手电下去查看，站在高架桥上，看着坠落的高压线，就像看着要扼住自己咽喉的绞索，直打哆嗦，差点儿掉下去。危险还不止于此，小伙子说高铁的高压电线是 2.75 万伏的，他感觉头上悬着一把看不见的利剑，担心常年工作会受到辐射，虽说专家说不会对乘务人员的身体有害，但他就是怕。他曾想着不干了，购置点儿专业设备，和几个志趣相投的朋友，一起做微电影，卖给大的网络平台。小伙子边说边从手机中，翻出他用手机拍的一部微电影，点给我看。

这是一部时长只有五分钟的片子，一个三轮车夫在风雨中运货，他穿过一条泥泞而逼仄的小巷，镜头追踪的是车夫的背影，与他并行的，是个打着黑伞拎着一只鸡的紫衣女人。鸡的翅膀被别在一起，像是打了死亡的蝴蝶结，它的冠子在雨中那么鲜艳，可它的腿却在无力地挣扎着。而与车夫相向而行的，先是个披着蓝雨衣一瘸一拐的老汉，跟着是一条垂头丧气的黄狗，再跟着是个挎着一把胡琴，将一块塑料发泡当雨布擎在头顶的赤膊男孩，他仿佛顶着一团雪白的云。三轮车夫所经过的房屋，低矮破旧，有的屋顶还生长着碧草。他就这么蹬着车缓缓向前，越走路越高，也越艰难。到了一个高坎的时候，那个紫衣女人踅进一家小饭馆，大约是卖鸡去了；而先前那条黄狗，不知何时掉过头来，追上三轮车夫。车夫攀越高坎的时候，它在其后，用嘴顶着货物，拼力助推。镜头就此戛然而止。车夫是否越过高坎，黄狗是否帮上大忙，雨最终停了没有，影片都没有交代。

"真好。"我觉得这两个字，不足以说明它对我的震撼，又加了一句，"走心。"

他说："谢谢叔。可惜设备不行，要是有专业的，我会做得更棒。我积累了不少这样微电影的素材呢。"

"这里的人物是真实的，还是你找的演员？"我问。

"你看他们像演员吗？"小伙子对我的判断力有点儿失望吧，他略带嘲讽地翘起嘴角，说，"你能看出演的成分吗？这是我前年夏天休假去乡下玩时，雨中抓拍到的。"

"那你怎么没按照自己的想法辞掉工作，做喜欢的事情呢？"我问。

"叔，正当我想这么做的时候吧，半年多前，我妈有天突然上不来气，浑身出汗，嘴唇比茄子都紫，话都说不出来了，幸好那天我休班，见她不好，赶快送到医院急救。一做心脏造影，发现冠脉有堵塞的地方，得放俩支架。医生就问一句'进口的还是国产的'，这话听着这个冷哇，就好像人到了鬼门关，小鬼说有钱的升天堂，没钱的下地狱一样，我都想哭。国产支架一个一万多，进口的两三万呢。咱当儿子的，咋能说不用进口的呢。就这样，我妈一场手术，把我上班后辛辛苦苦攒的六万块钱给整没影了，哪还有钱购置设备啊。叔，我觉着没啥，妈就一个，得好好待她；微电影嘛，我用手机可以先拍着玩儿，就当是练手啦。再说了，万一我真的置齐了设备，鞍子行了，马却没动力跑起来了，也许还拍不出好片子呢。万一创业失败，我拍的微电影在网上没人点击，得不到报酬，吃饭都会成问题。到了那时，我妈看着我得多闹心啊，还不如跑车呢。"

小伙子从他所崇拜的大银幕电影导演，聊到他的微电影梦，意犹未尽，又谈起了读书。他说喜欢纪实类作品，尤其是艺术家传记，让他有梦里见到隔世亲人的感觉，说不出的温暖和忧伤！他说曾在一家读书网站，按照畅销排行，买过几本排在前列的虚构类小说，中国的外国的都有。小伙子调侃道："那种书翻了开头就知结尾，它的功用就是骗骗小姑娘，让睡不着觉的人看三页打个盹儿，让——"

小伙子话未说完，一个面色寡白、表情严肃、身材瘦小的中年男人进来了，他穿制服，佩戴"列车长"臂章。小伙子见着他霍地起身，打了个立正，歪头冲我扮个鬼脸，迅疾离开了。他走到玻璃感应门前时，那自动弹开的玻璃门，在他硕大的身躯面前，就像毕恭毕敬的仆人。列车长漠然扫了我一眼，旋即离开。

我不知列车到达终点后，在万家灯火时分，我到哪里能吃上一顿冬至的饺子。我老婆热衷于逛商场，说是节假日时一些名牌商品，可以低至三折出售。她逛累了，就在商场的快餐店吃碗过桥米线或是砂锅丸子。儿子进了戒毒所后，她依然爱逛商场，但她一样东西也不买。以前她从商场回来，总是英雄凯旋似的，手中大包小裹的，满面荣光；现在则跟乞丐一样，面色凄苦，空空而归。我渴望着这个夜晚，她或者馄饨馆的女人，能唤我吃碗她们做的水饺。然而没谁给我打一个电话，或者是一个温柔的短信问候。也许老婆正漫无目的地逛商场，而馄饨馆的老板娘，在这个生意红火的夜晚，满脑子是赚钱的念头，哪能想到在她生命中本就不很重要的我呢。

我心灰意懒地用手机上了一会儿网，浏览了一下当日新闻，昏昏沉沉睡去。等我醒来时，列车已驶入哈尔滨西站。

终点站到了，酣睡了一路的手机，此时却苏醒了，来电铃声悦耳地响起来。我接起电话，是我做手术的那家卫生院的院长打来的，他告诉我上午做的第三台手术的那位环形痔患者，术后本来一切正常，但半小时前他突然肛下大出血，陷入昏迷状态，现正紧急送往大连途中。

我大声问："怎么会这样？我的手术可以说是天衣无缝的。"

对方只得实言相告，说患者术后感觉良好，因为冬至，亲属送来一饭盒饺子，他一高兴，全吃了不说，还喝了一瓶啤酒。

"刚做完肛肠手术，这么大吃大喝不是找死吗？"我走下列车，站在喧闹的站台上，与对方吼着。

"不管怎么的，手术是你做的，你最好返回看看。虽然我们有护理责任，但要是出了人命，你我都没好日子过了。"

"本来我就没有好日子过。"我气咻咻地挂断电话。

"叔，你咋还不出站？人都走光了。"小伙子拉着一个精巧的黑色拉杆箱，从我身边经过。

"出了点儿事，我还得返回大连。"我沮丧万分地说。

小伙子停下来，从兜里掏出手机，察看着什么，说："叔，那您赶快去二站台。再过十五分钟，有一趟车去大连。"他指点给我，该怎样转往二站台，然后又嘱咐道："您没票，跟验票的列车员说有急事，先上车后补票吧，特等座不是在车头就是车尾，您放心，肯定有空着的！"

小伙子挥手与我告别。他拉着行李箱，走进哈尔滨冬至的夜晚，而我则在抵达故乡的一瞬，又开始了夜色中的旅程——我们奔向的都是异乡。

2017 年

雪窗帘

有一幅窗帘，是由霜雪凝结而成的，这些年来一直掩藏在我的记忆深处，每到年味渐浓的时候，它就耸动着，浮现在我眼前。我曾几次提起笔来，想把这幅雪窗帘挂出来，然而它最终还是融化在世俗生活的浊流中了。

我以为它就此消失了，谁知这两年它又悄悄地现出形影了。它孤寂地待在我心中的一角，发出明亮而又冰冷的寒光，让我警醒。我这才明白，真正的霜雪如果不用心去暖化它，是送不走的。

一进腊月，火车站就像要上演一部最叫座的故事片似的，拥挤得要爆棚了。售票窗口前排着长长的面色焦灼的购票者，站台上是黑压压的等候上车的人。广播里一会儿传来某列新增列车的开车时刻，一会儿又传出某一列车的晚点通知。大多数的旅客都是为了赶着回家过年的。

于是，候车厅的卫生间由于被人频繁地使用而散发出刺鼻的尿躁气，每一条长椅上都坐满了面色疲惫的旅人。过道上遗弃着烟蒂、果皮和纸屑，清扫员对着在大庭广众之下把着小孩撒尿的妇女和随便把烟灰磕在地上的男人常常发出斥责声。火车站在这时节比农贸市场的早市还要庸碌和凌乱。它就像一棵被千千万万人觊觎着的圣诞树，所有的人都想在它身上挂上一件礼物，结果使它不堪重负，呈现着倾颓的趋势，发出沉重的喘息声。

那个时候的火车票还不像今天这么好买。如果你不能起大早去排队的话，要想购得一张卧铺票，除了从票贩子手中买高价票外，就只有托铁路的熟人了。好在我有一个这方面的朋友，就免除了购票的劳苦。

我回家过年，大抵是在小年前后。因为腊月二十五是给父亲上坟的日子，我必须在此前赶回家中。

我记得那一年是过小年的那天动身的。走前我把家门贴上了"福"字。我不希望除夕时别人家的门前要春联有春联，要灯笼有灯笼，而我的门前却毫无喜气，所以总是提前张贴含有吉祥意味的"福"字。

火车站的乱自不用说了，当我气喘吁吁、满头大汗地提着沉重的旅行包从蜂拥的人丛中艰难地挤上火车时，对年不由生起了一种怨恨。我觉得年是个让人劳神费力的东西，是头捉弄人的怪兽，是个只能让人围着它转的自私鬼。

安顿好行李，气也喘得均匀了，火车缓缓离开了站台。天已黑了，列车的玻璃窗上蒙着霜花。有淘气的小孩子为了看窗外的风景，就不停地用手指甲刮着霜花，那声音"嚓嚓"响着，就像给鱼刮鳞的声音。

一个烫了满头卷发的女列车员捧着一个黑色的皮包召唤旅客换卧铺票。大家把一张张客票交到她手中，换来一枚枚长方形的铁牌。她把票依次插在黑皮包中，那些相挨着的车票看上去就像竖立在公墓里的格式化的白色墓碑。她带着一股守墓人惯有的漠然神情，离开了车厢。

大约半小时后，列车员又来了，她在车厢的过道里一遍一遍地吆喝："还有没有没换票的?！"见没有旅客回答，她就夹着皮包走了。

我吃了一个橘子，打算到盥洗室刷刷牙，就到铺位休息，然而盥洗室已经被无座的乘客给占领了，只好悻悻地回来，把牙具塞回旅行袋里，爬到中铺去休息。

我讨厌乘火车时睡下铺，旅客把它当作自家的炕头理直气壮地坐着且不说，有的人还坐在那里就着油腻的烧鸡和猪手喝着小酒，油污会弄到床单上。还有的女人喜欢吃瓜子，将瓜子皮嗑得四处飞扬。更有甚者，将喝的黏糊糊的果汁洒在了上面。你躺在被形形色色的人坐过而污渍斑斑的铺位上，就有一种睡在猪窝里的感觉。

借着昏黄的灯光，我翻开一本杂志，才看了一会儿，就听对面的下铺传来了一阵争吵声。我连忙探出头去望。坐在下铺靠窗位置的是一个老女人，我上车的时候她就坐在那里了。她的头发已经白了多半，看上去六十左右，穿灰棉袄，扎一块深蓝色的头巾，带着一只篮子。先前那篮子是放在茶桌上的，后来陆续到来的其他乘客要往上面放水果和茶杯，嫌它碍事，就把那篮子放到茶桌下面。她似乎怕别人不小心踢着那篮子，时常地往下望上几眼。

她大约是不常出门的，像小孩子一样用指甲刮开车窗上的霜花，不停地朝外张望着。她的自言自语声曾引得我忍不住想笑。比如她轻声嘀咕："这荒郊野外的还亮着灯，这不是给鬼照亮的吗？"还有："哦，这电线杆子可真多啊，隔不远就一个，隔不远就一个。这电是从哪里走的呢？我怎么一点也看不到它们闪光？"

与这老女人吵嘴的，是一个穿着皮夹克的胖乎乎、醉醺醺的中年男人。他说他要睡觉，让老女人赶快让开。

老女人说："这是我的铺，你咋让我走呢？"

胖男人说："什么你的铺，这是我的铺，我刚刚补的铺！"老女人恍然大悟地说："敢情这是快过年了人太多，火车上让两个人睡一个铺啊？"围观的人发出阵阵笑声。

胖男人不耐烦地说："谁跟你个老太太睡一个铺？你是哪张铺的，就快回哪儿去！"可老女人认定了这男人要跟他睡一个铺，她问："你这是要睡上半宿了？"

那男人没有好气地说："我上半宿下半宿都睡！"

老女人"哎呀哎呀"地叫着，似乎在懊恼自己怎么碰上这么一个合铺者。

这时一个吸着烟的男人提醒老女人，"你再看看你的票，是不是这个铺的？火车是不可能卖重铺的啊！"

还有的人说："你是不是从票贩子手里买的假票啊？"

老女人很委屈地说："这票不能有假，我闺女早晨四点钟上火车站排队给我买的。"说着，她起了一下身，从裤兜里掏出票来。她的票是这张铺位的千真万确，可是，她没有跟列车员换票，所以她的铺被当作空铺卖给了别人！

大家把她犯的过失说给她听时，她几乎要急哭了。她说："我以前坐火车时都是自己拿着票，乘警查票时就把它掏出来。哪能买了票又交给人家呢？"

酒气熏天的胖男人用轻蔑的语气说："连火车都不会坐，出的什么门呢？"

她申辩道："谁说我不会坐火车？我这辈子坐了有十来回了呢！"她的话又引来一串笑声。

那个吸烟的男人对新来的铺位主人说："哎，跟老太太说话客气点，都这么大岁数的人了，出趟门容易吗？"

"你想当雷锋是不是？那行啊，你把自己的铺让给老太婆睡不就行了吗！"胖男人咄咄逼人地说。

"你这人怎么这么说话呀？"吸烟者掐灭了烟，跃跃欲试地朝胖男人挥舞了一下胳膊。

"怎么着？是不是过年回家没什么带的，想挂点彩回去呀?！"胖男人脱下皮夹克，将它甩在铺上，挑衅地说，"过来呀，老子成全你！"

"你们可别因为我打架啊，这大过年的，把谁打了都不好。"老女人起身拉住胖男人的毛衣袖口说。

吸烟者大约也不想无端惹麻烦，说着"我找列车员来给评评理"，转身朝乘务员室走去。

很快，那个满头卷发的列车员过来了。她听明了事情原委后，对老女人说："这事情怪不了别人，我一遍又一遍地喊让乘客换票，嗓子都要喊破了，大家都能证明吧？你不换票，火车开出半小时后，就等于放弃了对这铺的权利。这铺属于人家的了。"她指了指胖男人。

老女人可怜巴巴地说："我以前没有坐过能睡人的火车，我坐的都是座儿，哪知道还得换票呢？"她说："那我这票就等于作废了？"

"作废倒不至于，不过现在卧铺都满员了，你只能坐着了。"

"那我上哪里坐着呀？"她颤着声问。

"坐边座上吧。"列车员说，"没别的办法了。"

老女人落下了眼泪，她独自嘟囔着，埋怨女儿刚才送她上车时，没有告诉她换票的事。她说早知如此，还不如坐硬座呢！她在众目睽睽之下懊恼万分地提着篮子来到边座上。她看了一眼那贴着车厢壁立着的座儿，说："它立着我可怎么坐呀？七仙女的屁股也坐不稳定呀！"她的话又引来一片笑声。

列车员一伸手把那弹簧座拉了下来，说："这是可以活动的座，你要是一起身，它就自动立起来了！"

老女人把篮子放到窄窄的桌上，小心翼翼地坐下来，用手护着那只篮子。那篮子有三分之一探出桌面，很容易被过往的行人给刮到地上。有人就劝她说："你把篮子还是放在原来的地方吧，那里宽绰。"

她没有作声，而是满怀忧伤地看着胖男人展开被子，脱下鞋子和棉裤，一头钻进了被窝。人们都对他投以鄙夷的目光，不过再没有人说什么。

当列车员要离开的时候，老女人问她："我这票是能睡人的，现在成了不睡人的了，能不能把钱给我找回来呀？我闺女不是等于白白花了冤枉钱吗，那可不是小钱，得好几十块呢！要是买一袋米的话，够我吃多半年的了！"

列车员似有些不耐烦地说："行行，一会儿我给你问问车长去！"

"什么事都得当官的做主呀？"她嘟囔了一句。

列车员不再理睬她，她对着那些意犹未尽的围观者说："有什么好看的，都回自己的铺位上吧。我告诉你们，九点一过就熄灯了，你们提前把被子铺好了，别到时候抓瞎！"说完，她昂头挺胸地带着一种解决了棘手问题的自豪感走了。

胖男人已经发出了响亮的鼾声。

先前与胖男人险些大打出手的那个男人用嘴努了一下那像死猪一样沉睡着的胖男人说："哎，就是不愿意和他一般见识吧！这要是放在我二十多岁的时候，不把他打成龇牙才怪呢！喝点狗尿，就不知道天高地厚了！"他发完牢骚，很同情地看了老女人一眼，问她："大娘，你要水喝吗？"

老女人说："我坐火车怕上厕所，火车晃悠着，我怎么也撒不出尿来，我就忍着，一口水也不喝。"

那男人叹了一口气，说："唉，可惜我买的是上铺，您也爬不上去，要不我就让给您去睡得了。"

老女人说："不用，你们年轻人觉大，你去睡吧。"

这时从靠近门口的地方走过来一个穿驼色毛衣的男人，他看上去有六十左右了，戴一副老花镜，手中提着一份报纸。他对那个让铺的年轻人说："我是下铺的，我能爬到上铺去，你让老太太睡我的铺，我睡你的不就把问题解决了吗？"

那年轻人听了老人的话连连摆着手说："你这么大岁数了，我可不能让你到上铺去，万一磕着碰着可怎么办？"

"我天天早晨都打太极拳，身体什么毛病都没有，别说爬个上铺了，就是让我上树都没问题！"老人拍着胸脯保证着。

"哎，那可不行，万一你有个闪失，我可负担不起！"那人的脸涨红了，他急忙说自己拉肚子，得赶快上厕所，逃之夭夭。

老头叹了一口气，说："不诚心让铺，还装什么好心人啊。"说完，他提着报纸回自己的铺位了。

让铺的事情就此结束了。

火车"咣——嚓——咣——嚓——"地行驶着。随着夜色加深，寒冷愈浓，车窗上的霜花面积越来越大，几乎要满窗了。老女人坐在那里，就像镶在白色镜框里的一幅肖像画，陈旧、黯淡，弥漫着一股哀愁的气息。

有个抱小孩的妇女走过来和她搭话，她对着怀中吃着虾条的小女孩说："给奶奶吃个虾条吧？"小女孩耸着身子蹬着腿，发出要被人给抢了东西的那种尖叫声。妇女觉得脸上很没面子，她斥责小女孩说："现在就吃独食，将来还能是个孝顺孩子？我可真是白白养了你！"小女孩受了奚落，愈发地任性了，她挣扎着，腿扫着了老女人的篮子。

老女人声音嘶哑地说："小祖宗，你可不能踢着这篮子，这里面可是装着我老头爱吃的东西！他这个人干净，脏了的东西他可是不碰！"

只一会儿的工夫，老女人的嗓子就哑了，仿佛车厢里的烟气和尘埃全都拥进了她的口腔。妇女气恼地把小女孩放到地上，说："你不听妈的话，我可把你扔到火车下边去了，外面荒郊野岭的，到处都是狼，我让狼把你给吃了！"

小女孩吓得呜呜地哭了。她大约觉得让狼吃了自己，不如让老女人吃虾条合算，就把虾条递给老女人，抽抽噎噎地说："奶奶——吃——奶奶——吃——"妇女这才仿佛又把丢了的面子捡了回来似的，面上现出温和的笑容。

老女人对小女孩说："奶奶不吃虾条，你自己吃吧，啊？"她又转而对妇女说："小孩子胆小，可别吓唬她。你给她吓丢了魂，还得给她叫魂。"

火车放慢了速度，大约前方有车站要停了。

妇女问老女人："你这是去哪里啊？"

"到小闺女家过年去。"她说，"我年年都在大闺女家过年，小的说想我，写了好几封信催我去。我一想都好几年没有在小闺女家过年了，再说我老头埋在那里，我也想看看他去。"

"那这篮子里装的都是上坟的东西啊？"妇女吃惊地问，并且下意识地把小女孩揽到怀中，仿佛那篮子里藏着鬼，会突如其来地蹦出来伤害人似的。

"哦，我打城里给他买了松仁小肚和皮蛋，还给他蒸了块我腌的咸肉，带了两瓶高粱小烧酒，这些都是他最得意的。"她的话音刚落，火车就"咣当"地剧烈抖动了一下，停在一个站台上。老女人也抖动了一下，她死死地护着那只篮子，生怕它被晃到地上。站台上的灯光把玻璃窗映得一片橘黄色，老女人的脸也跟着有了几分光彩。

有两个上车的人来到卧铺车厢。他们的身上落着星星点点的还没有来得及融化的雪花。老女人望了一眼新乘客，叹了口气说："这里原来下着雪啊。"

大约五分钟后，火车又喘了一口粗气，颤着身子向前走了。玻璃窗忽明忽暗的，很快，它又恢复以前的模样了，是那种被车厢的灯光所笼罩着的灰白。

妇女抱起小女孩，对老女人同情地说："我带着孩子睡在下铺，可是小孩子离不开我，不认别人，我要是在家，她奶奶搂着她睡都不行。你说她要是像别的小孩子不认生的话，我就让你和她睡一个铺了。"

小女孩一听说妈妈有让她和老女人睡的打算，就像让她和狼外婆睡似的，又开始闹了。她揪着妈妈的头发，使劲地蹬腿。妇女呵斥她道："怎么这么没礼貌？今年过年是不是不想要新衣裳穿了？"

小女孩委屈地哇哇哭了。妇女只能抱着她回到铺位上。

到了快闭灯的时刻，过道的行人就多了起来，人们大都是上厕所的，想解个手后，睡一夜的安稳觉。厕所外面就排了不少人。人们经过老女人身边时，总要同情地看她一眼。

有人给她出主意，让她找车长去，说是她这么大岁数的人了，就是再有过错的话，他们也应该从人道主义的角度出发，给她再安排一个铺位。

老女人听不懂"人道主义"这个词，她张口结舌地问："让我找'人道'给出主意？'人道'是男的还是女的呀？"她的话又激荡起一片笑声。她显然意识到自己说了可笑的话，她的脸微微红了。

这时正赶上列车员来拉车窗帘，她就转而问列车员："闺女，你跟当官的说了吗？我的票钱能不能给我找回来呀？"

列车员打了一个哈欠，说："我给您说了，车长说不行。"

"怎么就不行啊？"老女人说，"我花的是躺着的钱，可我现在是坐着！还弄这么个窄巴座让我坐，真板身子呀。"

"您那票又不是在我们火车上买的，您是在车站买的，我们把钱找给您，我们不是有损失吗？"列车员说。

"敢情你们和车站不是一家的啊？"老女人很失望地说。

"现在除了钱和钱是一家的，谁跟谁还是一家啊。"列车员笑着说。

老女人不再说什么。不过列车员把她身边的那面窗户拉上窗帘时，老女人又把它打开了。她说："我坐着没意思，让我看看风景还不行吗？"

"外面黑乎乎的，有什么看头啊？再说了，一窗的霜雪，你能看清什么呀！"列车员嘟囔着，不过她尊重了老女人的意思，没有再动那块窗帘。

老女人护着的那只篮子，上面蒙了一块蓝布，它就像剧场垂着的幕布似的，让人觉得它的背后隐藏着丰富的戏剧。

我想她不像是生活在大城市的人，不然她不会呈现如此天真、愚钝的情态。一问，果然如此。她说她大闺女家住在农村，女儿不放心她一个人在大城市换车，特意送她来的。她们住在旅馆的地下室里，女儿为了给她买票，几乎一夜都没睡好。

她很沮丧地对我说："早知道这样，真不应该买躺铺呀！闺女买时遭着罪，我在车上也遭着罪。遭罪倒也罢了，还花了冤枉钱！"

我犹豫了一下，轻声对她说："要不你和我睡一个铺，你睡前半宿？"

"姑娘，不用你费心了，我能坐着，不就是一宿吗？"

先前我还有些紧张，她的话竟使我一阵轻松。我说："要不我睡前半宿，后半宿你睡？"

老女人说："我年纪大了，觉少多了，睡不睡都那么回事。我早年在生产队干活时，要是赶上秋收时天气不好，为了往回抢收庄稼，我三天三夜都没合过眼呢！"她叹息了一声，又说："不过收庄稼时在野外，有风，人能四处走动，不觉得憋屈。我宁肯在庄稼地里熬十宿，也不愿意在这里熬一宿！"

我还想和她说些什么，车厢突然暗了下来。是九点钟了。

顶棚的大灯熄灭之后，只有过道上的几盏壁灯散发着微弱的光晕。先前还有人关注的老女人，如今就像闭店后无人再看的商场橱窗里的摆设一样，再无人理睬了。

不久，各个铺位传来高低起伏的鼾声。我睡不着，不时地翻身探头看一眼老女人，她依然端端正正地坐着，样子就像一个用心听讲的规规矩矩的学生。她的双手依然放在篮子上，仿佛那就是她的护身符一样。

渐渐地，我疲倦了，不由自主地进入了梦乡。然而我睡得并不踏实，时睡时醒。睡着的一刻又总是被噩梦缠绕着，一会儿梦见火车出轨了，车厢里血肉横飞，一片惨叫声；一会儿又梦见父亲站在我的铺位前用皮鞭抽打我，骂我是不肖之人；一会儿又梦见一条狗把我追到一条死胡同，虎视眈眈地望着我。

我在惊醒的一刻，总要惯例地看一眼老女人，她已经不胜疲倦地把头伏在篮子上了。她伏在篮子上的姿态很像一只南瓜卧在丰盈的叶片上，我很想下去看看她，但终于是自私和疲倦占了上风，尽管心存挂碍，还是躺在铺上，复又迷迷糊糊地睡去。

我终于在黎明前连续睡了三四个小时。当我醒来的时候，能听见有人在放屁，有人在磨牙。对面下铺那个补了老女人铺位的男人，他的呼噜简直可以用"山呼海啸"来形容。老女人已经醒了，她依然把手搭在篮子上，端正地坐着。我想起梦中父亲对我的鞭打，不由得心生羞愧。我跳下中铺，对她说："大娘，你到我的铺上休息一会儿吧，篮子我帮您看着。"

她用极其微弱的声音说："这一宿都挺过来了，就快到站了，不麻烦你了。"她的话使我无地自容。我觉得喉咙那里热辣辣的，仿佛着了火，就打开一瓶矿泉水，"咕嘟咕嘟"地喝了起来。一瓶水喝光，依然觉得火烧火燎的。

天色逐渐地亮了。有三三两两早起的旅客晃晃悠悠地去厕所了。车窗经过了一夜寒冷的旅行，积满了厚厚的霜雪，所以即使它没有挂窗帘，却仿佛挂了似的，那是一幅严严实实的雪窗帘。

老女人又开始像她上车时一样用指甲去刮霜花了，那声音"嚓嚓"响着，就像刀在割着我的心，让我感到阵阵疼痛。终于，她划开了一道明亮的玻璃本色，它微微弯曲着，就像一尾鱼苗。橘黄的晨光就透过它闪现在我面前。它那么的活泼生动，那么的凄艳动人！它像被秋风吹黄的一片柳叶，带给我对韶华易逝的伤感；它又像一把要割掉杂草的镰刀，使满心芜杂的我伏下头来。

乘务员睡眼惺忪地出现在车厢了。她在过道里走来走去地吆喝："起来了，起来了，还睡的旅客起来了！"尽管离终点站还有两个多小时的时间，大多数的乘客还在睡梦中，但她要提前整理床铺，打扫卫生。

我最厌烦的就是这个时刻了。

人们被迫给驱赶到过道上，乘务员无所顾忌地把每一个铺位的床单抖来抖去的，弄得灰尘飞扬。老女人原本端正地坐着，后来听见乘务员在发牢骚，就侧过身抬头去望。

原来，有人不慎把茶水洒在了床单上，她气急败坏地说："这要是你们自己家的床单，你们能这么不在乎吗？敢情公家的床单就是你们揩屁股的纸呀！"那个弄污了床单的乘客怕罚款，赶紧溜到厕所去了。

当乘务员气鼓鼓地从铺上跳下来时，老女人对她说："姑娘，床单弄上茶能洗净，你把那块地方洇湿了，从锅底抓把灰敷上，隔个十分八分钟地去揉搓，保准能洗透亮！"

乘务员瞟了一眼老女人，没有好气地说："啊，我洗个床单还得拿到你们农村去用锅底灰，我傻不傻呀？"老女人遭到奚落后抽了一下嘴角，但她什么也没有说，转回身，把目光放到窗外了。

那个占了老女人铺的胖男人已经起来了。他穿戴好后见许多人无声地望着自己，把他当个贼看待，觉得有些不自在，就起身去车厢连接处抽烟去了。

为老女人打抱不平的那个睡在上铺的男人也起来了，他从旅行袋里掏出一个橘子给老女人，说："吃个橘子解解渴吧。"老女人谢绝了，她说自己吃橘子生口疮。那人只得把橘子讪讪地收回去。

抱小孩的妇女也过来了，她对老女人满怀歉意地说："原想着和孩子早点起来让你去躺躺的，可是不知怎么的一觉就睡到天亮了。唉，人一坐火车就乏得很。"说完，她还真的打了一个哈欠。

这时，又有两三个旅客来对她表示关心，他们都说愿意让她去自己的铺位躺一会儿。老女人回答大家的话总是一个内容："这一宿都挺过来了，就要到站了，不用了。"

火车走得慢慢吞吞的，前方就要到青杨树车站了，那是老女人下车的地方。当车身摇晃着逐渐停稳，她起身的一瞬，那座位自动弹了起来，把她吓得"哎哟哎哟"地连叫了几声，这也是她给旅客带来的最后一次欢笑。

人们笑着送她下车。她大约由于坐了一夜腿已经麻木了，走得很迟钝，趔趄着，像是拼尽全力在拖着两条腿走。她胳膊挎着的那只篮子，也跟着她趔趄着。

她离开火车说的最后一句话是："幸亏昨夜我没起身，要是那座儿一离屁股立了起来，我又不会把它落下来，还不得站一宿呀。"

我坐在老女人坐过的边座上，透过她刮开的那道明净的玻璃，望着那个小小的站台。她终于下了火车。她把蓝围巾系到头上了，看起来外面很冷。她缩着身子在站台上张望着，终于有个年轻女人朝她跑来。我想看看她见了亲人是否会因为委屈而哭泣，可是火车启动了，我们向终点站驶去了，她的身影很快就被甩在车后，甩在一片苍茫的白雪中，模糊了，不见了。

而我所坐的座位，还残存着她的体温，那么的热，可我却觉得周身寒冷，从未有过的寒冷。

事情已经过去很多年了，我照例在每年的腊月乘火车回家过年。每年的这个时候，都是一年当中最寒冷的时刻。兴许是对那老女人所欠下的愧疚之情未得偿还的缘故吧，这两年我登上火车，她的身影就会悄然浮现在脑海中。我仿佛又看见她悄无声息地坐在边座上，她的头嵌在弥漫着霜雪的车窗里，看上去就像悬挂在列车上的一幅永恒的肖像。

2005 年

门镜外的楼道

　　在没有楼道清扫员的时候，我们都是自己清理垃圾的。大多的人家是清晨时丢垃圾，他们在下楼上班时顺便把它提了，扔到玉门街旁的垃圾箱里。而我由于不用上班，总是黄昏散步时才能打发它。那垃圾由于比别人家的多待了一个白天，散发着一股被沤烂了的腐败气味，十分难闻，我提着它的时候就得不时屏住气息。如果恰好赶上垃圾袋有了漏洞，馊了的剩菜和霉烂了的水果的汁液就会滴答流出，不仅使一级级台阶不洁净了，有时还不慎淌在了鞋面上，穿着这样的脏鞋去散步，往往不敢踩花坛周围的草坪，怕玷污了那碧草通体的清香。所以，我提垃圾的时候往往穿深色的鞋子，污点溅在其上看着不明显，你会走得从容些。这就像白日的乌云很醒目，而夜空中的乌云你却看不清楚一样。我像所有的家庭主妇一样讨厌垃圾，觉得它就像一条不知从哪儿跑来的偎在我家门前的癞皮狗一样，你拿它没办法，要想赶它，用嘴呵斥是无济于事的，只能身体力行地送它。

楼道清扫员的出现，使我解除了扔垃圾的烦扰和尴尬。因为清扫员每天定时都来，你只需晚睡前把垃圾放在自家门口便是。次日黄昏你出门散步，见那垃圾悄无声息地被清理走了，楼道干干净净的，不由一身的轻松。如果说先前的楼道脏得只配叫花子走，那么它如今洁净得似乎都能容欧洲的老贵族走了。下楼时望见流金溢彩的暮云就有一种特别的感动，你完全可以穿一双浅色的平底软皮鞋去沾染青草的气息了。

有了清扫员之后，每逢午后，我都能听到楼道里传来清理垃圾的声音。这声音自顶层的七楼渐次传下，有笤帚扫楼道的唰唰声，也有用铁撮子撮垃圾的哗哗声，还有收拢垃圾袋时的窸窣声。有一次这声音出现在我的门口时，出于好奇，我从书房走向门口，透过门镜去望那个清扫员。

她穿一件蓝袍子，戴着白口罩，包一块土黄色的头巾，正弯着腰从我家的垃圾袋里往出拣着什么。由于门镜蒙着灰尘，透过门镜所窥见的人被无限缩小了，而她的脸又被口罩占去了一半，所以她直起腰的一瞬，我还是望不清她的脸。只是从她额前探出的几缕长发和她的打扮上判断她是个女人，而从她转身的迟缓和佝偻的腰身上看出她是个老女人。我想起垃圾袋里有一盒没有开封而过了保质期的饼干，她也许是把它从中取了出来。

我有个坏习惯，有时去超市买东西，不分青红皂白地把饼干、罐头、挂面、果脯、肉松、瓜子等等装上一篮子，而从货架取东西时又很少能逐一地看保质期。有时买回它们，接着赶上外出，回来后就把这吃的东西遗忘了。等到想起它们，有一些已垂垂老矣，早已过了食用的最佳期限。其实超市里常卖一些保质期已经到了悬崖边缘的食品，比如一盒鲜奶的保质期是八个月，而你买的时候它往往还差半个月就过期了。超市卖这种食品就像乒乓球运动员打成功了擦边球，吃苦头的只能是消费者。你得忙三迭四地快些吃掉这些东西，否则只能把它们当垃圾处理掉。

我猜想楼道清扫员发现这盒饼干后，一定认为这家的女主人是个败家子。

她气力不济，隔着门，我能听见她沉重的喘息声。她的脚下放着两个大的塑料编织袋，一个脏得发黑，另一个则干净得泛白。她把我门口的垃圾袋系上口，投入那脏的编织袋中，然后将一个泛黄的砖头形状的东西小心翼翼地放入另一个袋子中，我猜那是过了期的饼干。清理完毕，她一手握着撮子，撮子上横着笤帚，一手拖着两个袋子，就像牵着一黑一白两条狗似的，吃力地离开我家门口，去另一户了。门镜后面的她和垃圾都消失了，我能看见的，是放垃圾地方的上方的窗口，米黄色的木格窗将外面的天空分成均匀的几格，有的格里的云彩浓些，有的则十分浅淡，还有的呢，干脆一丝云都没有。无云的那格窗子使人生发出要往上面贴点什么东西的欲望，是贴只剪纸的大公鸡好呢，还是贴上一枝画得格外灿烂的蜡梅呢？

以后的时光，只要是午后，楼道里就会传来清理垃圾的声音，非常准时。我常常蹑手蹑脚走到门口，透过门镜去望这名楼道清扫员。无论什么天气，她总是穿着那件蓝袍子，包着土黄色的头巾，戴着白口罩。而她手里拖着的，也永远是一脏一洁两条袋子。那白袋子里装着些她从垃圾袋里拣出来的东西，我窥视到的就有报废了的电源线板、生了虫的米、被用得糟烂了的抹布、掉了底的拖鞋以及一些极难清洗的瓶瓶罐罐：腐乳罐、蜂蜜罐、醋瓶和油瓶。而脏的袋子里盛的则是垃圾，它通常胀鼓鼓的。每隔半个月，我会把积累的一些废旧报纸和刊物扔在门口，等着她收拾。她一般不把这些纸制品扔进袋中，而是精心地捋好，用绳子捆成十字花形状，单独提着，我知道这东西能当废品卖掉。我很喜欢站在门侧听她整理报刊的声音，哗啦啦的，就像风吹树叶的声音一样。她对待这样的垃圾很仔细，有时会把刊物的折痕小心抚平，那样子就像一个老奶奶满怀慈爱地擦拭掉淘气的小孙子脸上的污垢似的，给人一种暖洋洋的感觉。有好几次我想打开门，随便和她聊上几句，问问她家里都有些什么人，为什么到了颐养天年的年龄，她还要出来吃这种辛苦？可我不敢贸然开门，一则怕吓着她，二则我觉得透过门镜观察她是件饶有兴味的事情。我注意到，她在清理垃圾时是专心致志的，同一个考古学家欣赏精美的出土陶罐一样的专注。

一个微雨的午后，单位收发室打来电话，让我去取一个刚签收到的特快专递。我提着伞走到三楼的时候，看见那个清扫员一手拿着笤帚和撮子，一手提着两条空袋子爬上楼来。她依然是那套装束：蓝袍子、包头的土黄色头巾、白口罩。她佝偻着腰，见了我后闪到墙角，侧着身，把手里的东西使劲往怀里收，怕它们不慎碰到我身上。我在经过她身边的时候发现她在仔细打量我，好像一个采药材的人在深山中仔细辨认某一种植物是否有药用价值一样。楼道因为阴天而昏暗，她的眼睛望去给人一种分外疲倦的感觉，她的喘息声又粗又重，让人怀疑她的肺已经像破败的旗帜一样又糟又旧，无法为她生命的呼吸摇旗呐喊了。

我没有跟她打招呼，碰到她实在太意外了。我就像一个没有做好充分复习准备的学生而突然遭遇到考试一样忐忑不安。

等我从收发室取了邮件归来，她已经清理到三楼了。她扫楼梯的时候把楼道的窗户都打开，这样每一级台阶都回荡着雨声。雨很大，我的裤脚都淋湿了，那把刚被收束的伞滴答滴答地坠着雨滴，使干燥的水泥台阶有了星星点点的湿痕，看上去就像落了一群蜜蜂。她提着笤帚的手哆哆嗦嗦的，听到脚步声，她抬起头来，突然对我说："你是六楼的吗？"她的声音跟她的人一样颤颤巍巍的。

我说了一声"是"。

她的眼睛蓦然亮了一下，她接着问："你是一门还是二门的？"

"二门的。"我说。

"谢谢你把那些报纸和书给我。"她说，"一般的人家不把它给我，个人当废品去卖。"

"也卖不上几个钱。"我说，"那些废报纸和刊物我留着还占地方。"

"我家里也没什么给你的。"她把口罩的右耳拉带摘了下来，就仿佛是幕布拉开，演员露出了真实面容一样，"哗——"的一下，她的容颜完整地呈现在我面前。她面色白而微黄，眼睑处堆积着或深或浅的皱纹，两颊几乎是塌陷的，嘴唇与脸一样没有血色，让人觉得她的唇就是一朵枯萎了的花。那口罩挂在她的左耳上，空吊在她脸的左侧，就像一面投降的小白旗，而她满面都是败军的凄苦表情。

"我家农村有亲戚，前几天捎来一篮鸡蛋，要不我明天给你带点来吧。"她气喘吁吁地说。

"我血脂高，医生让我少吃鸡蛋。"我撒谎道，"我平常也不爱吃鸡蛋。"

她坚持着说:"我给你带个十个八个还不行吗?你尝尝农村的鸡蛋,是自家养的鸡下的,蛋黄焦黄焦黄的,可香呢。"

我觉得再固执己见的话,可能会伤了她的自尊心。如果不接受她的"报答",将来我再把废旧书报堆在门口,她也许就不会拾捡了。

"那你就带给我六个吧。"我继续撒谎说,"我这人迷信,图个'六六大顺'。"

"十六不也一样吗?"她说。

"就六个。"我坚持说,"我去菜市场买土豆、柿子和洋葱,每次只买六个,多一个都不行。"

她笑了,说:"那就给你拿六个吧,你明天下午在家吗?"

我怕泄露自己每天在家可以透过门镜去观察她的秘密,就对她说:"明天下午我在班上,你把鸡蛋放在门口就行了。"

她点了点头,说:"那你下班回来可要记得拿回屋啊,别让楼上的人路过时当作垃圾给踩碎了。"

次日午后,虽然没有雨,但天仍然阴沉着,楼道里一如昨日般的昏暗。当清理垃圾的响声传来的时候,我悄悄走到门口,透过门镜去望那个老女人。她怀中抱着一个白色塑料花盆,一望便知它的垃圾身份。这种花盆多半是花店用来盛放花泥的。花泥上插着形形色色的花,等这些花一枯萎了,被花枝戳得千疮百孔的花泥和花盆就给遗弃了。我见她分外小心地放下这个花盆,将它摆在门口的右侧。那是通往七楼的拐角,不容易被人给踢着。放妥花盆,她直起腰定睛地打量了它半晌,仿佛是把她心爱的孩子放到了别人家照看，她很不放心的样了。她就这样垂立了半晌，然后又弯下腰，把那花盆又往墙角里面推了推，这才放心地做活儿去了。她把我摆在门口的垃圾袋翻了翻，确信它们再无利用价值后，这才把袋口系牢，投入大的编织袋中。在弯腰和转身的时候，她的动作格外迟缓，我有观看电影慢镜头中人的感觉。我猜她起码有六十多岁了，她上下楼的步履是沉重的，她收拾垃圾时的呼吸是沉重的，她的那双眼睛也给人一种沉重感，那么的暗淡无光，如一潭将要干枯的死水。

一直等到她打扫完垃圾，我站在阳台上望见她扛着大垃圾袋出了楼口，这才敢把门打开，将那个白色花盆捧回屋里。花盆里摆放着六个纸球，她一定是怕鸡蛋碎了，才把它们如此武装起来。我拿起一个，慢慢地剥下那一层层的纸。她把鸡蛋包得很严实，起码有六七层的纸护卫着。待纸脱落后，我掌心里闪现的是一只硕大的红皮鸡蛋，那蛋皮很有光泽，浮着血迹，足见生它时，那鸡是如何的吃力。我把另外五只鸡蛋逐一从纸中剥离出来，发现它们个个都很大，且蛋皮上均附着深浅不一的血迹，可见这些蛋是她精心挑选的。那蛋皮上的血迹很像飘逸的晚霞，鲜艳、明媚，给人带来震撼。

当晚我敲开两只鸡蛋炒了。那蛋黄果然非同寻常的金黄，比成熟的玉米颜色还要灿烂。而且，这鸡蛋比从菜市场买来的要香多了，味道非常醇，我从未吃过这么好的鸡蛋。我将剩下的四个鸡蛋放入冰箱冷藏，想着食欲不振的时候用它们来改善胃口。

又一个雨天，我午睡起床后站在阳台听雨，望见清扫员从街道一侧斜着走来。她没有打伞，侧着身子，想必浑身已被雨水淋湿了。这雨不是突然来的，中午就开始淅淅沥沥地下，她出门时应该有所准备，她没有打伞，是不是因为没有伞？我想起家中有一把黑伞的伞顶的黄铜杆断了，因为这是一把老式伞，不用折叠，伞把是半月形黄梨木的，秃了的伞顶就没了美感，所以已弃置多年。我飞速地在储藏室里翻出这把伞，打开门，将它扔在垃圾袋旁。在我关门的时候已经听见她上楼的脚步声了，我没有离开门口，等待她的出现。没见到她的影子时，她的脚步声先传来了，跟着是她的呼吸，最后才是她。她没有在六楼停留，直接上了七楼。她打扫垃圾，是自上而下。大约五分钟后，她来到六楼，在我的门口发现了那把伞。她把这伞提了起来，撑开，旋转着，确认它没有破绽之后，她收束了伞，用手抚摸着伞顶的断头处，就像抚摸亲人的伤口一样露出怜惜的神色，然后她望着我的门，犹豫了一番，终于伸出手来轻叩了几下。

我停顿了一刻才把门打开。

"哦，你真的在家。"她用手横托着那把伞说，"我看它没什么毛病，还能用，你怎么把它扔了？"

"这伞坏了。"我指着伞的顶端说，"这儿断了一截黄铜杆，我嫌它难看，再说式样太笨，不能折叠，没法放进随身的包里，太不方便了。"

"哎呀——"她惋惜地说，"其实它哪儿也没坏，你真的不要它了？"

"你就把它当垃圾扔了得了。"我果决地说。

"那我就捡着用了。"她向后退了一步。由于戴着口罩，加之气息微弱，所以她说的每一句话都绵软无力。

"要不你进来坐一会儿，喝口水吧？"我说。

她把口罩右侧的拉带从耳朵上摘了下来，连连叫着："不行不行，我身上太脏。"

"你每天要扫几个楼道？"我问。

她使劲喘了几口气，说："一共是三座楼，十一条楼道，有一百多户人家。"

"这么多呀?！"我惊叫道，"你每天要干几个小时的活儿呀？"

"快的话两个来钟头，要是慢的话，总得仨点儿。"她说，"我装满了一大袋垃圾，就得把它背下楼去，然后再回来。这几来几去，就把时间给耽搁了。"

"你做这活儿，一个月可以得多少钱？"我问。

"二百来块。"她说。

"这么少啊！"我叫道，"我们每个月都要交七块钱的垃圾清理费，一百多户人家，少说也能收上八九百块钱，他们起码应该给你开四百块钱啊。"我愤愤不平地说。

"嗨，这二百多块钱我也知足了，够买粮食吃的了。"她说，"我这活儿是街道办事处见我家太困难，照顾我，才把它分派给我的。人家多留点是应该的。"

我没有仔细问她怎么个困难法，因为电话响了。我嘱咐她，以后我再扔在门口的东西，只管把它当垃圾收了便是。她以为我在责备她敲门打扰了我，便有些红了脸。

接过电话，她已经到五楼去了。我听着铁撮子在撮垃圾时"嚓——嚓——"的响声，心中很不平静。这声音宛若刀刃，每一下都切在我的心头，使它阵阵疼痛。

雨季过去后，一立秋，风就凉了。这时的天空无与伦比的晴朗。云彩很多，又很白，它们高高地飘在空中，有的像白象，有的像白海豹，还有的像大白鹅。我一般不舍得错过这时节的云彩，总要在阳台张望一刻。这样，我的日常生活又多了一项内容，除了窥视清扫员之外，还有望云彩。我发现在傍晚的时候，云彩往往掺杂了夕照的橙黄颜色，使它显得格外妖娆，而清扫员恰恰在这个时候出现在楼道，这样我从门镜看她时，她背后的窗口泻进来的金色流云就把她映得格外明媚，她仿佛年轻了许多，也温柔了许多。我窥见她总是穿一双旧得磨出了洞的老绿色球鞋，就把一双半新的软皮平底黑皮鞋扔在门口。为了使它像垃圾，不至于引起她的怀疑，我将一只鞋底的前脸的胶皮用刀割去一小块，然后把光滑的鞋面划上几道刀痕，又用花盆的土使劲揉搓它，使之尘垢满面，这才把它们摆在门口。她在捡鞋的时候把它们捧在手中，然后用身上的蓝袍子蹭掉其上的灰尘，又摘下口罩运足一口气，朝它们身上吹了吹。仿佛这气息是春风，给了它们无穷的生机似的。她用一张旧报纸裹了那鞋，放进白色的编织袋中。不过其后我并没有望见她穿这鞋，这使我隐隐失望。她把那鞋送给别人了，还是她留着舍不得穿？

　　我猜她营养不良，所以常把食用了一半的奶粉、核桃粉、枣糕以及鱼松和肉松丢掉。把这些食品当垃圾弃了，我也要挖空心思地打扮它们，既不能使它们惹上尘垢，又不能让它们过于鲜亮。于是我就把食品袋看似随便地用猴皮筋勒住，以防灰尘进去。然后将包装袋的外观弄上点土豆泥或者粥汁，使之混浊不堪，与垃圾的气息很接近。同时，这样特殊的垃圾一定要放到垃圾袋的最上方，一眼就能望见。若是将其摆在菜叶和果皮的下面，很容易就把它混淆了。怕这特殊的垃圾引不起她的注意，我还常在其上搭上一条红线绳或者一小块彩纸，期待能吸引她的视线。我从门镜望见她心疼地将这些吃的东西放进她所穿的蓝袍子的大口袋里，那口袋胀鼓鼓的，好似一个人因患了牙痛而肿了脸。我想她肯定把我当成了一个衣食无忧而又不会勤俭持家的女人，我只能让她这么以为了。

天凉了，白昼短了，她出现在楼道的时间越来越晚了。开始时我以为她现在出来得晚，后来有一次我发现她拖着袋子从七楼下来，未等收六楼的垃圾呢，便累得一屁股坐在通向七楼的第一级台阶上，她这一歇就是一刻钟。她侧身对着我的门，楼梯的栏杆将她的身影切割成几段，能听见她吃力的喘息声。她的力气越来越衰弱了，她就像一只垂垂老矣的绵羊一样充满了哀怜之气。看着夕照中的她，看着她枯树般的身影，看着她始终如一包着的那块土黄色的头巾，我的眼睛不由湿润了。我多想帮助她清理一下垃圾，让她就这么歇下去，可我知道我不会长久做这件事，而她也不会允许我这么去做。

门镜后的她是那么的渺小，就像深井口望去的一只青蛙。她干活转身时是那么的费力，慢慢腾腾的就像蜗牛在爬。水泥地面明明平平展展的，可她拖着一黑一白两条袋子行走时，你觉得她是跋涉在泥泞中。

我想起了在南安街摆旧书摊的老伯。南安街是我以前住过的地方，楼下有个旧杂货市场，有卖旧器皿的，也有卖旧家具和服装的，还有卖旧家用电器的。我最爱逛的，是旧书摊。摊主是个六十多岁的老伯，他得过脑血栓，歪嘴，只要不是太热的天气，他喜欢戴一顶咖啡色呢毡帽。我在他那里得过几本好书，如杨慎的《升庵集》和老版本的《东北农事录》等等。每个月我收到的刊物大约有三十种，其中绝大多数翻过后觉得没有保留价值，就把它们当废品扔了。认识老伯后，我将这些刊物都送给他，他以刊物实际定价的一半或者三分之一的价格卖出，每个月少说也能赚几十元钱。搬家之后，离南安街远了，我逐渐把这老伯给忘记了。我想倘若楼道清扫员定期把收来的刊物送到老伯那里去卖，得的钱他们各分一半，肯定比卖废品赚来的钱要多，而这样得来的钱她会心安理得接受。于是我打车去了南安街，黄昏时到旧书摊找到老伯。他一见了我就"哎呀"地大叫了几声，说是有三年没见着我了，不知我搬哪里去了。我简单跟他聊了几句，直奔主题地说我想让一个老太太定期来给他送旧刊物，让他卖了后，分一半钱给她，老伯爽快地答应了。

在老伯那里说好之后，我将悉心积攒的五十余本赠阅的刊物送给楼道清扫员。我对她说，这些刚出刊的刊物当废品卖可惜了，南安街有个摆旧书摊的老伯，不如将其送给他，卖的钱，你们对半分。她听了我的话后眼睛亮了一下，说："南安街离这太远了，我得倒两回公共汽车。"

我对她说，新开通的三十二路联运车就通向南安街，这车不管你坐一站还是坐全程，只收七毛钱，每次提两捆刊物去那里并不是很累，我估计在公共汽车上人家看她年迈了还会有人给让座，送刊物是轻而易举的。她同意了。我等着她清理完所有的楼道，然后各捧着一捆刊物，陪她去南安街。联运车很挤，上了车后，根本找不到一个座位。我动员两个人为她让座，一个是二十多岁的男青年，这青年听了我的话后翻了一下眼皮，然后合上眼睛佯睡，任你如何再说也不睁开眼睛。我又去动员一个看上去只有十八九岁的姑娘，她焗着一头黄发，正在读一本流行的爱情小说。她听了我的话后抬头冷冷地扫了我一眼，又扫了一眼楼道清扫员，然后说："要想尽孝心的话，给你妈打个车得了，公共汽车的座位又不是给谁预订的。"她的话把我噎得无言以对。清扫员怕我和人家争吵，连连说她站着不累，她年轻时挤公共汽车挤惯了。我见她佝偻着腰，往出呼气时要不由自主眯一下眼睛。靠站时上下车的人流拥到她身边时，她就像深海中的溺水者一样左右挣扎着，有时她淹没在几个高个子的包围中，使我疑心她提前下车了。

摆旧书摊的老伯见到我们到来很高兴。他说刊物在他这里全能卖出去，走俏的可以卖得高些，而学术性强的则卖得低些，不过总比当废品卖的收入要可观得多。楼道清扫员大致与他定好了送刊物的时间，那就是黄昏时分，这时她已基本打扫完楼道，而老伯的旧书摊生意这时最红火。

给他们接上头后，我如释重负。当晚，我回家后给几家综合性刊物写了信，以往他们写给我的约稿信我都没有回复，因为他们是关于妇女、儿童、股票、新闻的时尚类杂志，我很少给这样的刊物写稿。现在我主动要求写稿子，条件是让他们给我赠阅全年刊物。我想此类刊物在旧书摊会大受青睐。

冬天摸着黑来了，它带来的全都是昼短夜长的日子。她出现在下午的楼道通常就是日落时分了。由于透过门镜观察她视线模糊，有时我提前把楼道灯打开。有两次她似乎察觉到了什么，站在我的门前怔怔地看着防盗门上方的灯，仿佛是看见我把家财露在外面一样，为我满怀担忧。我赶紧去单位请电工来把它换成声控灯，这样光线一旦微弱了，她到来时走廊自然就亮了起来。我还把门镜擦得铮亮，这样看她时更加真切一些。我注意到，当灯在瞬间亮起来的时候，她总要抖一下，那些光就像黄鼠狼的尾巴一样扫着了她，惊得她不知所措。

她比以往看上去要活跃了一些，我从她干活时举止伶俐了许多能看得出来。同时，她的呼吸声也不那么深重了，透过门缝，我所听到的呼吸已如涓涓细流一样舒缓。她在收拾我放在门口的垃圾时一如往常地仔细，我精心伪装的"垃圾"她大都能及时发现，把它们收进那个干净的袋子中。只是有一回我放的半罐绿豆粉被她弃了，她打开盖，看了几眼，就把它扔进脏的编织袋中了，我想绿豆粉的颜色大约使她以为它发霉了。

每隔半个月，我照例把两大捆刊物交给她，她再拿到南安街的老伯那里。有一次她兴冲冲地告诉我，上回送去的刊物卖了多半，老伯分给她三十多元钱。她问我喜不喜欢绿色的头绫子，她见我总是披着长发，想让我束一束头发。我说我喜欢金黄色的，她欣喜地说就为我买金黄色的。两天之后，她的脚步声出现在门口的时候，我见她从蓝袍子的口袋中掏出一条金黄色的缎带，她把它抖了几下，然后凑近我的门。她的身躯挡住了门镜，我的眼前漆黑一片，看不见她把那缎带是怎么固定在门上的。当她的身影移开的时候，我看见了一条闪着阳光般光泽的头绫子，它就像一道飞来的流云悦人眼目。她一出楼口，我就迫不及待地打开门。那缎带是用透明胶布固定在门上的，我把胶布揭掉，捧着柔软、光滑而又无限灿烂的它，梳起一根独辫，用它做结。我打的是蝴蝶结，它看上去鲜润、明媚极了，就像一盏菊花灯，照亮了我晦暗的脸。

逢到下雪的日子，她来得比平素要早。她仍然穿着蓝袍，不过里面套着棉袄。她也还包着土黄色的头巾，不过不戴口罩了，我猜她的肺抵御灰尘的能力增强了。她的状态极似一棵原以为干枯了的老树，不知经过了哪一场的和风细雨，突然又萌发新绿，充满生机了。

腊月的一个午后，我正在书房接收一份传真，走廊里突然传来一阵悠扬的口哨声。跟着，哗啦哗啦的扫地声传了进来。我连忙奔向门口，出现在门镜后面的是一个二十几岁的男青年，他满脸疙疙瘩瘩的，很胖，他一边打着口哨一边扫楼道。我很纳闷儿，那老女人哪里去了？她是生病了，还是有什么事情耽搁了，让这小伙子替她一天？我放在门口的垃圾，恰好有给清扫员的半袋山木耳。当小伙子扫完地，手伸向那个垃圾袋时，我隔着门大喊了一声："别碰我的垃圾！"我打开门，望着这位不速之客。小伙子撇了一下嘴，他指着垃圾袋狐疑地问："这不是垃圾吗？"

我说："是。"

"那为什么不能收？"他问。

"你是谁？"我问。

"清理楼道的呗。"他说，"我是新来的，所以你见着我眼生。"

"原来的那个呢？"我迫不及待地问。

"她呀，人家现在不用她了，让她回家了！"小伙子说完，快意地打了一声口哨。

"为什么?!"我有些愤怒了，"就因为她老吗？"

"那倒不是。"小伙子说，"街道办事处原来看她家太困难，就把本该给年轻人的活儿分派给了她，可是她呢，一个快七十的人了，不好好伺候自己家的老头，又跟南安街一个卖旧书的老头搞上了，街道上的人就把她打发回家了。那卖旧书的老头不是有钱吗？让他养她好了！"小伙子说完，就去提那个刚被他放下的垃圾袋，这次我没有制止他。我问小伙子："那个扫楼道的老太太自己有老伴啊？"

"没有的话她也不应该去搞呀，她都这把年纪了，再说她自己家还有一个。那老头瘫了快二十年了，她可能伺候他伺候烦了。"小伙子发完牢骚，显然不想再耽搁时间，他提着聚集在一起的垃圾袋，去五楼了。与我同楼层的一号门近段时间家中无人，所以他轻松地绕过去了。小伙子收拾垃圾痛快多了，他不提什么大的编织袋，只是带着笤帚和撮子，把扫得的东西就近装进住户的垃圾袋中，然后把几个垃圾袋拴在一起，提着它们走，那样子很像开个体小饭店的厨子在菜市场买菜，买得七八袋后，能用一只手一并提走。应该承认，这样的楼道清扫员看上去更舒服一些，因为他年轻、有力气，看他做活心里服帖，没有负疚感。可是我却放心不下那老女人，难道她真的和南安街的老伯好上了？

为了探个究竟，当积攒的刊物有了一定数量后，我提着它们到南安街去。那是个陈旧的冬日午后，天空灰蒙蒙的。冷风飕飕刮着，除了车声，几乎听不到人语。行人个个因寒冷而缩着脖子，他们的话似乎让寒风给冻结了。

南安街的旧杂货市场到了冬季冷清多了。市场里少见顾客，路上的白雪已被踩得又脏又乱，上面遗弃着烟头、纸屑、果皮以及谁家的宠物狗遗留下的粪便。老伯戴着一顶咖啡色呢毡帽，正站在旧书摊前给一些书套上白色透明的塑料袋。他见了我"哎呀"叫了一声，说是他本想这两天跟老梁去我那里认个门的，以后由他去我那里取刊物。我不知道老梁是谁，他就笑着说："就是你领来的那个清扫楼道的老太太呀！"老伯说："她跟我说她在家学做裁缝，不扫楼道了，以后让我自己取刊物。其实我也不该让她来送的，她身体不行，每回到了我这里要歇上半小时才能缓过乏来。"显然，清扫员没有跟老伯说出她不被雇用的真实理由，她一定是怕伤害了他。我先前还在疑惑他们之间是否萌生了感情，现在终于相信了。

老伯对我说，他跟老梁去过她家，她也真可怜，因为自小家穷，父母早亡，她就被过继给了姑姑。她姑姑家有个儿子，在亚麻厂烧锅炉。姑姑做主，把她聘给了自己的儿子。婚后他们生了一儿一女，都是痴呆。她姑姑不认为是近亲结婚使孩子痴呆了，而认为她天生是个丧门星，对她非打即骂。老梁生的女儿比儿子的痴呆要轻一些，智力虽有缺陷，但知道料理家务，她就把女儿嫁给外县的一个穷苦农家。而那个男孩子，他如今四十好几的人了，除了在街上闲逛和张嘴吃饭，连自己的衣裳都穿不利索。原先老梁的丈夫在亚麻厂还挣得一份工资，而且很健康，后来锅炉发生爆炸，他失去了双腿，在床上一躺就是二十年。先前单位还给医疗费和伤残补助金，及至前几年厂子效益不好，每个月只能领到二百多块钱，她带着一傻一残两个男人，把心都操碎了。

"难怪她这么大年纪了还要出来做事，真是不容易啊。"我感慨地说。

"咳，她那个表哥我也见了，真的就是个活死人，一天窝吃窝拉，连话都说不明白了。"老伯感叹道，"我一去，他不用好眼神看我，还故意把床头柜上的杯子碰到地上给打碎了，我真是可怜老梁，这女人这辈子太苦了。"

"你常和她唠唠嗑，她心情兴许会好些。"我说。

"是，我隔三岔五到她家帮她干点活儿。"老伯说，"有时候她也过来帮我卖书。她卖书不在行，能七折卖的书，她三折就给人家了。"说完，老伯哈哈笑了起来。

我跟老伯约好，以后刊物积攒到一定数量时，我就给他打电话，让他来我家取。他把电话号码给了我，而我将家中地址留给他。我们在说话的时候，老伯的手一直忙着，他将那些摆在书摊的旧书都套上大大小小的塑料袋，说是冬天风大，灰尘暴，容易把书吹变形和弄脏了。

离开南安街旧杂货市场的时候，我的心平静了许多。以后我不用再透过门镜去观察楼道清扫员了，我的垃圾也是真正的垃圾了。只是当楼道响起悠扬的口哨声时，我有些怅然若失。那个小伙子清理垃圾是不定时的，有时上午，有时午后，有时则是晚上。不论什么时候，他总是吹着口哨，且吹的都是同一支曲子：《红梅花儿开》。在深冬时节，这曲子就是闪烁在残雪中的绿色，让人有领略到春日阳光的感觉。

那一年的春节，我是在海南岛度过的。正月初六从海口飞回我居住的城市时，正赶上降雪。从飞机上下来，看着渐渐被白雪覆盖的机场跑道，我不由暗自庆幸。如果雪在我起飞时就下，那么很可能就不能正常降落了。换上羽绒服钻进出租车，看着北方萧瑟的原野被雪花一片一片地染白，看着那漫长的雪路，我不由想起了老伯和老梁，不知这个年他们过得可好？家里可否挂了通红的灯笼？我想休息一天后就去收发室把半月未取的邮件拿回来，好让老伯来取刊物。

　　楼道里传来阵阵搓麻将的声音。此外，还有炖肉的香味飘扬着。大多数的北方人还沿袭着老辈人过年的传统：窝在家里纵情地玩、尽情地吃。所以一走进楼道，熟悉的年味就飘扬而来。当我提着旅行箱走到六楼时，见我家的门上贴着一个红底烫金的"福"字，这"福"字大极了，有半扇门那么宽。"福"字的边缘还有龙凤和牡丹的图案，看上去喜气洋洋的。是谁知道我没有在家过年，而为我的门贴了"福"字呢？当我放下旅行箱要掏钥匙的时候，又蓦然在墙角发现一只白色硬塑花盆，花盆上放着一些碎报纸。我俯身把那些碎报纸清理出来，发现盆底呈莲花形地均匀摆放着六个红色的纸球，我已经全然明白了，连忙开门将花盆捧进屋子。我展开每一个纸球后，呈现在我手里的就是一颗沉甸甸的、圆润的鸡蛋！只是这鸡蛋的外壳个个都用彩笔描画着图案，好像这鸡蛋也在张灯结彩过年一样。那图案一个是一对喜鹊栖息在碧绿的枝条上，一个是天蓝色窗棂下飘舞着的一对红灯笼，还有一个是一个小男孩左右手各提着一条金鲤鱼。另外三只蛋的图案是这样的：红牡丹上落着的一对彩蝶；绿色的湖水上凫游的一对鸳鸯；一个小女孩用双手托起的两个红苹果。

　　我似乎来到了一片鸟语花香的森林，无限的陶醉和幸福。还有什么礼物比它们更珍贵的呢？我把这六只彩蛋放入书柜，想着将来吃它们的时候，一定要仔细戳一个小洞，让蛋汁慢慢流泻出来，使蛋壳完好无损，我要让它们成为我书柜中永久的一道风景。

　　时间嘀嗒嘀嗒地流逝了。又是春天了。我打开了封闭已久的窗户，又可以呼吸户外的空气了。摆旧书摊的老伯每隔半个月来取一次刊物，每回他都不进门，只是站在门口和我讲上几句话。从他那里，我能了解到老梁的情况。他说老梁现在气色很好，她的裁缝手艺虽然没有学到家，但剪纸却不错，常在家剪一些彩纸拿到工艺美术社去卖。春节时送我的六只彩蛋，就是她亲自画的。隔个两三天，她会到南安街帮助老伯卖旧书刊。我问过老伯，知道他的老伴早已去世，他是住在女儿家里。不知怎的，我在心里很盼望老梁的那个在床上躺了二十年的表哥丈夫早一点故去，我希望老梁在彩蛋上展示的图景能尽快出现在两个老人的生活中。

　　春天就像个年轻而健壮的大脚女人，走得唰唰的，很快就从我眼前过去了。而漫长的夏天则似一个年老的小脚女人，一步三叹地来了。我忙于长篇的写作，竟然疏忽了老伯已经很久没来取刊物了。当那些旧刊物越摆越高时，我才想起给老伯打电话。接电话的是老伯的女儿，她用很平淡的语气告诉我，老伯一个月前就故去了，让我以后不用再打电话了。放下电话，我愣怔了许久，有些不相信这个突如其来的噩耗。我当即打车去了南安街旧杂货市场，果然不见了那个旧书摊。向旁边卖旧器皿的人问老伯去哪里了，那人一撇嘴对我说："他到阎王爷那里报到去了，你要是不怕死，就去那里找。"说完，他又冷嘲热讽地说："上了岁数的人了，偏要赶时髦，还闹了场婚外恋，我劝他他也不听。你以为身子骨像年轻人那样禁折腾啊，我看他这是自作自受！"从他的不平中，我能感受到老伯对老梁的浓浓深情。

　　老伯去了，老梁能否承受这样的打击？我不知道她的住处，只得向楼道清扫员打听。那个总是吹着《红梅花儿开》的小伙子对我说，他并不知道老太太住在哪里，让我去街道办事处问。到了街道办事处，值班的一个肥胖的妇女对我懒洋洋地说，老梁这个人好面子，怕别人去她家，见到她家的寒酸，所以从不说住处，只知道在亚麻厂一带住。

人的悲哀和同情心就像一枚枚被扔进河里的石子一样，一开始还有棱有角的，经过时间溪水的不间断的冲刷，它也就渐渐被磨得圆润了。我沉迷在写作中，只有偶尔在黄昏散步时会想起她来。想起她佝偻的身姿和苍白而塌陷的脸，想起她转身时无限缓慢的动作和沉重的喘息声。

中秋节的午后，我正打算到市场上买一些水果，晚上用来祭月，在我将要开门的时候，忽然听到楼道里传来熟悉的脚步声。跟着，如拉风箱一样剧烈的喘息声飘扬过来。透过门镜，我见她渐渐飘移过来。她看上去比以前更弯曲了，这使她显得尤为衰朽不堪。她仍然穿着我所熟悉的蓝袍子，不过没有戴围巾和口罩，那稀疏而斑白的头发看上去格外凌乱。她怀中抱着一个牛皮纸包，她吃力地俯下身，把它放在我们门口的墙角。

等她直起身时（事实上仍是弯着），她面对着我的门，我以为她会叩响，然而没有，她只是无限深情地望着它，就像一个人面对失而复得的心爱之物一样，目光充满了怀念和温情。我蓦然想起，这门上贴着烫金的"福"字，是她和老伯一起来贴上的，她一定是在凭吊那个"福"字。她的目光由温暖而变得湿漉漉，由湿漉漉而又变得凄凉和绝望。她一会儿退后一步看，这样她离我远了一些，我能看见她青色的打着好几块补丁的裤管；一会儿她又凑到近前看，这样我只能望见她那张苦楚、衰老的脸。她似乎很想哭泣的样子，我见她几次抽搐着脸，可是泪水却一滴也没有流下。我实在不忍心再看她情深意切地怀念那个"福"字时的目光，我转身回到书房，站在书柜前望着那六个一字排开的色彩鲜艳、图案妖娆的空蛋壳，泪水不由潸然而下。

那牛皮纸袋里如上两次一样放着六个鸡蛋。不过它们没有像以往一样被逐一层层包裹着，而是青白地裸露着。它们也不是一般大小，有两个外壳已被磕裂了缝。透过裂缝，能隐隐看见里面如火山般莹莹欲动的蛋黄。

那晚上的月亮一头钻进厚厚的云层里，一直没探出头来。我供在阳台上的水果，想必是它连看也没看上一眼吧。

2003 年

白　墙

　　得到搬家许可的那天黄昏，正是哈尔滨少见的一个细雨霏霏的秋日黄昏。那时候已是持续三四天的阴雨天气，所以我担心搬家这天会下雨。

　　房间里堆积着大大小小的纸箱，这些早已打装整齐的纸箱里装着我全部的家当：书籍、衣裳、小摆设等等。我站在昏暗的厨房里为自己做了一顿晚饭，晚饭的内容我已经忘了，虽然说那是我在旧房子里的最后一顿晚饭。无疑那晚饭再简单不过，食之无味，而且被我的重重心事所包围。

　　但我记得晚饭后还是将炊具放入纸箱中，并且用墨笔在这纸箱上写了"易碎"二字。我很早就躺下了，那个黄昏我一直没有开灯，我习惯于在暗夜中想事情。我的脑海中总是浮现着有关天气的往事。

　　记得一九八四年姐姐结婚的前一夜，还健在的父亲几乎彻夜未眠。那个变幻无常的早春常常雨雪交加，那天夜里润物细无声的春雨将晴朗的消息给挡在九重云外，雨下得无声无息，大地是太饥渴了。我不断地听到开门声，那是父亲一次次地站在屋檐下观察天气。他不希望女儿出嫁的这天阴雨绵绵，他喜欢阳光。父亲就这样魂不守舍看了一夜的天气，凌晨时那天色就奇迹般地发蓝，雨也缥缈了许多。待到婆家的喜车前来迎亲时，太阳竟跃出铅灰色的云层，将又白又亮的光洒向我们家的小院。

据说民间流传着这样一种说法，结婚那天下雨，预示夫妻离散，泪水交流；而下大雪则意味着白头偕老，大概是取白雪"白"字之说吧。父亲每每复述这个传说时总不无沾沾自喜地说："我娶你妈那天下了一天的大雪。"

"你用什么车接的亲呢？"我问。

"马爬犁。"父亲自鸣得意地说。

我便看到了多年以前父亲坐在马爬犁上顶着漫天飞雪接他的新娘的情景。但他们并没有白头到老，父亲走到人生的半路就突然像个藏猫猫的大孩子一样一去不回头了。

母亲不再相信天气对人生的预测。

我们家过去住的房子是板夹泥的。房脊不高，但屋子却很温暖，墙壁粉刷得很白，阳光照在白墙上，屋子就显得格外敞亮。后来为了拓宽房屋面积，父亲母亲决定接房子。"动土易惊神"，所以家里还是提前找了个风水先生，定了动土的日子和方位。旧房子的白墙被扒掉了，新房子又起了一座白墙，都是很亮很亮的白墙，我们躺在这墙下看窗外的天气。

胡思乱想了一夜，第二天凌晨三时便醒了。外面灰蒙蒙的，仍然有淅淅沥沥的雨下着，但云层并不厚，甚至可以说是很薄。我将行李捆好，站在阳台上看天。看来天还是有晴起来的可能的。乌云是渐渐少了，有的地方还露出亮色。我想，是否应该准备一些塑料布备用？万一搬的时候下雨呢？这时候可以将它苫到敞篷卡车的东西上。但又一想，大凡准备了的东西就会用得上，不准备也许就不需要，所以我不相信有备无患的说法。有备必患，我是这样认为的。

六点左右，雨停了。残存的云气东躲西藏着，太阳已把某些地方照得一片亮丽。我高兴极了。八点三十分搬家的车辆和人员进驻我的旧房子时，天地间已是阳光灿烂。我迎着雪亮的阳光去别人家的旧房子——我的新房子当主人。我有一种出嫁的感觉。卡车绕过西大桥在泥泞的小路上与一些进城的架子车擦肩而过的时候，我觉得生活充满了无穷的滋味。

搬家很顺利。午饭后我独自回家向着八楼的居室攀登时，竟没有觉出疲惫。我用崭新的钥匙打开门，房间里凌乱不堪，灰尘遍地，现在是需要我体力劳动的时候了。我先把煤气罐的管子与炉具接好，烧上一壶水，然后开始安置那些大大小小的纸箱，将它们放在方厅的北墙边，之后将装满杂物的大木箱推向墙角（我没有力气搬动），床、写字台凡一切我搬不动的东西均采取了推的方式，让它们各就各位。半小时以后，屋子显出好大的一块空地，而我也可以坐在窗前的写字台前了。我在这里写的第一封信是给家里，我告诉他们，刚刚搬完了家，一切顺利，天没有下雨，阳光难以想象的好。我还说，第二天就上街找人粉刷墙壁，我要我屋子的墙是雪白雪白的，就像我们家过去住的房子的白墙一样。

信刚投出去，天就阴了，不久又下起雨。我站在八楼的阳台上看楼下行驶的车辆，看雨中尚未脱落的挂在树上的叶子。

刷墙必须选择太阳天，不然阴天刷墙墙壁不会干得那么透，甚至于发乌而使墙皮脱落。

搬家的第二天是十月一日。天彻底晴了，用"一碧如洗"来形容一九九二年哈尔滨国庆节的天气是恰到好处的。我穿上牛仔裤、运动鞋到革新街市场雇人刷房子去。革新街两侧都是店铺，里面有卖水果蔬菜、鸡鱼肉蛋的，也有卖日用小百货的。乡下来的民工大都聚在市场门口等活儿。记得小时候，一到年关，我们那个小镇每户人家最忙的事就是刷白墙和糊纸棚。那时候石灰、蓝靛和报纸就格外走俏。谁家刷了白墙而又糊了纸棚，谁家的女主人在过年时就会心平气和。

刮大白（刷墙之意）的人共有七八位。他们的面前一律放着自行车，自行车的横梁上用绳子绑着刷墙用的长木柄刷子，而车后座上则吊着石灰桶。刮大白的人都穿着落满石灰点的布衣，我想这大概有两重意思，一是刷墙是个脏活，可着一件衣服造就可以，再一层大概是给雇主看的，也就是说他已经给许多人家刷过白墙了，不然怎么会弄上一身的石灰点子？石灰点子多，说明他成绩大，技艺高。来雇刷墙的人除我之外都是男人，他们有的步行来，有的骑摩托车来。他们打量雇工的眼神就像看牲口的牙口一样挑剔。年轻力壮的人会很快被人请走。轮到我，只剩下两个人了。一个是态度多少有点过于热情的臃肿的年轻人，他叼着一支香烟，频频说他刷墙利落均匀，速度快。我曾在报纸上看过一则消息，说是一个丈夫出了国的独身女人请水暖工来修理下水道，结果这人见她姿色动人又戴着好几个金戒指，就将她奸污之后杀掉，然后逃掉了（当然这是罪犯终于锒铛入狱后供认的）。所以我对所雇的对象采取了谨慎选择的态度。首先，我把金戒指从中指移到无名指的已婚位置上，当然，这是最最天真表面的想法，意在说明自己已有男人，其实这在罪犯眼里是不堪一击的。其次，我编好了一套谎言，等到刮大白的人进入我房间，一见家中只我一人，我就装作无意告诉他我丈夫出去办紧急案子去了，随时都可能回来。当然，这往往就是"此地无银三百两"，而更快被人识破。最后，我要在他刷墙的时候监督他的一举一动，将房门开得大大的，这样万一不测可以逃出去或者大声呼救，也许邻居会听得到，当然这前提是邻居是善良的。

我只能凭着二十几年的生活经验来判断一个人的精神气质。所以我对那个油腔滑调的男人产生了不信任感。当我甩开他走向那个老人时，这年轻人脸上现出的嫌恶和鄙夷神色使我觉得我做得十二万分正确。

这老人穿着蓝布中山装，戴一副黑框眼镜，站在灰色电线杆子下面。他的帆布胶鞋和身上都落满了石灰点。他并不主动和我打招呼，而是将慈善的目光移到我身上，我立刻觉得安全感像阳光一样从心房中温暖地升起。我想，怎么就没有考虑到雇个岁数大一些的人呢？岁数大，激情消退（这是多么邪恶的想法），不至于发生前面讲过的单身女人遭遇的事情。所以我几乎是有些兴奋地说："大爷，我想雇你去刷墙。"

他并没有表示兴奋，而是略微点了点头。

"你家住在哪儿？"他问。

"文昌街下面，很近。"我说。

"楼房？"他又问。

"对，是八楼。"我一说完，他便摇摇头说："八楼太高了，你雇那个年轻的吧。"

"我只想雇你。"我着急了，"我不想雇年轻人。"

"八楼太高了，又没有电梯。"他又说。

"可以多加钱。"我热切地说，"多给你加五元的上楼费。"

"老关，你就去吧，人家实心实意请你。"那个卖石灰块的中年妇女看起来跟他很熟，"又多加钱，再说文昌街又不远。"

他终于点了点头。他仔细询问了房屋面积、家具归拢情况以及厨房的墙裙子有多少米等等，然后说："最高那层楼不好刷，屋顶有暖气管子。"

"可以再加五元。"我说。

他妥协了。他在卖石灰块的女人那儿买够了石灰，然后问我家中是否有盐和肥皂。我告诉他精盐还有半袋，肥皂没有。他说盐够用了，肥皂他就去买，让我帮他看着自行车。

他买肥皂的时候我跟那个卖石灰块的妇人交谈起来。她告诉我，老爷子今年已经六十四岁了，天天出来找活儿干，她说他干活仔细，就是有些慢，雇到他是我的幸运。说话间，他已经买回肥皂来了。

我领他来到文昌街的家中。由于楼道的窗户很小，而且大都被居民堆积的物品所遮挡，所以即使白天也很昏暗。我提着灰桶，他拿着刷子和石灰，我尽量放慢上楼的速度。待到了八楼我回望他，发现他并不像我这般气喘吁吁，可见他身体素质很不错。

他一进门就用尺子量房屋面积，最后他告诉我，给他四十元就够了。

我将盐拿出来，告诉他用时稍留一点够我做一顿饭的就可以。

他答应了。他开始泡石灰，将肥皂削成片兑进去，接着又加蓝靛和盐。加盐时他倾其所有，当他提着空袋时忽然想起了我的嘱托，"忘了给你留点盐。"

我连说没关系。

他对我说，一到秋天，刮大白的活儿特别走俏，他每天都能揽到一份。他还说我的墙壁上的墙花实在不受看，我连忙解释说刚搬进来一天，墙花是老主人家留下的。本来很白的墙印上了粉红色的竹叶图案，而房厅则是杏黄色的墙花，对于一室一厅的房子来说，委实过于花哨了。

"这墙花能盖得住吗？"我担心地问。

"刷两遍，盖得住的。"他说。

他一边刷墙一边和我聊天。他姓关，老伴去世已经三十多年了，早先他在一家工厂工作，离休后同女儿一起过。他说女儿家就在光辉街角上，二楼。

"您老伴去世时您才三十多岁，怎么没想到再找一个？"我吃惊地问。

"穷哇。我有三个女儿，没儿子。三个女儿都小，靠我一个人的工资，供她们吃穿上学，哪有娶亲的钱。再者说了，谁愿意给三个孩子当后娘？找不着了，等孩子们都长大成人，过上了好日子，我岁数也大了，就这么过了。"他说完又问我家中的情况。

我告诉他我姐弟三人，父亲去世六年了，母亲才五十，身体很好。我是独自在哈尔滨生活。

"怎么不把你妈妈接来？"

"我想等房子收拾利索了再让她来。"

"你是个孝顺孩子。"他说。

一个六十多岁的老人干起活来仍然那样利落干净是我始料不及的。窗户打开着，晚秋的阳光照耀着墙壁，那些愚蠢的墙花正一点点消退，墙壁渐渐显得明快起来，屋子也亮堂了许多。

他刷得很仔细，动作均匀，我一再对他说累了就歇一会儿。他说："你忙你的活儿去吧。"

我便跑到阳台，去收拾垃圾。也许是临街的缘故，阳台尘垢满面，我将废旧的纸盒、罐头瓶等杂物收拾到一个大塑料袋中，准备背到楼下的垃圾箱里。

"关大爷，我倒垃圾去，你自己在家吧。"

"你去吧，你放心，我能给你看好家。"

我放心大胆地下楼倒垃圾去了。我穿着肮脏的牛仔裤背着垃圾路过一家酒店时，正赶上迎亲的乐队起劲地演奏一首乐曲，我猛然想起关大爷三十多岁时因为贫穷而没有再婚的事，不觉眼睛湿了。

倒完垃圾我在街角买了一个西瓜，回到楼上。这时关大爷已经把十八平米的屋子刷完了第一遍，他正转战客厅。我将西瓜切开，再三让他歇下来吃块解解渴，他执意不肯，连说"不累，不渴"。

"那你渴了自己吃。"我说。

他点点头。

我又一次下楼去倒垃圾。往返几趟后，关大爷已经把厅刷完了，而我也收拾干净了阳台。其时正值晌午，我提议将西瓜吃完后吃饭，鸡汤是前一天就熬好的，只需热一下就行，可他连忙说他不饿，他要一气干完。我想他是担心吃了我的饭，就不能如愿以偿得到工钱了？为了消除他的疑虑，我从钱包里取出六十元钱，对他说："把钱先给您吧，我糊里糊涂的，一会儿别再给忘了。"

他马上识出了我的阴谋，"怎么会忘了给钱呢？"然后又说："我只要四十元。"

我说："关大爷，肥皂、石灰都是您买的，又上了八楼，您要四十元钱我心里不好受。"

"你又不宽裕，一个人在外不容易。"

"其实我不光挣工资，也有一些额外收入，我写文章能挣到一些稿费。"

关大爷大概不明白稿费是什么，所以他执意说四十元足够了。虽然我用六六大顺的话来说服他收那六十元，他就是不肯。最后我说："咱们每人都做出一个让步，您要五十元吧。"

他犹豫好一阵，还是将五十元钱接了，将它塞在裤兜里。我大大地估计错了，他收了钱后更加坚持说他不饿，只吃了一块西瓜又开始刷厨房了。

他不吃，我只能不吃。其实我饿了，楼上楼下地折腾了一上午，早晨喝的鸡汤早已不见踪影了。我想他也一定很饿，可我说服不了他。

我便站在他身后与他聊天。

我诉说我来到城里后更加想家。我家在山区，是平房，家里有一个小园子，种菜也种花。我还说家里的房子很宽绰，都刷着白墙。

关大爷叹了一口气，有些替我惋惜，"哪儿养人应该在哪儿过日子。"

他对我说，像他这等年纪的，在家闲着太没意思，他得想方设法干点什么活儿才行。他说人一停下来享福，离死就不远了。

我说："我人到了您这种年龄，恐怕连上楼的力气都没有了。"

"所以你现在得吃苦，多干活。干活不是坏事情。"

关大爷刷过了厨房，又回过头来刷第三遍。我朝他要了一把小刷子，打算帮他刷卫生间和贮藏室。因为小时候我在家也刷过墙。我用一只瓷盆装了些石灰浆，将头蒙上方巾。关大爷嘱咐说："你得戴上副眼镜，石灰点落到眼里可不得了。"

我便又将变色镜架到鼻梁上。毕竟多年不干这活了，虽然卫生间面积不大，我还是刷了半个小时，刷完后颇为骄傲地叫来他，"您看看我刷得怎样？"

"挺好。"他说，"看来你干过这活儿。"

但是那种喜悦很快就消失了。我忘记了戴手套，石灰浆浸泡着我的手足足有半小时，现在我的手指开始胀乎乎地闷疼，我连忙跪到水龙头下去冲石灰浆，一阵钻心的疼痛袭遍全身。我的手指肚开始出现褶皱，并且泛白，关大爷让我不要再刷贮藏室了。

午后的阳光虽不似上午那般蓬勃有力，但也纤细动人。我坐在木箱上，又陷入了对于天气的回忆中，那时候一点说话的心思都没有了。在这种时刻，时光在我的房间分两部分进行，一部分随着我的思绪朝过去流去，一部分随着关大爷的劳动朝一堵堵白墙流去。而这两部分的时光又汇合在一起的时候，太阳已经朝西走了。关大爷刷完了墙正在收拾工具。我又累又饿，我猜他也一样。

我说："关大爷，您喝了鸡汤再走。"

他说："不了，我出来一天了，闺女给留着饭呢。"他提着灰桶走到门口，又说："你吃点饭再收拾东西吧。你一个人有啥难处，就到市场门口找我去，将来你妈来了，领她去我那儿玩。"他又交代了一番住宅地址，步履蹒跚地下楼了。我坐在午后的空气中，觉得无比羞愧。我请他，不是因为考虑他年纪大可能会没人雇他，而是为了安全。我不敢再深入想下去。

一九九二年十月一日我在哈尔滨的居室有了新生活的气氛。夜晚躺在床上，看着四周的白墙，觉得温暖而舒适，这时节童年生活的场景就像风一样不停地吹来，而那雪亮的白墙也终于有一条我自己的影子。我和我墙上的影子开始了愉快的生活。有时我对自己的影子说："晚饭后我带你散步好不好？"

影子说："我非常愿意。"

它就随我进厨房了。

初冬的一个正午，我从建设街书市徒步经过革新街市场，我又看见了关大爷。他穿上了棉袄，依然戴着眼镜，面前放着那辆驮着刮大白工具的自行车。我过去和他打招呼。

"现在活儿少多了吧？"我问。

"要入冬了，刷墙的少了。"关大爷说，"没人雇我也愿意出来看看天。"他忽然想起了什么似的，问："你妈来了吗？"

我说还没有，现在她在家抱孙子，等来年春天哈尔滨的丁香花开了，就接她来玩。

他说："她比我年轻，能爬得上八楼。"

我笑笑，告别他朝家走去。

这时他突然又追上来问："墙花全被盖住了吗？"

我说："盖住了。"

"白不白？"他又问。

"很白。"我说。

1993 年

二重唱

丽丽安拨着拨着壁炉的火，突然用手中的铁钎子狠狠地戳着一块没有充分燃烧起来的劈柴，跺着脚大叫："可恶！可恶！可恶得就像我的前夫！"她像一条病态的老狗，挥舞着铁钎子，先是将那块像骨头一样没有生气的劈柴叼到壁炉的死角，然后又狂敲了几下防止火星飞溅的铁网围栏，这才长吁了一口气，撇下铁钎子，又陷进沙发中端起了酒杯。她喝酒时仰着身子，将头搁在沙发靠背的顶上，左手持杯，当酒进了嘴里后，她会合上眼帘，慢慢品咂，并用右手的五指弹着右腿，好像她的那条腿是一架竖琴。

我认识丽丽安只有六个小时。六小时前，我提着一件行李从悉尼乘火车来到了蓝山，住进了波入那。波入那是澳大利亚一个著名的写作中心，位于蓝山中。这座古堡式的房子大约有六十几年的历史。它坐西向东，四周被参天的古松和枫树环绕着。六月的蓝山已是深秋，高大的枫树脱尽了叶子，只剩下光秃秃的枝干，而矮株的年轻的枫树还是满树红叶，仿佛举着一颗颗心，让蓝天和白云来阅读它们。这样的枫树就跟那几株还在盛开的耐寒的杜鹃一样，有了花树的气象。

最初见到丽丽安，是她弯曲着的背影。她蹲伏在一楼客厅的壁炉前，正在引火。那是傍晚时分，蓝山的太阳已耗尽了热量，摇摇欲坠着，凉意随着暮色的加深而愈浓。她穿着一件很旧的黑白条绒衣，黑色棉马甲，参差不齐的短发黄白相间，可见她已是人到中年了。听见背后的响声，她回过头来，缓缓站了起来，我这才注意到她穿的黑色锥形裤子皱皱巴巴的，布质表面的纤维已有被磨薄的地方，所以那黑色看上去是不均匀的。她的个子很高，但脸很小；她有着微蓝的小眼睛，挺直的鼻梁，嘴巴有些小，嘴唇很薄，因而她的笑容显得有些艰涩。当我们相互走近握住彼此的手时，我更加清晰地看见了她脸颊和眼角层层叠叠的皱纹。我对她报了姓名，说从中国来；她先是无限惊奇地叫了一声"中国"，然后说她叫丽丽安，并告诉我这里每天晚上七点开饭。从她引火的举止、不讲究的衣着以及她告诉我晚餐时间的行为中，我判定她是这里的佣人。直到晚饭开始，大家陆续从各个房间中走出，依次坐在饭桌前，从他们谈天的只言片语中，我才明白丽丽安原来是个剧作家。

波入那接待过来自世界各地的许多作家。这幢二层小楼有六间单独的房间，房间一分为二，临窗的是工作室，有书桌、躺椅和书橱，里面则是卧室。工作室的窗子独当一面，非常宽大，好像是为窗外的古树特意制作的一个画框。只要微微抬头，那树影、花影和鸟影就扑入了眼帘。

这里没有佣人。作家入住这里，就像在自己家一样，日常生活都要靠自己打理。楼下有厨房，冰箱里藏着形形色色的食品和饮品，早餐和中餐由大家自己做。楼下还有洗衣房和会客室。到了晚上七点，会有人准时把饭送来。

秋日的蓝山天黑得早。七点钟，窗外已是浓浓的墨色了。寂静中，忽听得楼下一阵车声，接着是两声清脆的"嘀嘀"的鸣笛，送饭的人到了。门口的声控灯也随之亮了起来。她是个举止优雅、气质非凡、风韵十足的老太太。她中等个儿，宽额，长而瘦削的双颊，尖而微探的下巴，深陷的灰蓝色大眼睛，一头银发高高绾起，额前斜斜飘着一道刘海，像一片云。她穿一条黑色毛呢长裙，黑色的长筒袜和黑色的平底皮鞋，裙子的领口处翻出两道浆洗得干净而挺挺的衣领，白色的，像海鸥张开的一双翅膀。我在心底里叫她凯瑟琳，因为她像极了好莱坞的明星，那个晚年时仍能在《金色池塘》里大放异彩的凯瑟琳·赫本。她打开后备厢，大家鱼贯而出，将她做的菜一一捧进房子，热菜重新放入微波炉加热，而凉盘和甜点则直接摆上餐桌。

我对凯瑟琳来说是生人，所以她热情地问我喜欢吃什么，她说她喜欢做中国菜，不过都经过了改良。我说吃什么都可以，她很俏皮地咂了一下嘴，然后晃晃头，做出不信任的样子。

我的英语程度很低，一般情况下，我只能听懂只言片语。我大约没说过一句完整连贯的话，只能拣些主要单词一个一个生硬地往出蹦，语法混乱不堪，与疯子的呓语差不多，可大家总是很善解人意地耐心地侧耳聆听。凯瑟琳是唯一对我令人捧腹的英语当面报之以热烈笑声的人，她笑起来手舞足蹈的。

凯瑟琳厨艺不错，主菜是牛肉粒炒青豆角，配菜是蔬菜沙拉，甜点则是苹果派。我们吃喝的时候，她自取了一杯红酒，坐在沙发上边饮酒边与大家聊天。她说昨天有个开餐馆的老板自杀了。他的餐馆经营得不错，身体健康，家庭看上去也和睦，不知他为什么不想活了。

丽丽安听到这个消息，高叫了一声"自杀"，然后大笑一声，把刀叉弄得很响，低头嘟囔了几句什么，对着盘中食物狼吞虎咽起来。其他三位作家，对这个消息都报之以沉默，好像自杀是他们将要实施的一个宏大计划，被一个开餐馆的人捷足先登了，让他们很沮丧。

除了我之外，其他人讲的都是英语。我不知他们来自哪些国家，在我眼里，每个作家都是这座大房子中所发生故事的主人公。从肤色判断，那个喜欢垂着头吃饭的梳着光亮发髻、眼睛又黑又大、肤色黝黑的女人，也许来自印度、巴基斯坦或是马来西亚，因为她肤色的黑不是非洲人那种源自体内的黑色，她的黑色有浓郁的紫外线多年照拂的痕迹。另两个男作家一胖一瘦，胖的年纪偏大，白发，白的络腮胡子，宽脸，戴副金丝边眼镜，这眼镜架在他的红鼻子上，显得有些滑稽。在座的唯有他体积最大，可他极少碰食物，只吃了少许沙拉。而那个肤色白皙、面容清瘦的年轻作家，一言不发地一杯接着一杯地啜着白葡萄酒，时不时看看手上的戒指。他的手指除了大拇指和小拇指外，都套着戒指。那六枚戒指质地、形态、颜色各异，使他看上去像个珠宝贩子。我想没准他在写一部关于女人的作品，试图戴上戒指后，能揣摩到女人的心理，以求写得更逼真些。那戒指有一枚是深蓝的底调上浸着翠绿和银粉的颜色，再配之以金线，很像中国的景泰蓝。我们的目光有一刻相遇了，但他很快低下了头。他的那种不含羞涩之意却带着某种抵触情绪的低头的举动，让我想起了几天前在北部城市达尔文的经历。有一个夜晚，一位工程师带着探照灯，领我到城外的树林去寻袋鼠。我们在海边的树林等了很久，只看见了几只跟青灰的水泥石墩一样端立在远方的袋鼠。袋鼠跟狼一样怕光，它们见了光并不马上逃走，可你要是提着探照灯接近它们，它们在瞬间愣怔后，会很快适应光明，然后转身一蹦一跳地逃走。就在看完袋鼠归来的那个夜晚，车子经过一处海湾的空地时，我见一对恋人正相依相偎着，他们的身旁停着一辆银灰色的轿车。待车子与他们擦肩而过时，我才发现拥抱着的竟是两个牛高马大的男人！工程师对我说，在达尔文，同性恋很普遍，越来越多的年轻人选择这样一种生活方式，令他们的家长无可奈何。

那位男作家的目光，使我想起了达尔文的那个夜晚，如果他果真是同性恋者的话，那么他戴着的那些戒指，无疑就是他"女性"身份的证明了。

凯瑟琳带来的有关餐馆老板自杀的消息并没有引起大家热烈的讨论，她显得有些失望。她放下酒杯，笑容满面地与大家道别。但我看得出她笑容背后的那份落寞。她没有将酒饮尽，而是留着一小口，好像杯底坠着一颗红樱桃。

饭后，大家收拾了餐具，把它们放进厨房的洗碗机里，各自回房了。我贪恋壁炉的火，就拉了把椅子坐在它旁边。不一会儿，已喝得满面绯红的丽丽安又提着一瓶刚开启的啤酒进来了，她先是坐在地毯上狂饮了半瓶，然后起身去捅壁炉的火，当她用铁钎子扎着那块燃烧缓慢的劈柴，大叫着"可恶！可恶！可恶得就像我的前夫！"的时候，我听见窗外风声大作，有一种鸟发出骇人的怪叫声。

清晨起来，我穿过波入那蓊郁的林间小径，走上一条公路。山间的公路蜿蜒起伏，没有行人，连车辆也没有。路面有很多白色的像痰一样的痕迹，那是鸟儿遗落下的粪便。太阳已经挂在林梢了，阳光使每一株树都变成了燃烧的蜡烛，明亮极了。林中的鸟儿大约因为沉默了一夜，此时正竞相亮开歌喉，此起彼伏地歌唱着。一会儿一群白嘴鸦大叫着掠过，一会儿又是几只喜鹊喳喳叫着从树上飞起，一会儿又见一只翠绿的鸟儿炫耀它满身的春色似的，从我的头顶飞过。它们的鸣啭各不相同，有的像人敲击瓷器的那种脆响，有的像情人间温存的呓语，还有的像掠过林间的沙沙的风声。我想这些鸟儿之所以如此激情澎湃地欢叫着，大约也是想让别的品种的鸟听懂自己的语言。我想每一种鸟都有自己的语言，它们之间的交流，也许不像我们想象得那么容易。为了验证这个判断，我驻足片刻，打了一声口哨，林中的鸟鸣立刻就停止了，森林刹那间寂静起来。鸟儿们一定纳闷：什么鸟闯入了我们的领地？然而它们只是寂静了片刻，很快，形形色色的鸟儿又叫了起来，仿佛它们在热烈地讨论我的声音。我放开喉咙，噘着嘴恶作剧般又悠扬地叫了一声，我又遏止了鸟儿的合唱，林中再度陷入短暂的寂静！

我气喘吁吁地爬上一座山冈。山冈的西南处，有几座房屋的影子。山中的狗是灵敏的，它们嗅见生人的气息和异样的脚步声，发出警觉的吠叫。我沿着山冈的缓坡向下走，在几十棵密实而高大的桉树和松柏的掩映下，凹陷着的是蓝幽幽的山谷。山谷像一个巨大的空空的篮子，等待着收获大自然赐予它的果实。那果实是什么呢？是熟透了的野葡萄，还是凋零了的像离散的旧书页一样的落叶？抑或是天空的云朵或是鸟儿遗落的羽毛？在山谷的尽头，是连绵不绝的山的剪影，它们透出晴朗的蓝色，好像山也变成了一片天。

这就是著名的蓝山景色了。据说这种蓝色是山中的一种矿物质遇见阳光后散发出的光泽，但我不愿意相信科学的解释。我宁愿为它杜撰一个神话。比如说原来的山峦是绿色的，它们每日仰望着蓝天，而蓝天也每日俯视着绿色山峦。天是这世界人们所共有的，山峦想，绝不能让天的一角变为绿色，它就决定自己改变颜色。它想大地上山峦纵横，不仅有绿的青山，红的火山，还有白的雪山。它为什么不能变成蓝色的呢？当它终于变为蓝山，与天融为一体时，蓝山那高贵而幽静的美立刻征服了世人。

要不就是造物主有一天在空中俯视他刚刚创造的世界时，发现山峦多是绿色，太单调了，于是就把这片秀美的山峦点染为蓝色。

蓝山就应该是这样来着，我想。我这样想了，它在我的脑海中也就以这种姿态存在了。

高冈的枯草丛中还有零星的蒲公英在开放。那金黄色的花朵在清冷的秋风中，就像一朵朵灿烂的笑容。我采了几枝，打算插在瓶里，点缀我的书桌。我喜欢在书桌摆上一瓶鲜花。我更爱这种来自山峦原野的野花，可在城市中，我只能与花店出售的那些修剪整齐、呆头呆脑的鲜花为伴。

也许蒲公英是白嘴鸦的最爱，我刚把花采到手中，四只白嘴鸦就从山谷里像幽灵一样飘出来，它们本来喜欢绕着树飞翔，可如今它们把我当成了一棵邪恶的树，绕着我飞，并且降低高度，发出刺耳的叫声。我吼了几声，想吓走它们，可它们无所畏惧地继续靠近我。它们好像四只银白色的尖锐的玻璃碴，想扎向我的头顶，企图让我跟被雷电击中的树一样倒伏下来。我只能撇下手中的蒲公英，逃离山冈。白嘴鸦不再追逐我，它们也许在哀悼那些金黄的花朵。也许白嘴鸦衔起花朵，把它们扔进了山谷，为心爱的它们选择更合适的墓葬。

从蓝山回波入那的途中，我甚至连落叶都不敢轻易践踏了，因为我是大自然的局外人。假如明天或是后天，我再一次来这里，看不到那些被遗弃的花朵，那么我确信，白嘴鸦热恋的不是它的同类，而是这种果实可以随风飘荡的花朵。

仅仅是过了一天，那位年轻的男作家左手上的戒指就少了一只。我从外面回来，他正在吃早餐。他的早餐很简单，一杯咖啡，一片面包。我的早餐通常少不了鸡蛋、胡萝卜和麦片。拉开冰箱，没有发现胡萝卜，便用钢精锅煮了牛奶麦片，并把鸡蛋打进去，于是碗里的食物就成了牛奶麦片鸡蛋糊。

我端着早饭去了客厅。原想那里该是没有人的，可是那个肤色黝黑的女作家正站在书架前翻书。她穿着一条黑底红花的筒裙，一件黑毛衣，看上去清秀而端庄。她冲我微笑了一下，我便也回应了一个微笑。我坐在壁炉前的一个沙发上，吃起了麦片。她则把书放回去，然后又抽出一本书，翻了翻，插回去。我想她大约在寻可以阅读的书。这些书无一例外都是英文或法文书，对我来讲，它们都是天书。书脊上的洋字码，在我眼里就是形形色色的昆虫。

壁炉死气沉沉的。没有火光萦绕，它看上去就黯淡无华。白色的细灰上散布着一些黑色的火炭，它们大都是没有被烧透的柴。一股浓浓的草木灰气息飘荡在客厅。

女作家突然像白嘴鸦一样"呀——"地叫了一声，她从一本纸页泛黄的旧书中翻出了一张照片，她把它摆在茶桌上，用手指轻轻抚弄着。茶桌与我不足两米，我能清晰地看到那张照片。它看上去起码有八寸，黑白的，是一个男人的肖像照。她的手指如果不在照片上抚来抚去就好了，那样我能一眼望穿那男人的相貌。即便是这样，在她的手指错开的瞬间，我还是望见了那男人的形象，他穿着燕尾服，高鼻深目，宽额头，微微蜷曲的头发，长长的下巴，两撇黑胡子像是特意修剪过的，非常对称，如两片风中的柳叶，飘逸极了。他的气质中有一种浪漫不羁的气息。

他是谁？是建造了波入那的那位澳大利亚作家，还是旧时代的一位著名艺术家？

女作家对着这张照片抽泣起来，仿佛见到了离散多年的亲人。她对着照片说了一大串话，可惜我一句也没听懂。她的泪水止息的时候，我吃空了碗中的食物。她把照片放回书中，小心翼翼地捧着它上楼了。木质楼梯被她急促的脚步踏出一阵吱嘎吱嘎的叫声。就是在那一瞬间，我忽然觉得自己来到的并不是一座普通的房子，这里的每一个陌生人都像幽灵一样，那些来过这里的作家，他们用自己的笔创造出了多姿多彩的人物，我看到的，是不是从泛黄的纸页中走出来的人物？！这一联想使我心惊肉跳，我逃出客厅，奔向厨房，将用过的碗和勺放入洗碗机里，飞也似的奔向户外，我太需要阳光的照耀和抚慰了。

波入那不像蓝山一带的其他房屋，它没有栅栏护围着。它有三条路通向外面，所以说谁都可以在任何时候来到这里。

通向外面的路，有一条是由众多的矮脚枫树和高大的桉树簇拥着的路，这条路上的落叶最厚。有一种藤萝寄生在桉树上，为这条路搭起了一条绿叶婆娑的"天棚"。所以即使阳光灿烂的正午，这条小路也是一派阴凉。喜鹊最喜欢在这种藤萝上歌唱，所以我叫它"鹊儿路"。另外两条路，一条是经过一户人家可达南北向公路的小径，另一条则是穿过古松和桉树丛的向南的落满枯枝的路。

我愿意走没有走过的路，便踏上了向南的路。那条路其实没有多长，只不过因为这片树林太高了，树又密，给人一种声势浩大的感觉，所以觉得它仿佛无边无际。松树散发着苍绿色，桉树虽然也绿着，但它的绿已旧了，泛出隐约的黄色。有些桉树脱掉了树皮，那树皮像一条条拆散的绷带一样，半落不落地吊在树上。桉树的树身仿佛长了层新肉，看上去又白又嫩的。这路的起点有一间矮矮的小木屋，类似中国东北农村大院的耳房，那是一个工具间。房前的树下堆着很多烧柴，全都是大块的，我知道大肚子的壁炉每天晚上吞吃的就是它们。因为从小在大兴安岭的森林中劈过柴，有过多年生火炉的经验，我知道这大块的劈柴不易燃烧，散热也慢，就想一试身手，找把斧子劈柴。我钻进凌乱的小木屋，找到一把铁斧，斧头是绿色的，而斧把则是红色的。我竖起大块的劈柴，"咔——咔——"地劈起来。几乎每斧下去，都要有小块的劈柴像被风劫落的花瓣一样飞迸出来。虽然有二十多年没劈过柴了，但如今抄起斧头一点也不生疏，还那么得心应手、力大无穷，这令我快乐。我想丽丽安把这样的劈柴投到壁炉中时，就不会骂它们是她可恶的前夫了，它们会因为娇小而全身心地接受火光的爱抚，一丝一缕的木屑都会融化在火中。

二十分钟后，我的眼前是一堆秀丽的柴火，而我的棉衫，已被汗水濡湿了。就在此时，一位白发苍苍的老人向我走来，他大声问我："需要帮助吗？"我谢过他，说不需要。他的穿着令我惊讶，蓝山的人到了这样的深秋，都用各色棉质衣裳将自己严严实实包裹起来，而他却穿着短袖汗衫和灰色短裤，露着汗毛浓重的四肢。

"我可以把一份砍柴的工作送给你。"他用赞许的目光看着我，一字一顿地说。

看来他已经看到我劈柴的情景了。他大约想不到一个女人会有这样大的力气。我想他是一个农民，只有农民才会对劳动报之以赞美。不过，从他的口气中，我又感觉到他是波入那的主人。果然，从另外一条小路走来了写作中心的负责人皮特，我就是受皮特的邀请来到波入那的。皮特指着老人向我介绍，说他就是捐出了这房子的人，而他的父亲，就是建造了波入那的澳大利亚作家。我用半生不熟的英语说他的举动非常伟大，老人摊开双手，连连说他不过是个普通的人。

老人去小木屋取了一只铁把耙子，将通向山下的一道水沟中的落叶钩出来，而皮特则进了楼下的一座小房子，忙他的工作去了。那间小房子里挤挤挨挨地放置着复印机、传真机、电脑、书桌、文件等，让我觉得皮特生活在机器中。

能够遇见皮特，我的心安定下来了。不然，我会把那个老人也当成一缕飘出来的鬼魂。

我大概要在波入那住一周。我想把一周的柴火都劈出来。当我又抡起斧头后不久，楼上的一扇窗突然打开了，一声怒吼自上面传来，虽然我听力很差，但这声呵斥我还是听懂了："波入那不要斧声，而是鸟声！"

那是一个男人的声音。这里只住着两位男作家，我不知这是他们当中的哪一个发出的抗议。因为窗后没有人站立着，我无从判断。大约这阵阵劈柴声干扰那个人的写作了。可我觉得斧声其实比鸟声还要入耳，尤其是乌鸦这一类的鸟叫，比斧声要难听多了。收拾水沟落叶的老人听到这话后停下了手中的活，他冲那扇敞开的窗户皱了皱眉，然后顿了一下手，对我笑着，示意我继续干下去。于是我又抡开了斧子，斧声清脆地飘荡在山林中，就像我故乡的冰河被春风鼓噪而迸裂的声音。

夜晚落了一场雨，晴空便不再是一览无余的了，它有了许多雪白的云。蓝山的云朵是我见过的飞翔速度最快的云，你刚刚看见一片片芦苇似的云斜斜地插在西南角上，可是就在你低头看一种叫不出名字的艳红的果实时，那些云已脱离了先前的地方，向中天行进，并且变幻为花朵的形态。所以空中的白云很像一群花枝招展的赶集的少女，行色匆匆，喜气洋洋，轻盈飘逸，让你很难追逐到它们的脚步。

蓝山的空气本来就好，有雨作为前奏，就更加地沁人肺腑了。我依然穿过枝叶婆娑的小径，沿着山间公路爬到高冈。当我透过树木的缝隙，遥望山谷背后的蓝山时，狗叫声又一次传来。听得出，还是我初来那天的狗吠，它虽然很卖力地叫，但带着股茫然的沙哑，也许它已老态龙钟了。

我没有理睬它。以我的经验，你不正面威胁它，它们是不会主动冲上来攻击人的。

我寻找那天丢弃在这里的蒲公英花。我一朵也没找到，它们像黎明前的晨曦一样消失了。那么，白嘴鸦一定为它们找到了一处可以安抚它们灵魂的地方。这一发现令我欣慰，同时也让我惭愧。林中的鸟儿大约也喜欢雨后的早晨，它们叫得比往日更欢，有一种鸟叫的声音很像谁在飞快地说"放学了"，还有一种鸟"饿、饿、饿"地叫，像陕北人说"我"字时的音调。有的鸟儿边叫边在林中飞，而有的只是停在树上像守着摊位吆喝生意的小贩一样慢条斯理地叫。我运足气，婉转地叫了一声"啊伊喂——"，森林立刻寂静下来了，只听得风儿沙沙地响。看来风儿来自广阔的宇宙，没什么能抵挡它的歌唱。但鸟儿很快恢复常态，啁啾声又此起彼伏了。我暗自笑了。我穿了一件橘黄的衣裳，我想鸟儿们若是循声而来，会惊讶竟然有这样一只橘黄色的大鸟站在山冈上！

狗越过公路，离开它该驻守的房屋领地，朝着山冈亦步亦趋地来了。虽然它摆开了进攻的姿势，但又不敢贸然靠近，只是"汪汪"叫着缓缓前行。终于，在距离我大约五十米的地方，它停住了脚步，发出更强的吠叫。它看上去是长得跟猪一样的狗，它的头很大，身体矮小而宽阔，腿粗短而又壮硕。开始时我有些怕它，但一想它不敢立刻冲上来心中也是怕我的，就趁它在注视我的时候，突然间双手俯地，探着头，手脚并用地在冈上原地转了两圈，扮成一条大狗，发出"汪汪汪汪"的叫声，等我兴味盎然地直起身时，那狗已被吓得一路狂奔，溜回它的老窝了。

蓝山是一个天然的大植物园。这里有许多树种与我故乡的树并不一样。对于不认识的树，我总要注视良久。我就是在打量一棵树时发现了那只怪鸟的。

这棵树跟我一样高，褐色的树身，绿色的针叶，类似松柏。它身上的果实令我惊讶，它结着一柄柄橘黄色的圆柱形果实，而不像我熟悉的球形松塔。果实中央是实心的，而四周则是无数细密的绒毛一样的黄色针叶。果实看上去宛若蜡烛，这样，这棵树就仿佛举着一树的蜡烛，乐陶陶地过着圣诞。

我伸出手，选中一颗果实，打算把它摘下来，当成一盏灯笼，吊在我房间的窗前。然而我刚用手指捐了一下吊着果实的枝条，一团白色的鸟粪"啪——"地落在我那只手上。抬头一望，见这棵树的背后有一棵干枯的树，一只鸟端坐在斜伸出来的枯枝上，虎视眈眈地望着我。

这只鸟跟鸽子一样大，两只翅膀颜色不一，一只白，一只褐中带蓝，长嘴，扁头，雪白的头的中央有一道醒目的褐色，眼睛上还有一圈刘海似的探出来的毛发，看上去怪模怪样的。它不叫，只是定定地看着我，似在沉思。我想起采摘蒲公英时白嘴鸦的举动，便疑心这些蜡烛般的果实是归属于这只鸟的。我掏出纸巾，擦干了手上的鸟粪，欲再次摘下果实时，"啪——"的一声，又一团白色的鸟粪落在我的手上，而我抬头张望那只鸟，它依然端坐在枯枝上，不动声色地望着我。它的镇定自若和它准确无误地对着我手的排泄行为，让我觉得它是我觊觎的这棵树的守护神。我不知道自己若真的摘下那颗果实的话，它会怎样地报复我。我又取出一张纸巾，擦干了鸟粪，并且收回了手，离开了那棵树，从山冈走下来。当我回头再望它时，它已离开了枯树，它去了哪里，只有天知道。但我相信，只要我折回身来窃取那果实时，它准会从天而降，把那对它来说如炸弹一样的鸟粪，投掷在我的身上。

我来波入那已经三天或者四天了。在大自然的怀抱中，我常常忘记度过的时日，因为好时光是经不起计算的。

作家们都在工作室里写作，而我喜欢的是在大自然中漫步，或者是到街里的酒铺闲逛。

澳大利亚的葡萄酒品质极佳，因为这里的气候由暖到闷热的变化很大，使葡萄能够很好地生长，酿出的酒也就醇厚。我热爱葡萄酒也就六七年的历史。丈夫还在时，每天晚饭我都要做上几个菜，启开一瓶葡萄酒。他喝不出酒的好坏，但他乐意陪我喝，而且像个少年一样在我微醺时，问我一些天真的问题，让人忍俊不禁。我酒后容易口干，他每次都会准备一杯冰凉的白水，放在床头。当我醉意朦胧躺在床上时，常能听见他在厨房洗碗的声音，流水声和碗盘碰撞的声音听起来是那么的亲切温存。他洗完碗，总是从厨房湿着手出来，奔到我的床前，像抓住一个耍赖的孩子一样，刮着我的鼻子说："啊，我知道你为什么要喝醉了，你就是想逃避刷碗！"那时我就会咯咯笑个不休。三年前他离开我后，我有很长一段时间没有碰酒杯，喝酒是要有心情和氛围的，而他带走了这一切。记不得那是他离我后的哪一个黄昏了，总之是黄昏，而且是故乡的黄昏，我独自站在我们共同生活过的故乡的小屋的窗前，望着外面逐渐涌起的淡蓝的雾霭，望着一叠又一叠的青山和那条依然泛着亮光的流水，我忽然觉得这世界仍然有我的爱，仍然有可以打动我心灵的东西。青山绿水还没有抛弃我，而他的灵魂，也许就在这青山绿水间，生活必须继续下去。我取来一瓶久已不碰的酒，启开，当那久违的暗香浸润在我的舌尖，我的全身心都感到了一种放松。但我不再敢贪杯，因为我明白当我喝多了的时候，再也没有人在我的床头及时放上一杯清凉的水了。

蓝山的酒铺的人并不多。每次进去，我都像蜜蜂进了花园一样，欢欣鼓舞的。那一摞摞卧放着的葡萄酒，看上去是那么的赏心悦目。据说泽米都牌的白葡萄酒和卡贝内的红葡萄酒久负盛名，可我看来看去，也没发现这两种酒。或者是已找到了，因为对英文商标辨识困难，却是"相逢不相识"。最后随便挑了两瓶价格居中的红葡萄酒去收银台。就是在收银台，我遇见了那位戴着戒指的男作家，他手上的戒指仅存两枚了。想起呵斥我劈柴的也许是他，对他也就没有什么好感，只是礼貌地点了一下头，而他回了我一声"哈啰"。

每晚七时，凯瑟琳准时驾车送来晚餐。她驾驶的那辆墨绿色的轿车，在我眼中就是一盘巨大的蔬菜沙拉。她什么菜都能做得，今天是意大利馅饼配俄式红菜汤，明天又是泰式咖喱鸡和熏鱼。她在穿着上也是变幻无穷，虽然黑白色占着主调，但偶尔也俏皮一下，比如在黑色的披风上束一条红色的薄羊绒围巾，使围巾在夜晚看上去就像一条火光。

凯瑟琳今天捧出的是一盆炒得香嫩滑软的肉馅，肉馅中放足了葱姜，又佐以芝麻、松子和花生仁。她洗了许多卷心菜，用它裹肉馅吃，与我故乡菜包饭的吃法相差无二。除了这，她还做了水果沙拉和甜点。她在做甜点上格外用心，一圈金黄的甜饼下面，是一汪金色的配以姜末的菠萝泥。真仿佛是掀开了一个陈年老酒的盖子，看到了湖水一样澄碧的琼浆。

凯瑟琳待大家开始吃喝之后，就驾车离开了波入那。

戴戒指的男作家取了一些食物放入盘子中，端着它回楼上的房间了。我想他可能喜欢独自饮酒，他去酒铺也一定买了酒。

那位年长的男作家和曾对着一张旧照片流泪的女人，他们飞快地吃完了饭，也离开了餐桌。食物对他们来说好像是可有可无的。而我热爱食物，也爱酒。丽丽安与我一样，她很能吃，而且酒量大得惊人。她常常是饮尽一瓶葡萄酒后，还要再喝两瓶啤酒。所以当餐桌旁只剩下我们时，便有一种引为同类的亲切感，彼此相视而笑。

壁炉的火燃烧得很温存，火焰如霞光一样闪耀。丽丽安不时地赞美一声这火"真可爱"。她的脸红了，脖子红了，耳朵也像被阳光照射着的秋日枫叶一样的红艳。我们只是偶尔抬头目光对视的时候微笑一下，并没有什么交谈。这里的人都知道我英语蹩脚，在蓝山，我不仅是大自然的局外人，也是波入那的局外人。

夜越来越深，楼上传来水流的哗哗声，一定是谁在洗澡，准备休息了。丽丽安突然起身离座，我以为她去洗手间了。然而不久我听到的却是大门响动的声音，看来她到户外去了。难道她去抱柴？壁炉前还有几块备用的柴火，也许她没看见吧。

一刻钟后，打着手电筒的丽丽安回来了。她竟然采回一盘子的杜鹃花！

那瓷盘平素是用来装沙拉的，圆形，白色，盘身有一寸高，直径有三四寸，勒口是湖绿色的。如今盘底浸着一汪水，而丽丽安随意摘取的花朵簇拥在上面，实在是美极了！她把这盘花放在餐桌中央，冲着我笑起来。我情不自禁地起身拥抱了丽丽安！

屋外的那株杜鹃，平素看上去并没有这么可爱，可在这个夜晚，它们来到餐桌时，看上去比星星还要明亮。

我和丽丽安守着这盘杜鹃吃完了饭。我们把用过的餐具放到洗碗机里。虽然夜已深了，可我舍不得离开杜鹃和炉火，于是就呆呆坐在壁炉前，痴痴地望着炉火。

丽丽安显然也不忍舍弃这炉火，她又兴味盎然地提着一瓶啤酒来了。她拉了一把椅子坐过来，这样，我们就一左一右地守护着壁炉了。丽丽安没有用啤酒杯，而是把瓶口直接对着嘴，咕咕地畅饮着，那种声音听上去很像布谷鸟的叫声。大约想到炉中的火已是光明了，丽丽安起身把客厅的灯熄灭，这样，室内的亮色虽然减弱了，但却更加温馨宜人。

丽丽安重新坐回椅子后，突然开口对我说："我的两次婚姻都不幸福。"这句话我一下子就听懂了。她说，她父母的结合不是为了爱，她很小的时候，母亲就对她说："我嫁给你父亲，生下你这个讨厌鬼，就是为了还清那些账单！"这使她的童年一直不快乐。成年以后，她的第一次婚姻失败了，留给她的是一个男孩；之后，她再嫁，这个人是个科学家，他每年有半年时间在南极工作，他们又有了一个男孩。也许是阒然无声的南极给他更多的是风雪之声，而不是人语，每次丈夫从南极归来，都不愿意跟她说话，更讨厌孩子坐在他的膝头。如今，他的精神已不正常。说着说着，丽丽安抽泣起来。

我不知道该怎样安慰她，听任她哭。哭声和炉火燃烧的声音交融在一起，使我的眼角湿润了。

丽丽安喝干了那瓶啤酒，停止抽泣，问我："你丈夫对你怎么样？"

我说："我们很相爱，可他三年前因车祸而离开了我。"

丽丽安的哭声又一次起来了，她叫道："相爱的人要分离，不相爱的人却要在一起，这混账的世界！"

她飞快地说了一串又一串的话，我什么也听不懂了，所以她等于是对着炉火倾诉。而我则用中文，轻轻呼唤我爱人的名字。如果我的呼唤是一块劈柴就好了，它会在火光中消融，化成一缕青烟，直上九霄，抵达我爱人现在居住的地方。

黎明是属于鸟儿的。曙光弥漫的时候，它们就歌唱了。昨夜下了一场霜，在阳光照拂不到的林间小径上，白色的霜还隐约可见。

一只令人炫目的鸟儿从眼前飞过，它除了翅膀是蓝色的，其他部位都是红色的，像个新嫁娘似的，朝着密林深处飞去。我猜有许多鸟儿追逐它。果然，两只黑色的大鸟跟着飞去了。接着，是三只白嘴鸦掠过。它们当中的哪一只会俘虏红鸟呢？

我依然爬到山冈，注视着山谷背后的蓝山。那条像猪一样的狗又循声跑出来吠叫了，不过当它发现是我后，立刻掉头而去了。

丽丽安走了。她什么时候走的，我不知道。总之她没有出现在那晚的餐桌旁。也许她已完成了作品，也许她家中有了什么急事，她不得不离开。想起她，我的心中会有痛的感觉。

在这个寂静的夜晚，我站在屋前的树林望着星空。南半球的星空比我故乡的星空看上去要高远，星星虽然也是明亮的，但看上去很小很小。夜空是不是也会觉得凄清寒冷，才会生起一团一团的火来？那点点火光，正是我们所看到的星星！

我觉得寒冷，回到屋子，偎到客厅的壁炉前。这里只有我一人。我启开一瓶酒，关掉客厅的灯，守着炉火，慢慢品着葡萄酒的芬芳。不久，起风了，听得见窗外的古树发出唰唰的声响，而窗棂也像是被谁的手指给轻轻叩击着，发出阵阵响声。敲窗的夜风该不是想进屋来避避风寒吧？在这个无人相伴的夜晚，我愿意有一缕来自远方的风陪伴着我。

我想我是喝醉了。壁炉中的火要熄灭了，而我想起身回楼上的房间，却迈不开步伐。我就歪在沙发上睡了。等我睡意蒙眬、口渴难耐的时候，忽然听见门轻轻响了一声，好像谁进来了。恍惚之中，觉得那个人把一样东西轻轻放在壁炉的茶桌上，然后抽身离去了。他那高而瘦的背影使我流下了泪水，在我心中，只有我的爱人才会有那样的背影啊！我想去追逐这个背影，可我的身体却动弹不得，火光和月光就像两道绳索，牢牢地捆住了我。

黎明的鸟鸣把我唤醒了。我发现自己躺在沙发上。炉膛的火早已熄灭了，屋子洋溢着一股温暖的草木灰气息。我觉得口干舌燥，正想起身去厨房倒一杯凉水，蓦然发现昨夜还是空空荡荡的壁炉前的茶桌上，竟然跳出来一杯晶莹剔透的水！

2005 年

格里格海的细雨黄昏

　　我已经记不清那天去格里格海的人数了，也许是八九人，也许是五六人，就像我记不清我故乡窗外的那些树一样。在阳光灿烂的时候，我能查出二三十棵的树，而在月色温柔的夏夜，这些树中的绝大部分竟奇迹般地消失了。能够看到的树，也都隐隐约约的，忽东忽西，时有时无。

　　我们一行人是乘坐一辆中巴车离开旅馆的，那旅馆叫什么名字我也记不清了，只记得对面的建筑很有特点，通体的灰色，每个窗口都有云纹形态的石膏雕花，屋顶呈伞形，左右对称雕着两匹扬蹄奔腾的马，上插一面挪威国旗，让人觉得这马在为国家而战。

　　中巴车穿过卑尔根的老城区。方形石子路湿漉漉的。这座城市的雨就像半空中盘桓的鸽子一样，在你漫不经心的时候，就突然淋湿了你的眼。云彩也是乌云白云皆有，这块云彩在下雨，那块云却晴朗地飞舞，阴阴晴晴，亦歌亦哭，风云难测。街上的古建筑因了这变幻不定的雨，常常是西墙湿着，而东墙的屋顶却干爽如秋叶。

天地间突然亮堂了。这亮堂不是因为晴朗，而是由于出了城的缘故。虽然卑尔根鲜见高层建筑，阳光不至于被阻挡住，但城中心的建筑多以苍灰色为基调，它有意无意地削弱了一些阳光。而且城区的路不宽，两侧的建筑相距太近，因而洒在路面的阳光给人一种旧得发灰的印象。但那是一种妥帖的、温暖的，甚至是亲切的陈旧感。让人觉得你轻轻地揭一下地面，就会掀起一块薄薄的散发着干草气息的阳光，它像泛黄的老照片一样勾起人无穷无尽的往事。

我们要去参观挪威著名音乐家格里格的故居。他的故居在卑尔根郊外的山上，面临大海。当房屋越来越显得零星的时候，树木多了起来。也许是近黄昏的缘故，树木对阳光有一种依依不舍之感，因而那绿色看上去湿漉漉的，仿佛是在落泪。

中巴车向山上驶去。路曲曲弯弯的，车身扭来扭去。窗外的风景本来是寂静的，现在看来却跳来跳去的，好像远古时代的恐龙要从土里冒出来了，将这些树木拱得摇摇晃晃的。我在颠簸中有一种昏昏欲睡之感，恍若又回到了漠那小镇的木屋，听到了那木屋在深夜时所发出的奇怪的声音。

去年深秋时节，我只身来到了漠那小镇。我带来了两大包行李，里面既有书和稿纸，也有越冬的服装和我贪恋的一些零食。我打算在这里住上半年时间，完成我的一部长篇小说。其实我是个不挑剔写作环境的人，有时在无聊的会议上竟能在发言的嘈杂声中写上一点什么。只是在城里住得久了，看厌了那永久被烟尘笼罩的灰蒙蒙的天，我就会有一种逃跑的欲望。

这次我没有回故乡。故乡的亲人太多了，有时亲情对人也是一种打扰。我选择的漠那小镇是一个有河流有山峦有草滩的地方。有了河，就可以倾听流水之声；有了山，就可以寻觅飞鸟的足迹；而有了草滩，散步便有了清香的去处。而且，漠那小镇人口不多，交通不便，往来的人极少，在这种环境中住上一段时日，会使心和文字都获得宁静。

镇长把我领到一户农家，这家的男人正在劈柴，见了我咧嘴笑了笑，反身进屋提出一把钥匙，将它递到我手中。那把钥匙是黄铜的，个头很大，油渍斑斑的。他递完钥匙后拍了拍手，问我："你胆子大吗？"我以为小镇治安不好，就问："常有偷盗的事发生吗？"镇长自笑了一声，那个给我钥匙的男人也笑了一声。他们那种讳莫如深的笑使我不知所措。镇长说："你要住的房子是王表他爹留下来的，他爹死了三年了，房子一直空着，他是怕你一个人住过去害怕。"那个被称作"王表"的人随之解释说："我爹死后，我一领着小孩子去那里，小孩子就哭，不敢进那屋子。这屋子就一直闲着没人去住。"我释然一笑说："我不会怕一个老人的魂灵的。"王表又吞吞吐吐地说，这房子他不能让我白住，每个月总要付给他一些钱，不然别人会认为他让人白住太土鳖。我问他一个月要多少房租，王表的眼睛飞快地转了几转，然后竖起两根手指头，说："一个月二百块钱吧。要是你在这里过冬，柴火就要烧得多，再加五十块，柴火我负责给你弄。"我当即预付了两个月的房租，然后拿着那把沉甸甸的钥匙走向王表父亲留下的木屋。

木屋看上去很旧了，西墙有些下沉，因而远远一看这房子有些倾斜。屋顶长着几簇蒿草，它们被风吹得一乍一乍的，像是在打哈欠。这房子东面临河，北面倚山，南面是一片菜园，位于小镇的东北角，是个占尽山水之灵气的地方。迎接那把大钥匙的果然是 把闷头闷脑的黑漆漆的大锁。也许是许久没有开锁的缘故，锁眼锈住了，镇长不得不回家取了一点煤油淋上，这才把锁打开。这座木屋共有三间房，朝东的有一铺炕，是睡房；向西的堆着许多零碎东西，看来被当作仓库了；而中间的宽大的厅里盘着火炉，这里是灶房了。灶房里的炊具很简单，只有一口锅、一双筷子、两个裂了纹的盘子和一只豁着边的蓝花海碗。镇长对我说："你要是想去食堂吃饭，就得赶到上边来人检查工作的时候，否则镇里的食堂不开伙，只有自己做了。"我当然是喜欢自己做吃的了，一则是可以按自己规定的时间开饭，二则可以调剂一下口味。镇长又说，王表他爹别看是个老头，平素很爱干净，他的衣裳看不到污点，被子也常洗，让我就用他的卧具算了，省得我还得去招待所租行李。我打开炕上摞着的被褥，果然没有嗅到异味，被头的白布洁净如晴空下的云朵，只是有些发潮，想着拿到太阳底下晒上两次也就干爽了。当即镇长差人帮我买了一些粮食和油盐酱醋，就此过上小日子了。镇长说："在漠那小镇，家家都有菜园子，你根本用不着买菜，看谁家地里的菜好，尽管去弄，没人跟你计较的。至于吃肉，那就得另花钱了，要是听到有猪嗥叫声传来，说明有人宰猪了，你自己可以循声而去，提上一条肉回来解馋。"

将屋子收拾干净后，天色已暗。我抱了些柴火，引火做饭。饭毕，电就闪闪烁烁地来了。漠那小镇自己发电，电至每晚十时就回了，这刚好可以给喜欢烛光的我提供秉烛读书的机会。我特意从城里带来了蜡烛和烛台。烛台产自印度，呈宝塔形状，烛身镶嵌着一些银灰色的玉石片，看上去古色古香的。我带来的蜡烛除了白色的之外，还有红色、蓝色、绿色和黄色的。白蜡烛的光焰适宜写作，它的明亮度会使稿纸像雪地一样白，等着你的笔在上面踩出脚印。红蜡烛的光晕适宜于给远方的亲友写信，抒发温暖的情怀。蓝色蜡烛的光给人一种冰冷之感，它与晚秋的明月相似，最容易触及人伤怀的往事。而绿色和黄色的蜡烛光晕则带给人一种活力和激情。那个夜晚，当电一明一灭地哆嗦了许久，终于把它最后一线光明从灯泡中抽走后，我就燃起了一支绿色的蜡烛。烛光由暗而明的时候，我忽然听到门发出"吱扭"的声响，仿佛什么人从外面进来了。我记得晚饭后已将门闩插上了，不可能有人将门打开的。正在诧异间，又听到灶房有轻微的脚步声响起，仿佛有人在灶间蹑手蹑脚地偷吃什么。我举着烛台向门口走去，照见门闩确实很牢固，用手推了推门，它稳如泰山，就是风钻进来都会很吃力的。再将蜡烛照向厨房，一个人影也未见，先前的脚步声也消失了，我想这有可能是自己幻听。在嘈杂的城市夜晚，你反而感觉不到声音的存在，而在一个寂静的环境中，声音却像旭日一样，每一次升起都给人一种新鲜感。我回到睡房，吹熄了蜡烛，撩开窗帘一角，想看看外面的秋夜。正在此时，灶房又有声音传来，非常清脆，就像筷子在敲击碗似的，听起来疾徐有致，富有旋律感。在暗夜中聆听此音，有一种曼妙的伤感。我划燃火柴，点亮蜡烛，再次擎着烛台小心翼翼走向灶房，见锅碗瓢盆都井然有序地排列着，别说是人，连只虫子都望不见，而先前的声音也随之消失了。这一时刻，我意识到可能遭遇到了鬼，不禁有些毛骨悚然。想着传说中的鬼是惧怕光明的，就把烛台留在灶房，战战兢兢地回到炕上睡下。第二天早晨醒来，只见那支绿色的蜡烛还端端地站在烛台上，同我将它放在灶房时的长度一致。是谁昨夜吹熄了蜡烛?

接下来的几天,只要每天晚上回了电,我点起了蜡烛,烛光温柔地四散之时,那种开门声就不期而至,轻微的脚步声也会随之而起,灶房的碗又在唱歌了。这使我惊恐,又使我好奇。我一遍遍地举着烛台走向灶房,烛光撕裂了那寻不到出处的声音。我依然将燃烧的蜡烛放在灶房,回到睡房安然睡下。天明时去看那蜡烛,它不是杳无踪影了,而是苗条地直立着,一如我把它放在烛台时的身姿。那烛火是谁吹熄的呢?我几乎每天换一种颜色的蜡烛,以为某种颜色被谁钟情了,它会一路燃烧下去。然而所有颜色的蜡烛都闪亮登场后,它们无一例外地是被吹熄了。

白天我除了写作,就是散步。写作进展得很不顺利,常常是写上几段字就会觉得浑身一激灵,不由自主就会想起夜晚时所听到的声音。这时候,我只好放下笔来,出去散步。深秋的漠那小镇凉意沉沉,有些农人已经开始在田地里收庄稼了。倭瓜结着沉甸甸的果,呈现琥珀一般的金黄色;大白菜体态臃肿地抱着紧紧实实的心,就像孕妇一样。那些早已罢园了的黄瓜和豆角秧,则已被秋风吹得枯萎了。农人们遇见了我,总要在劳作时直一下腰,拃挲着手冲我笑笑。他们这种平和的笑,令我有一种莫名的感动。我喜欢穿过庄稼地来到河边,看阳光怎样随着波光涌动,看浅水中那些圆润光滑的鹅卵石,看漂在水面的那些秋叶。那黄叶红叶簇拥在一起顺流而下的样子,让人觉得它们这是在搬家,赶在漠那小镇的寒冷将它们的脸冻白之前,流向南方寻找一处温暖之地,继续它们的呼吸。我看流水,往往能不知不觉地站上一两个小时,有时肚子饿得咕咕叫了,这才想着该回去了。

王表有时会到我的房子看看，问问我会不会烧柴火，然后他会指着屋前那满园子的菜说："想吃什么你就自己去弄，这些菜你要是不帮着吃点，秋收之后菜窖盛不下，就得喂猪了！"我向王表打听他爹长得什么样子，平素喜欢什么？王表说他爹在世时不喜欢照相，没留下相片，不过他说他长得不随他爹，他很丑，而他爹却很英气。他还说他爹不喜欢和儿女住在一起，王表的母亲过世后，他就一直独居。他喜欢听声音，那声音不是人语声，而是自然界发出的声音，比如风声、鸟声、流水声、秋虫的哀鸣声等等。春季冰消雪融之时，屋顶的雪会化成水滴坠下屋檐，他就会用空罐子去接它们。那罐子有大有小，形色不一，有泥的，也有瓷的、塑料的和玻璃的，因而水滴被接纳后所发出的声音是不一样的，有的声如洪钟般的铿锵，有的柔细如情人的耳语。那清脆之音听起来悦耳，而低回之音听起来凄迷。声音高低不同、错落有致地弹跳着，恰如一首乐曲。王表的话使我深受感动，在不知不觉中对这个已逝的人产生了某种尊敬。

然而冬季来临之际，当清风与明月以寒冷的面目出现时，昼短夜长了，也许是鬼魂也惧怕寒冷，不愿意在白露覆盖的原野上漫游，因而灶房的响声日甚一日。将烛台放在灶间，虽然它仍会奇迹般地熄灭，可是熄灭之后并不是寂静无声了，锅碗瓢盆都在叮当作响，扰得我彻夜不眠，精神不振，面对稿纸时思维混乱，原本比较富有灵性的语言也褪尽了光彩，显得那么干瘪和生硬，我不禁有些愤怒了，这老人的魂灵为何跟我过不去？驱鬼的想法就此产生了。

我是无意间相遇漠那小镇的女巫师的。那是降初冬第一场雪的时候，我见窗外一片苍茫，就到户外踏雪。走向河边时，只见河岸两侧已经封冻，而中心却裸着一带水流，它们被白雪映得一派墨色，散发着沼沼雾气。雪不绝如缕地落在河水之上，实在就像滚向热锅里的除夕夜的饺子，给人一种热气腾腾的感觉。冬日里能够活动的一切事物，都会给人带来一种生机。我欣赏着这一带因朦胧而愈发显得壮美的河水，这时有一种不和谐的声音传了过来。那是猪的嗥叫声，听起来是那么的凄厉，看来有人家在宰猪了。这猪兴许也是爱雪的，没领略完初冬的第一场雪就毙命，因而叫的声音很大。我已经没有了看景的兴致，就循声朝宰猪的人家走去，打算买上一条五花肉，炖锅红烧肉犒劳自己一下。宰猪的人家与我比邻，就在我房子的西侧，中间隔着一片菜园。我见院子里支着一口大锅，它冒着白云一样的热气。有两个人正在给猪刮毛，一股腥臭扑鼻而来。看那架势，这猪起码要半小时后才能分肢解体。我正欲离开，想过一会儿再来，只听屋门一响，女主人出来泼一盆脏水，与我相遇了。这女人又矮又瘦，穿一件紫花毛衣，窄额头，瘦削的脸颊上生满雀斑，一双眼睛非常耐人寻味。是那种幽幽的明亮，如两个深潭，让人觉得你的目光折进其中便永无归期了。这女人泼了水，走到我面前，盯着我的脸看了一番，然后很肯定地对我说："你着了东西了。"我不知道她这话是什么意思，就让她解释一下。她说："就是你身上附上鬼了。"见我仍然不开窍，她又说："你住的屋子有鬼出来闹了。"我点了点头。她对我说："这不要紧，我会把鬼给你驱走的。你要几斤肉？要哪个部位的肉？晚上我给你送肉时顺便把鬼给你赶跑了，保你平安无事的。"不过，她说，我得给她预备下两瓶酒和一把香，届时她要烧香看香火的。听她的口气，仿佛鬼就是她的孩子，她一吆喝，鬼们就会被吓跑。

晚上她提着一块五花肉来了。她一身的肉香气，而且还喝了酒，与我说话时喷出一股浓重的酒气。她进了屋不请自坐，说她已经好几年没有进这座房子了，不过虽然这房子上着锁，可她夜里却常能听到这里发出的声音。我便问她，是什么样的声音，她忽闪着那双黑得令人眩晕的眼睛说，全是琴音似的声音，非常好听。有的时候这声音持续得长久，有的时候是一闪即逝的。有一次她在夜晚听到了那声音，一直听到月亮西坠，怎么也听不够。我便说，既然她如此钟情于这声音，还会为我驱鬼吗？她依旧忽闪着那双黑得令人有些胆寒的眼睛说："这声音若是不折磨人是好声音，若是令人夜不能寐、战战兢兢了，它就不是好声音了。"她要了一碗米，燃起三炷香，唤我坐在屋中央，让我闭起双眼，把手放在腿上，她念着一些我听不懂的咒语绕着我走来走去，直到我睡意沉沉地低下头。恍惚之间，我记得她把我扶上炕，其后她提着我为她预备下的两瓶酒走了。自此之后，有相当长的一段时间，我听不到灶房的响声了，这时漠那小镇已被白雪覆盖得一片苍茫，河彻底被封住了。流水声和鸟语声消失之后，大自然显得无与伦比的寂静。我偎在火炉前读书，在烛光下写作，觉得时光好得就像年画。

让我称它为"格里格海"吧。因为这片海是属于格里格的。从格里格的故居向窗外望去，可以看见灰蒙蒙的大海。那已是黄昏时分了，天空中灰云重重，丝丝细雨落在屋顶上，有一种好听的声音弥散开来，就像格里格的夜曲旋律一样。我已经记不得那房屋是什么颜色的了，但我记得屋内大厅的陈设。甚至记得他故居厨房的那些器皿。大厅靠近壁炉一侧放着一架钢琴，这是格里格生前用过的。钢琴上摆着两张照片，一张是格里格的，还有一张是格里格夫人、著名歌唱家尼娜·哈格路普的。说实在话，格里格的模样不像个大音乐家，倒像个朴素的农夫。他的大鼻子看上去就像一座城堡，给人一种无法摧毁的感觉。在大厅靠近窗口的一侧，放着很多张椅子。接待者待我们落座后，他站在钢琴旁搓了搓手，笑着对我们说："格里格先生现在出去一会儿，晚饭时他就会回来了。"他这话使我一阵激灵，仿佛深夜时在漠那小镇的木屋聆听到出人意料的声音一样。格里格已经去世近一个世纪了，他的那些具有鲜明北欧民族风情的音乐一直为后人所欣赏。我听过他为易卜生的名剧《塔尔·金特》所谱的乐曲，尤其喜欢其中的《清晨》，给人一种湿润、清新、明朗的感觉。接待者引出一位穿着北欧少数民族服装的钢琴家，由她向我们演奏格里格的一些乐曲。室内光线灰暗，但那是一种温暖的灰暗。当活泼的音乐从琴键上激情洋溢地奔涌而出的时候，我见窗外的大海波澜壮阔的，细雨敲击着海面，也焕发出音乐般的轰鸣声。我坠入了音乐，也随着它起伏飘摇。就是在两首乐曲间隙的空隙，在寂静中我仍能听到音乐在回旋，能听到挂在墙上的风景瓷盘所发出的脆响，能听到面向大海的露台的窗棂所发出的嚓嚓声，还能听到从屋檐滑坠的细雨所发出的狂热的亲吻泥土的声音。这些变幻不定的声音使我想起漠那小镇的深夜跳出来的炊具的响声，令我震撼和感动。我久久地凝望着烟雨蒙蒙的大海，看着潮涌般的暮色滚滚袭来，觉得眼前的大海胜过了阳光普照、一碧如洗的蓝色大海；胜过了落日溶溶、一派辉煌的金色大海；胜过了月色笼罩、温情四溢的银白色大海。这无与伦比的黄昏细雨中的格里格海啊，它似睡非睡、似醒非醒的模样，纷杂的雨滴就像无数精灵在舞蹈，此起彼伏的乐声把我们带入了一个至纯至美的境界。在这种时刻，只觉得五脏六腑都被音乐给掏空了，留在腹内的，是清风、鸟语、花蕊和云影，让人有一种飘飘欲仙之感。不知是什么时候，乐声停止了，那架黑色钢琴前的演奏者也悄然消失了，椅子发出不断的吱嘎声，看来人们纷纷离座了。我想在这种时候，任何一个参观的举动都会使我们陷入局促和尴尬，我宁愿到露台上去感受细雨黄昏中的大海，聆听从格里格故居的每一个角落发出的声音。不知是谁在门外如醉如痴地哼唱《索尔维格之歌》，那抒情的旋律令人伤感，仿佛格里格先生去朋友家喝茶归来，哼着自己谱写的曲子回家来吃晚饭了。

当我的长篇写作已过三分之二的时候，那种深夜的开门声又重现了。那时的漠那小镇呈现着少有的喧闹，春节临近了，忙年的气氛越来越浓了。我打算着在这度过春节，将长篇脱稿后再离开，估计那时已是冬末春初的时令了。深冬时节，落日下山得早，午后三点多钟，天色就昏暗了，这是一天之中气候较为温暖的时分，我一般选择此时散步。有时我去铺满了白雪的草滩上转转，有时则去商店看漠那小镇的人采购年货。办年货的多为女人，她们买了对联又要买花布，买了鞭炮又要买灯笼和年画，买了糖果还要买碗筷，忙得不亦乐乎。在这一堆女人当中，我常常能看到王表。王表见了我总是低一下头，然后不好意思地搓着双手解释说，他老婆不喜欢办年货，他只好出来做女人的事了。我便笑着说这有什么，城市里的男人还提着菜篮子上早市呢。王表听了就很受鼓舞地跟我唠几句家常，他说他爹在世时讨厌过年，因为这时放鞭炮的人家多了，这使他不能听清别的声音。我问别的声音指的是什么，王表笑着摸着脑袋说，我也寻思不太明白，可能他喜欢听风声雪声吧，除了它们，冬天还能有什么声音呢？王表说从那时起他家就养成了习惯，过年不买鞭炮，否则他爹是不会上儿子家过年的。父亲去世后，想着他的魂儿仍然要在大年三十回家，因而鞭炮也是不敢放的。我便趁机问他，我所住的木屋的西屋，里面放置了许多废铜烂铁和大大小小的木墩，不知这都是做什么的？王表告诉我，他父亲闲着无事，喜欢一边喝茶一边用铁棍或木棒去敲打这些物件，让它们发出形色各异的声音。我不明白木墩何以发音，当夜就用一根立在墙角的已被磨得分外光滑的木棒去敲击那十几个大小不一的木墩，果然听到了高低不同、轻重缓急各异的回声。木的声音初听起来有些沉闷，可你仔细品味之后，会发现这声音朴素而浑厚，温暖而又感人。就在这一夜，灶房的响声又闪烁出现了，且一直响到黎明时分才消失。几夜失眠之后，我又去求助与我比邻的女巫师，这次她一口回绝了我，说是快过年了，若是驱赶一个老人的魂灵会使她有罪过感。更何况，从那次驱鬼之后，她听不到这房子的任何响声，还觉得日子过得没有滋味。她声称我的脸上已经没有被鬼笼罩的煞气了，老人不过是觉得我寂寞得慌，才在深夜时弄些响声与我相伴。我只能悻悻离开女巫师家。我心犹不甘，又跟人打听到另一个据说也能驱鬼的人，这是个三十几岁的男人，他比女人还要杨柳细腰。他家开着豆腐房，他一身的豆腥味。我引着他朝木屋走来的时候，他隔着我几丈远，蔫蔫地落在后面，似乎他是跟我来做见不得人的事似的。他驱鬼的方法与女巫师不一样，他在我的炕头摆了七根筷子，又在床尾的褥子底压上了斧子和菜刀，最后他撮了一些炉底灰，撒在了门槛上，说是自此之后，深夜的开门声和灶房的响声都不会出现了。不过他提醒我最好躲星三天，夜里不要出门，在月亮升起前就把窗帘拉上，免得早出的星光无意间会溜进我的屋子。我问他这样可以遏制鬼多长时间，他摸了一下鼻子，说："鬼这东西跟人是一样的，它也是个活物，你赶它时它也脸薄，一生气就走了。可过一段它要是想家，又会回来了。"说完，他急急忙忙朝门口走去。我盛情挽留他，让他喝一杯茶，他回头看了看火炉上烘烤的土豆，上前抓了两个用胳膊肘托着，说："有它就行了。"他也没朝我要任何报酬，缩着身子就推门而出了。我愣怔了几秒钟，想着该送送他的，于是推开房门。寒风白森森地越门而入，我见他正把一个土豆递到一个女人的手中。那女人高而胖，穿一件绿花棉袄，小眼睛，高鼻梁，嘴角有些歪，她听见开门声抬头冲我笑了一下，然后很自豪地指着男巫师说："这是我的男人！"我笑着点了点头，看着他们在寒风中吃着土豆。土豆冒出的白炽热气毛茸茸地缭绕着他们的脸，使那脸看上去影影绰绰的。当夜，木屋里悄然无声，在腊月的最后一段日子里，这种安静始终萦绕着我。然而到了除夕之夜，那种经典性的响声又重现了。当时我已经在镇长家吃过了团圆饭，给他的小孩子留了些压岁钱。小孩子一高兴，就提着灯笼送我回来。漠那小镇的除夕夜是很美的，家家户户都在屋檐前挂起了大红灯笼，这红灯笼在沉沉暗夜里就像出现在饥荒年代的汁液饱满的香甜果实，给人带来无边的喜悦。镇长的小孩子乳名"照光"，他每每在经过一户人家的时候，都要向我介绍一番这家姓什么，有几口人，有时还连带着介绍人家的狗。谁家的狗厉害，谁家的狗脾性温和，他都了如指掌。照光提着盏金黄色的鲤鱼灯，这灯在雪地上投下轻隽投影，真的仿佛一条鱼在游走。雪地被它映得泛出一带橙色的光芒。

照光将我送到地方时，他指着这座大木屋对我说："王爷爷活着时，他到儿子家吃过团圆饺子，这个时辰也会回来的。他冬天时不戴帽耳，敞着耳朵，要听鞋子踩雪的声音。"照光说完，跟我道了声"再见"，提着鲤鱼灯回家了。我走进屋子，闩上门，见炉火将熄，就填了几块桦木样子。当桦树皮贴着残火吱吱啦啦地叫了半晌，终于历练出一条红赤的火舌、腾的一声将满炉的柴火都引燃的时候，门口忽然传来"吱扭"的声响，似乎是谁开门进来了。我抬头望那门，却见它如深闺中的少女一样，安静如常。轻柔的脚步声流水一般袭来，带给我阵阵凉意。也许是因为我身处灶房的缘故，这脚步声越过灶房，去了西屋。很快，西屋里传来木墩被击打的声音，那响声比我上次敲打的还要错落有致、音韵和谐。我坐在炉火旁静静地聆听了一刻，然后回到东屋点起一支红蜡烛，打算趁着这新年的暖意，写封信给远方的朋友。才写了个开头，只觉身下的椅子被谁给摇得乱晃，接着烛火爆裂般地膨胀成一个大火球，突然间就熄灭了。正当我深陷黑暗之中极度恐慌的时候，桌上的物品一阵脆响，我能分辨出哪是钢笔水瓶发出的声音，哪是化妆品瓶发出的声音，哪又是茶碗发出的声音。这些声音不禁使我愤怒了，我使劲用拳头砸了一下书桌，呵斥道："你有完没完了?!"骂完，我摸到火柴，又点起了蜡烛，让烛光澎湃着四溢。这一声呵斥果然奏效，响声鸣金收兵了，而我已没了写信的情怀。这之后的日子，深夜灶房的响声虽然不似过去那么凌厉了，但仍然没有间断过。我只好收拾行李，带着未完成的书稿，在正月十五灯节过后离开漠那小镇。记得在离开木屋的那一瞬间，我禁不住泪如泉涌。前来送行的王表对我说:"你要是喜欢这里,春天再来。"照光则嘱咐我,如果我还来,让我在城里帮他买一盒彩笔,要二十四色的,他要照着年画学画。

回城之后,我常常在烟气沉沉的阳台上眺望城市。到处是高楼大厦和林立的烟囱,如果不是有叫卖声传来,我会怀疑自己生活在一个没有人间烟火的地方。我的长篇写作已经搁浅,漠那小镇不时地出现在我的脑海中,使我拿起笔来思绪万端,难以进入创作状态。这样春天不知不觉地来了,阳光把墙壁照得一派雪亮的时候,我随一个文化访问团来到了挪威。

我站在格里格故居的露台上眺望着大海时落泪了。那一片细雨黄昏中的格里格海啊,它到处是翻卷的音符,如同我在漠那小镇看到雪花飞舞的情景一样。那每一片雪花也都是一个音符,它们撒向屋檐、树木、大地时会发出不同的声音。我为自己在木屋里驱鬼的行为感到无比羞愧。我想那是一种真正的天籁之音,是一个人灵魂的歌唱,是一个往生者抒发的对人间的绵绵情怀。我为什么要拒绝它?在喧哗浮躁的人间,能听到这样的声音,只应感到幸运才是啊。在格里格的故居,我听着四周发出的奇妙声音,更加怀恋曾笼罩过我的深夜的叮当响声。我相信,一个热爱音乐的人,他的灵魂是会发音的。

我已经记不清那天去格里格海的人数了。也许是八九人,也许是五六人,就像我记不清我故乡的冬天会下多少场雪一样。如今我置身于漠那小镇的夏天,在星光灿烂的夜晚,当灶房的响声次第呈现之时,我会敞开窗户,让遥远的星星和飘拂的风也同我来一起欣赏这声音。每逢此时，我会忆起北欧的那片格里格海，忆起飘向大海的音乐，忆起那白色的露台和那架漆黑的钢琴。当格里格在黄昏时推开屋门喝茶的时候，我木屋中的老人会在弹奏了夜曲之后裹着满身晨露离去。我很想给同游格里格海的人发上几封信，约他们来我漠那小镇的木屋坐坐，可我却记不得他们的名字了。但我怀念他们，因为他们就像我故乡窗外的那些树一样，虽然若隐若现、时有时无着，却总是带给我亲切的怀想。

2001 年

蒲草灯

跟着我逃跑的，有我的影子，还有阳光。

阳光跑起来不像我那么张皇失措，它纤细光亮的脚灵巧而充满活力，一派从容，看来没有犯过罪的脚跑起来才是自如的。

以前我不惧怕自己的影子，当它在不同的时间以不同的姿态跟着我走时，我把它当成了自己家养的那条忠诚的老狗，无比的亲切。可现在我却怕见它，尤其是逃跑在夜路上时，它寸步不离地跟着我，怎么看怎么像奸细和警察，如果我手里有一把镰刀就好了，我要将我的影子斩草除根！虽然我知道它受着太阳和月亮的庇护，你就是对它大动干戈，它也会毫发未损。

我在城市里杀死了五舅，杀死了曼云，我用的是曼云切菜的刀，这对狗男女在咽气前还挣扎着要拉住彼此的手，使我的仇恨像肆虐的北风一样在耳际呼啸，又在他们身上剁肉馅似的乱砍一气，他们一动不动了，再也牵不到手了，我这才罢手。

五舅家门前的那条街在我眼里就是一个老妓女的模样，又脏又臭，破旧而颓废。刚杀完人走山屋时，我不敢看人，抬眼望了一下天，觉得太阳好像狠狠地瞪了我一眼。我本想投案自首的，我先是问一个拣着烂菜叶的老太太："公安局在哪里？"老太太瞥了我一眼，说："我家又没有人进过局子，我怎么知道它在哪里！"我又向一个卖烧饼的中年妇女打听，她笑着说："你要是问我税务局在哪里我知道，那帮家伙天天从那里跑出来罚我们这些做小本生意的！"两个人都不知道公安局在哪里，使我觉得自己的罪责仿佛减轻了许多。我想女人对公安局陌生情有可原，我就朝一个坐在发廊门口剔牙的瘦猴样的男人走去，他把刚剔出的东西滋到我脸上，说："你要是进我的发廊刮刮胡子理理发，我才告诉你！"这分明是一个利欲熏心的家伙！我没有理睬他，继续跟一个模样忠厚的蹲在地上卖鱼的男人打听，他抬头看了我一眼，说："原来的公安局我知道，不过现今它成了盲人按摩院了。"他的话音一落，我就觉得自己是可以被赦免的了。我也不想死前走的最后一条路是这样一条散布着废纸片，遗落着果皮、黏痰、流脓的电池、塑料袋，弥漫着鱼腥气、油烟味和街边厕所的尿臊味的一条街。我决定要逃跑。

我不知道自己身上溅上了血迹，直到快走出五舅家门前的那条街时，我碰见了一个屠夫，他拦住我，教训了我一通，我才注意到血迹像晚秋的菊花一样灿烂地开在我肮脏的衣服上。虽然秋天了，天气已凉爽了，那个胡子拉碴的人却穿着背心和短裤，他腮边的肉膨胀着，胳膊和手上满是油腻。他见了我吆喝了一声："哎——给我站住！"我就僵直地站住了，等着束手就擒。谁知他并不是什么便衣警察，他朝我挥舞了一下胳膊，问："告诉我你的窝子在哪儿？我可警告你，在这一带，谁再敢开屠宰场，得先问问你爷爷我愿不愿意！"我战战兢兢地说："我并没有开屠宰场。"那人薅住我的衣领，把一口唾沫喷到我脸上，说："还他妈的抵赖?！瞧你这身破衣服，瞧你身上的血，不是刚宰完猪出来又是什么！"我连忙说："我再也不敢了！"屠夫松开了我的衣领，抬起脚，就像踹一条癞皮狗一样，在我屁股上狠踢了几脚，骂："滚！"于是我拔腿就跑。我的逃跑招来了一阵一阵的笑声。我看见卖茶蛋的笑着跟屠夫竖大拇指，一个拖着鼻涕的小孩子笑得把手里攥着的半块馒头给掉到了地上，而一个染着黄头发、指间掐着香烟的女孩笑得前仰后合的。我就在这形形色色的笑声中冲出了那条凌乱的小街，跑到公共汽车的站台，上了一辆车。公共汽车并不拥挤，我甚至找到了一个座位。我不知道自己该到哪里，当乘务员打着哈欠挎着黑色的票夹让我买票，问我在哪里下车时，我紧张地说："终点站。"我掏钱时手指哆嗦个不休，因为我发现了手上的血迹，担心乘务员会打110报警。她在给我撕票找钱的时候问："你有没有两毛？那样我可以找你五毛，我没有三毛的零钱了。"我努力把手埋在两腿间，说："不用找了。"她见我如此慷慨，陡然热情地对我说："你不小心把手割伤了吧？下一站就是市三院，你可以去包扎一下。"我说了声："谢谢。"她就愉快地离开了我。乘客大都无所事事地歪着脑袋看着窗外庸碌的街景，那些不把目光放到窗外的人，也没谁注意我。他们有的在打盹，有的在看报，还有的女孩正一手持着小圆镜子，一手拿着眉笔和口红，旁若无人地描眉涂唇。我的恐惧感骤然减轻了许多。我想此刻五舅母还没有回家，没人发现五舅和曼云遇害了，没人报警，我就有充足的时间从城市逃脱。我真想像鸟儿一样插上翅膀，自由地飞翔。

未到终点站，我就下了车。因为我看见那个站台正对着一条卖服装的小巷。那些廉价的衣服在街两侧被竹竿高高挑起，小巷熙来攘往的，看上去买卖很兴旺。这逼仄而拥挤的小巷在我眼里就是一条可以改头换面的安全通道。我跳下车花四十元买了一套藏蓝色的衣服，然后花上两毛钱进了一家公厕，撒了一泡尿，把沾着血迹的衣服脱了下来，换上了新衣服。公厕没有单独的便池，我的举动引起了一个正撒尿的老头的注意。他大概患有前列腺炎，排尿很困难，哩哩啦啦的，身体还发寒战似的一抖一抖的。我换完了衣服，他哑着嗓子对我说："你真是白白糟践了这身新衣服，在这里换，还不得换一身的臭气回去？"我说："我得先试试，不合身的话就可以拿回市场去换。"我把旧衣服团在一起，洗净手，走出公厕。我本想把旧衣服扔在厕所里，又担心那个好事的老头看到罪证，所以就带着它出来，随手送给了一个漫步在街巷中对着所有的行人都微笑的精神失常者。他接了衣服后笑得更加强烈了，仿佛一个穷人捡到了金子。

　　我知道案发地不可久留，就直奔长途客运站而去。我没有选择火车站，因为我怕列车上的乘警，而长途客车在我眼里就像失群的羊，没谁来鞭笞它，可以任意妄为地走天涯。

　　秋天的太阳就像熟透了的柿子，看上去饱满而滋润，仿佛风要是把一片树叶高高送上天，都会刮伤它的脸，使它绽放出甜香的汁液。我在客运站的面馆吃了两碗炸酱面，想吃第三碗时，我的眼前浮现出曼云尸体上流出的汩汩血流，就起了恶心，再无胃口了。我不知道一个人停止呼吸后，她的伤口还会充当花蕾的角色，流出如鲜浓的花瓣一样的血来。五舅死了，我在这个世界不过少了一个舅舅；可曼云死了，我就没有老婆了。想起曼云是我的老婆，我真想哭。

我上了一辆长途车。这趟车是到一个遥远的县城的，那是个以饲养奶牛而闻名的地方。据说那里有大片大片的草原。我想看草原，想看草原上的蓝天和白云。长途车严重超载，过道上拥堵着乘客。汽车里空气混浊，令人昏昏欲睡。发车后不久我就在梦乡中了。等我醒来的时候，窗里窗外的风景都发生了变化。窗里的乘客少了许多，不但过道闲了出来，座位也有空着的了。看来是车程过半，下去了很多人。窗外的风景变化就更大了，太阳已经落了，看得出它落得轰轰烈烈的，金红的晚霞飞扬在西边天上，使那面天看上去就像一个蒙着红盖头的新娘。窗外没有房屋，没有人影，只是偶尔有过往的车辆呼啸而过。这使我的安全感越来越增强了。我想着午夜到达目的地后，一定要找一家好点的旅馆，美美地睡上一觉。醒来后，我要背负着雪亮的阳光去看草原和牛群。如果我被人追捕到，我希望自己那时正站在一望无际的草原上。

然而未到终点，我却因惊恐而下了车。大约是晚上八点，天已黑尽了，前方出现了村落的影子。车停了下来，一个穿军服的年轻人打开车门，走了上来。他背着一只旅行包，看上去像是一个探家归来的乘客，可我却为此忐忑不安，认定他一定带着枪。而且我觉得一个战士会有一身的功夫，捉拿我易如反掌。我一紧张，呼吸就很粗重，手心也出汗了。再加上这名军人有意无意地总要看我几眼，更使我心惊肉跳。九点钟，车停在一片灯火中时，我下了车。

那是个小镇，迎接我的除了灯火，还有连成一片的狗吠声。三个女子几乎同时朝我走来，她们说的都是相同的话："大哥来我家住店吧！"她们拉我的胳膊。我没有长三条胳膊，所以有一个女子情急之下就扯我的衣襟。要么是新衣服质量太差，要么是那女子力气太大，只听"嗤——"的一声，我的衣服开线了，清凉的晚风像丝绸一样钻了进来，从我的肌肤滑过，让我发痒，让我觉得女人的柔情那么不可抗拒。我选择了手比较柔软的一个女子，跟着她来到一家旅店。那店的门厅很昏暗，我喜欢这昏暗。女子又把我领进一间屋子，它大约也就七八平方米的样子，同样是昏暗的，有一床，一桌，桌上放着一台电视。一进来，那女子就搂住了我，用她的舌头舔我的脸，问："饿吗？"

我说："饿。"那女子就用她的手指从我的脖颈自上而下地划过，当手指到达胃部时停顿了一下，她问："是这里饿吗？"我没有吭声，这手指就一直往下走，走到两腿间杂草丛生地带的时候，她带着一种肯定的语气柔声问："这里饿？"我答应了一声，热血沸腾地把她抱上床，很快和她交织在一起。除了曼云，我还没有跟别的女人在一起过。我无比地疯狂和放纵，那女子一直在叫。事情很快就做完了，我飘飘然地躺在床上，恐惧感荡然无存，无比地舒展，这是与曼云做爱时从未有过的体验，仿佛是喝了一杯浸润心肺的美酒。那一刻，我似乎突然理解了五舅与曼云的关系，他们的过错仿佛是可以原谅的了。这让我灰心丧气的。

一处的饥饿解决了，另一处的饥饿接踵而至。我打开电视，让那女子给我炒两个菜，温半斤白酒。女子把小拇指含在嘴里，笑而不动，我这才恍然大悟，我还没有付钱给她，想到刚才的这一切是要靠钱来获得的，忽然间又觉得凄凉起来。我掏出一百元钱给那女子，她调皮地将它放在唇下吹了吹，然后打着口哨快意地出去了。

黑白电视上的雪花点很大，不知是电视信号接收得不好，还是因为电视机组件受损的缘故。我调换了几个台，都没有看到想象中的通缉令，出现的频道全都是歌舞升平的景象，这使我有些怅然，好像自己做了一件惊天动地的事情，却没有引起任何波澜一样。

酒和菜的味道与那女子的味道是一样的，热辣辣的。我风卷残云般地将它们一扫而空。推开杯盘碗盏，我关了灯，没有脱衣服和裤子，就那么蓬头垢面地睡了。我见到了曼云，她穿一件白袍子，站在河边，河水很急，她仿佛是在等渡船。我走过去，她见了我哭了起来，说是家里发了大水，所有的家当都被席卷一空。她问我以后还怎么过日子，我抱着她，说："别怕，有我呢！"曼云搂着我的肩，哭得愈发地凶了。

我醒了。窗棂上有隐隐的白光，晨曦依稀闪现了。我觉得脸颊湿漉漉的，一抹，满是泪水。我下了床，到院子的葵花下撒尿。欺生的狗冲着我又叫了起来。不过它被拴着铁链，无处施展威风。

刚撒完尿，昨夜陪我的女子出现了。她穿着一件花团锦簇的棉布睡袍，披散着头发，打着哈欠轻声问我："大哥，今天走吗？"

我点了点头。

她以生意人的口吻老练地对我说："那就再来一次好吗？这回只收你五十块钱，你睡了一夜，一定又想了！"

她赤裸裸的挑逗让我起了恶心，想起梦中曼云的白袍子和泪水，我很想吐。见我没有答应，她龇着一口尖利的白牙悻悻地说："你不让我陪你，那我可陪警察去了。"

"警察在哪儿？"说这话时，我的牙齿直打战。

"就在你的隔壁。"那女子得意扬扬地说，"他每次出来追捕犯人，都要住在我这里。"

"他追捕谁？"问这话时我虚弱极了。

女子说："我怎么知道。不是毒贩子、人贩子，就是杀人或是越狱的，反正没好货。"

女子反身回屋了。

我不敢再在此地逗留，趁着清晨无人注意，我走出旅店。走前我折了一枝葵花，我知道它不能充当武器，但是如果手里不提着点东西，总让我觉得孤立无援。小镇的路坑坑洼洼的，房屋也比较破旧，看上去有些寒碜。零星碰到的三两个人，也都是无精打采的样子，让我觉得他们不是从房屋中出来的人，而是从坟墓中飘出的幽灵。我飞快地走出了小镇。

太阳微微露头了。还未收割的麦子呈现着米黄的色泽。我的脚步声惊起了路畔柳树上的一群鸟。那些鸟像落叶一样从我的头顶飞过，我忽然很想变成它们当中的一只。我跟着它们跑了一程，它们跑得姿态优雅，而我则跌跌撞撞的。跑了没多久，它们就不见了。而天空，只给白云留下了足迹，却没有飞鸟的一丝踪影。阳光丝丝缕缕地飘浮在空中，虽然没有鸟引领着我了，但我仍然想跑，我扔掉手中的葵花，朝着太阳升起的地方跑去。我希望跑到太阳中去。谁知它越升越高，高得遥不可及，我已经汗流浃背了，而太阳却离我越来越远。我终于跑不动了，瘫倒在一片萝卜地里。我很想抚摸一下曼云送给我的银项链，一摸脖子，竟是光秃秃的，我想起了昨夜在旅店那女子疯狂地咬我脖子的举动，原以为那是快乐到极致的亲昵的举止，却不料她尖利的牙齿充当了小偷的角色。我像傻瓜一样独自嘻嘻地笑了起来。这一笑不要紧，我控制不住自己了，嘻嘻嘻嘻地笑个不停。笑得我眼花缭乱的，大脑一片空白，尿水浸湿了裤子也浑然不觉。

我不知道我想见的草原在哪里，所以逃起来是茫然的。我意识到所有的交通工具都是不安全的，最好的车轮就是自己的那双腿。独行在旷野中时，我既渴望着看见人烟，又惧怕那温暖的万家灯火。除非到了非常饥饿的时候，我才混进村镇。一看见房屋，我就会盯着墙壁看个仔细，我想在农村通缉令通常是被贴在墙上的。结果我始终没有看到自己的影像，墙上贴着的不是种子广告，就是什么发财致富的信息。村镇的小酒馆很少见，只要逮着一家，我会要上两个菜，喝上一壶酒。然后再多要几个馒头，将它们当作途中的干粮。酒馆的主人问我从哪里来时，我总是说"天堂"，他们眨着眼，都说没有听过这名字。

没人追捕我，可是我下意识地总是要逃跑。我跑的时候常常东张西望的，一声鸟鸣，几簇闪电，一阵意外的风，都能引起我的惊慌。我尤其不敢在月光下看自己的影子，它总会让我冷汗频频。

跑累的时候，我坐在地上，会不由自主地嘻嘻笑上一刻。越笑，我就越觉得寒冷。可我控制不了自己的笑声了。在笑声中，我常能看见五舅和曼云的影子。

我外婆是个生育能力很强的女人，她育有五男六女。我母亲是长女，而五舅则是最小的儿子，他比我母亲整整小二十岁，更像是我们的兄弟。五舅自幼就爱做饭，他喜欢锅碗瓢盆，喜欢油盐酱醋，喜欢像女人一样扎着围裙在灶房忙活。他不爱到农田劳作，少了风吹日晒，因而比其他四个舅舅要白净。五舅做吃的总要讲究个味道，他炒青菜不用油，却能炒出香味；他还能把老玉米磨成粉，兑上白糖做成米糊。他用水桶接屋檐的雨水，用它来烹茶；他把鱼皮裹上芝麻和辣椒面，放到火炭上去烤。外婆就说，哪家的女子前世在菩萨前烧过高香，才会在今世嫁给五舅享福。五舅母果然是有口福的样子，她的唇边长了好几颗痣。那些痣都不大，颜色是深咖啡色的，看上去很调皮。五舅和五舅母生了两个孩子，后来五舅来城里的餐馆打工，凭着他独特的厨艺，在运来旺酒家站稳了脚跟，之后他把五舅母和两个孩子都从农村接走，他们在城边买了房子，五舅成了我们村走出去的城里人。

我和曼云结婚时，五舅还没有进城。谁都说曼云漂亮，其实她的眉目生得很一般，不过她的脸型好，皮肤好，身材好，笑容好，声音好。女人最该好的地方她都好了，自然就显得漂亮了。我在村委会当副书记，在那儿大小也是个官，曼云很知足。我们婚后不久就生了个儿子，日子过得平静而甜美。曼云喜欢到五舅家串门，跟他学几门手艺，回来后卜灶演练。五舅一家彻底离开村子后，曼云总是常常提起他们，每每提起都要叹息一声。去年冬闲时节，曼云进城去看五舅一家，回来后她说想到五舅所在的餐馆打工，她想当上一年的城里人，看足电影，逛足马路，吃够点心，然后她就安分守己地回来过日子。我答应她春播以后可以出去，但秋收前一定回来，只让她当半年的城里人。我怎么会想到，她竟然和五舅搞到了一起！当我进城来接曼云回家，才发现了他们的暧昧关系，我骂了曼云，曼云却说："我跟五舅在一起，比跟你在一起的滋味好！"狗日的曼云，真是个嘴刁的骚婆娘！五舅呢，他的话跟曼云的如出一辙，你们听听这像一个做长辈的说的吗："我跟你五舅母这么多年，从来没有像跟曼云在一起这么有味道！"老天啊，他们就是为着一个好味道，就把我和五舅母给抛弃了，你说他们跟狗有什么分别！我找到五舅母，想从她那获得一份同情，可深爱着五舅的五舅母却劝我说："再好的味道，你让他吃上十年八年的，他也就腻了，等着吧，兴许三年两年后，你五舅和曼云都会回心转意的，他们长不了！"五舅母很自信地说。

我不能等，我饿着，却只能眼睁睁地看着他们天天享受着好味道，这不公平！我要让他们永远闭上嘴，再也尝不到任何味道！

我终于跑累了，极度的惊恐常使我小便失禁，我遇见的任何一个人都没有怀疑过我，我经过的任何一棵树也没有用它的枝丫稍稍拦我一下，尤其是有一天清晨我在一潭秋水中望见了自己陡然衰老疲惫的脸，我觉得逃跑是可以结束的了。

我被阳光和我的影子簇拥着，走进了一个小镇。这个镇子大概以养鸭子为主，镇的土路上到处都晃悠着鸭子。

镇子里突然出现一张陌生的面孔，且这面孔又胡子拉碴、神情飘忽的，引起了过往行人的注意。几个小孩子饶有兴致地跟在我身后，想看看我究竟会进谁家的门。

我进的是镇上唯一的一家酒馆。我硬着舌头告诉主人我想吃一只鸭子，我还想要一壶酒和一碗面。由于多日不与人说话，我的舌头好像生锈了，用起来很不灵便。店主人瞥了我一眼，让我先把钱拿给他看。我将手伸进口袋，吃力地掏出最后一把钱，它们像一小撮垃圾似的堆在桌子上。店主人用手指将它们划拉开，略微数了数，叫道："才两块多钱，别说吃鸭肉了，就连鸭毛你都吃不上！给你下碗清汤面吧！"酒馆里唯一的食客笑了。他穿一身墨绿的衣服，看上去像个邮递员。他正用筷子挑着一团面往嘴里送。我讨厌这个邮递员的笑声，那分明是幸灾乐祸。

我正想教训这家伙一通，酒馆的门开了，一个个子高高、面色黑、又干又瘦的老头穿一件烟色长袖衫大踏步地走了进来。他的头发白了，牙也豁了，但是身子看上去很硬朗，腰板很直，嗓门也很洪亮，"小王，有我的信吗？"他问邮递员。

未等邮递员发话，店主人先嘲笑他说："骆驼，你天天来看信，一年能有三封信那是多的，你傻不傻啊？"

邮递员放下筷子说："骆驼，我不是跟你说过吗，一有你的信，我就送到你家去，用信换你的鸭子吃！可我老没这口福！"

骆驼并没有显得沮丧，他笑着对邮递员说："没准这信正走在海上，要不就是飞在天上，哪能那么快就到呢！"

店主人见骆驼要走，忽然叫住他，指着我开玩笑说："骆驼，你看他像不像个投降的日本鬼子？没准他从日本来，给你捎信来了！"

骆驼看了我一眼，对店主人说："人家一定是走累了，你不赶快给弄碗热汤，还取笑人家！"

店主人鄙夷地说："他只带着两块多钱，却想吃鸭子！骆驼，这生意只有傻瓜才会做！"

骆驼说："不就是一只鸭子吗！"他慷慨地冲我一挥手说："你跟我来家，我做给你吃！"

我就跟着骆驼走了。

我很虚弱，走得踉踉跄跄的。阳光前后左右无所不在地包围着我，让我越发觉得凄凉。它们是那么的生机勃勃，而我却疲惫不堪。骆驼走在前面，每走几步就要停下来等等我。镇上的人见骆驼领着我走，就问他："骆驼，是你亲戚呀？"骆驼不说什么，只是嘿嘿地笑两声。

骆驼家在镇子最边缘的地方，是一座没有院墙的独门独户的泥屋。屋前五十米外，是大片大片的洼地和迤逦相连的水泡子，骆驼对我说，他养了几十只鸭子，如今它们还在水洼嬉戏，他让我进屋先歇歇脚，他去捉鸭子。

骆驼打开屋门，让我随意坐，他则朝洼地去了。

屋子跟寻常的百姓家一样，是由东屋、西屋和灶房三部分构成的。西屋堆放着杂物，东屋则是住人的地方，有一铺炕，炕上只有一套铺盖。地上有两口摞在一起的木箱，还有一个四四方方的木架，那上面摆着一台十八英寸的电视机。东墙上悬挂着一个镜框，里面镶着十几张相片，大部分是黑白的，只有三张是彩色的。其中的一张彩色照片是在照相馆拍的，似是一张全家福，骆驼和一个容貌姣好的中年女人并排坐在椅子上，他们膝下，是一双如花似玉的女孩。骆驼傻傻地笑着，而那女人则微微蹙着眉。我不知道这是不是骆驼的妻子和女儿。我怕见到温馨的全家福，所以赶紧把目光转移到窗前条桌上一件奇特的草编物件上。

如果不是它的顶端插着一支蜡烛，我无论如何也不会想到这是一盏灯。它的底座很敦实，呈方形，向上则是球形的，好像一块石板上放着一只大南瓜。从这南瓜往上，又变幻为蜡烛粗细的一根圆柱了，紧接着，是圆柱尽头四散的一片花瓣，大约有七八瓣的样子，看上去洋洋洒洒的。那支白色的蜡烛，就端坐在这片花瓣中，看上去像是莲花中升出的一炷白烟，俊美异常。我见过铁的、铜的、锡的、陶瓷的、玻璃的等等质地的烛台，却从来没有见过草编的。它的造型精灵古怪，妖娆多姿，看一眼就让人忘不了。不过，我分辨不出这是用什么草编就的，那草很宽，像马莲草，可是马莲草好像没有这么好的韧性；像蒲草，可是干了的蒲草在我的印象中是浅黄色的，而它却泛着油油的绿色。

骆驼还没有回来，想必鸭子在水中浮游着，他捉起来不那么容易吧。我困了，就把目光从那盏灯上收回，拉过蓝花的枕头，倒在炕上。这些日子来，我一直宿在野地里，备受蚊虫和风雨的侵袭，所以一旦头挨着枕头了，便很感动，眼泪随之流了下来。我就那么流着泪入睡了。

醒来的时候，阳光如海潮一样退去了，一种祥和的光明笼罩着小屋，使悄然而至的黑暗显得分外的温存。条桌上的那盏草编的灯亮了，它大约才燃烧不久，烛身还没被销蚀多少，高高的，而且那光焰是那种斯文的蓬勃，不似将熄的烛光，会颤抖着释放炫目的光明。

除了光明，还有一样东西在空气中动人地弥漫着，那就是肉香味。看来鸭肉已经熟了。我头重脚轻地下了炕，摇晃着走向门口，这时骆驼推门而入，烛光下的他显得更加的瘦削，但他的神色却是明朗的，他嘿嘿笑着说："我听见动静了，知道你这是饿醒了。鸭子早就煮熟了，我都撕了一条腿吃了。"说完，他反身去灶房了。我跟了过去，这才发现灶房里有电灯，虽然灯泡的瓦数不大，但总是比屋子的烛光要明亮。既然这房子通电，骆驼为什么要点着一盏草编的灯呢？

骆驼把鸭肉用一个铝盆盛了上来，又拿来了筷子、辣椒酱、大蒜、酒盅、馒头，然后把条桌下的板凳拽出，对我说："别见外，坐——坐啊，我知道你饿坏了！我怕你等不及，宰了只当年的鸭子，好烂啊，谁知你一睡就是五个钟头，早知道的话，我就宰老鸭了！"

我说："我没有钱了，白吃你的真过意不去！"

骆驼说："出门在外，谁没个手紧的时候？要是我有一天两手空空地从你家门前走过，我不信你就不赏我口饭吃！"说完，他才发现只取了酒盅，却没有拿酒来，就拍了一下自己的脑门，叫道："瞧我这记性，真是一年不如一年，忘了拿酒了！"

骆驼取来的不是瓶装酒，而是袋装的白酒。他用牙齿咬开一个豁，小心翼翼地把酒倒进盅里。袋装的酒没长腿，自己站不住，他只好把余下的酒靠在窗台上。

我们对饮起来。鸭肉很嫩，连鸭骨也被煮得发软了，这有滋有味的生活让我想起了跟曼云曾有过的好时光。曼云再也不可能与我同桌吃鸭子了。想起她，我的心痛了一下。我干了那盅酒，主动又给自己倒上，骆驼笑着说："这一袋酒才半斤，咱哥俩全给它包圆了！"骆驼的话令我感动，喝着喝着，我突然控制不住地"啊呜啊呜"地哭起来。我外婆在我小时候就说我的哭声不像男人的，像猫咪在叫，果然，我的哭把骆驼给逗笑了，他气喘吁吁地说："兄弟，听你哭，我以为自己领着只猫回家来了！"

我抹干了眼泪，叹了口气对骆驼说："你也不知道我是干什么的，就把我领回了家，万一我是杀人犯呢？"

骆驼说："有什么大不了的仇，要去杀人？我就不信世上有那么多的杀人犯！我看你不是遭了劫了，受了骗了，就是赶回家奔丧。"

我便顺水推舟地说："我打工受骗了，把工头给揍了，然后从城里跑出来。"

"哎呀——"骆驼叫道,"你没把人给揍坏吧?"

"他死不了。"我打了一个寒战说,"就是死了也是活该!"

骆驼一梗脖子说:"那你跟他说理呀,揍他不就是解解气吗!"

"世上哪有几个讲理的人!"我不想跟骆驼再纠缠这个问题,我转换话题,说,"我见炕上只有一套铺盖,你老婆怎么不在你身边?"

"她呀——"骆驼有些凄凉地说,"回日本了。"

"她家有亲戚在日本啊?"我问。

骆驼沉默着,他见烛芯有些斜了,就伸出右手指,掐了掐,使那光焰更加的规矩。他说烛芯要是歪了,烛泪就会滴到灯上,他可不愿意这灯淌上烛泪。

"这灯很好看。"我问,"是什么草编的?"

"蒲草啊!"一提到灯,骆驼显得格外的兴奋,他声调激昂地说,"我家门前的洼地,有成片成片的蒲草,我老婆用蒲草编了老多老多的东西!她编过草墩,编过筷子筒,编过盐罐,编过干粮篓和拖鞋,可那些东西使不住,三年两年也就完蛋了!这灯没想到这么经用,都使了十来年了,一点都没走样,她要是知道了,肯定老高兴了!"

"这屋子有电,你为什么要点蜡烛?"我说。

"我喜欢这灯,我老婆走时,就编了这么一盏灯留给我。那时还没通电,我天天都点着它。后来有电了,我也不舍得不点它,多少人看过这灯,都说好!"骆驼动情地说。

"干了的蒲草都是黄色的,它怎么会是绿的呢?"我问。

骆驼说："我老婆在锅里放上了盐和绿颜料，把蒲草煮成了这色儿。"

"那你老婆怎么不陪着你呢？"

"我不是说了吗，她回日本了。"

"那你没有孩子啊？"

"俩呢！"骆驼的声调又高了，"都是闺女，都跟着她妈走了！"他突然想起了什么似的，一挥手指着镜框说："我老婆孩子都在那相框里，你过去看看呀，她们都挺俊的！"

我没有动，只是用目光扫了一眼镜框，然后问他："她人为什么要离开你回日本？"

"我老婆是日本人呀！"骆驼用他那双瘦骨嶙峋的大手摩挲了一下脸，说，"这一带的人都知道我讨了个日本女人，还都说我有艳福呢！"他悲凉地一笑。

骆驼说，他老婆叫山田雅子，日本战败时，她仅有六岁。那时他们家还住在县城。雅子的父亲是关东军的少佐，他接受不了投降的命运，杀死了自己的妻子，然后自己剖腹自杀。雅子因为当时在外玩耍而幸免于难。骆驼的母亲是个卖豆腐的，她收养了雅子，把她当亲生女儿一样看待着。骆驼比雅子大五岁，小时候，邻家的孩子知道雅子的身世，都骂她是小日本鬼子。骆驼就护着雅子，常常因为与人大打出手而弄得鼻青脸肿的。长大成人后，由母亲做主，将雅子许配给了骆驼。婚后不久，"文化大革命"开始了，骆驼的妈妈因为收养了日本军人的遗孤而被活活批斗死，骆驼就带着雅子来到这个小镇投奔亲戚，他们在这里先后生下了一双女儿。他们靠着种地为生，日子过得虽说艰辛，但很温暖。那个年代，因为他有一个日本老婆，是备受别人白眼的。他们就很自觉地把家安顿在镇子边上，少与人来往。谁想到"文革"结束后的第九年，镇子来了一个由日中协会组织的日本人的访问团，雅子的事情被他们知晓了，回到日本后，就为她寻找在日本的亲人，结果找到了雅子的姑姑和叔叔，他们来到中国与雅子相认后，就为她办理了回日本的手续。

"你怎么没跟着去？"我问。

"我是个中国人！"骆驼直了直腰，挺着胸说，"让我去当日本人，我他妈的才不干呢！我跟老婆离了婚，是我提出来的！"

"那孩子们呢？"我问，"一个都没给你留下？"

"我想留一个呢！可是你知道那俩丫头都离不开她妈，我一想人家日本的生活比咱好，跟着我还不是种地？就把她们娘仨都放走了！"

"你不恨她们？"我说，"要是我的话，我就把这种嫌贫爱富的女人们都给宰了！"

骆驼吃惊地看了我一眼，认真地说："兄弟，我知道你心里不痛快，可你也不能那么说她们哪。雅子不管怎么说都是我老婆，我在梦里还常见她呢。还有我的俩闺女，我想着她们身上流着我的血，她们在那儿过得好，我高兴还来不及呢！"

"她们走了以后再没回来过？"我问。

"没有。"骆驼说，"她们每年都有信给我。前些年多些，这两年少了，也怪不得她们，她们忙啊，写信又费神。"骆驼攥着酒盅，出神地看着蒲草灯，眼里泪光点点。

"你老婆又结婚了？"我小心翼翼地问。

"是啊。"骆驼说，"我大闺女写信说，她妈嫁了个医生。哎，女人模样好，到哪儿都吃不了亏，我就知道她再嫁，会嫁得比我好！"

"她离开你的时候，你让她给你编了这灯？"我轻声说。

"我没让她编什么，只跟她说夫妻一场，让她给我留下点念想。她就亲自到洼地打了蒲草，阴干了几天后，放到锅里煮成绿色，编了盏灯给我。要是没有这盏灯，我就觉得孤单。"

"你怎么不再找个女人呢？"我说，"她又找了医生，可你却没人给暖被窝，这不公平！"

"我也想找了的。"骆驼说，"可我一看见这灯，就老是想起雅子，我找不了。何况现在我都过六十了，谁稀罕跟我过呢？镇子里有两个寡妇，她们都瞧不起我，说我是个傻瓜，我就跟我的鸭子过吧！"

"那你可以离开这里去别的村子找啊，反正你是光棍一条！"我说。

"那可不行，我不能离开这镇子。雅子她们只认得这儿，她们会把信写到这里来。"骆驼叹息了一声，说，"兄弟，我有时候也往歪里想事情，你说要是日中永远不友好了，他们被赶回老窝后不许再踏上咱中国的土地，我的老婆不就飞不了了吗！妈的！人间的事谁料得到，今天是风，明儿是雨！"说完，骆驼叫了一声："哎，差点忘了，该演日本的电视连续剧了，咱边吃边看。"

骆驼跑过去将电视打开。那是一台黑白电视机，不像我在逃跑途中所看见的电视那么模糊，它很清晰。在他选台的过程中，我忽然听到一个熟悉的声音传了过来："对，我怀疑丈夫跟她在一起，我喜欢我的丈夫，就杀了他们。我愿意偿命。"我连忙让骆驼不要换台，并让他闪开，画面上出现的果然是五舅母的形象，她看上去苍老了许多，头发乱蓬蓬的，穿着一件犯人穿的背心，将戴手铐的手放在膝盖上，正对着话筒诉说着。她的前面，是审讯室的一道道竖起的铁栏杆，而她的背后，是光秃秃的墙壁。

五舅母自首去了！可凶手并不是她！我颤抖了，她这是为什么？只是为了和五舅在另一个世界相会吗？我不敢看五舅母的目光，我让骆驼赶快换台，然后跑到院子里撒尿。还没到院子，我的裤子已经湿了，夜很黑，没有月亮，感觉空气很沉闷，似是有雨的样子。在逃跑的这一段日子里，我一直觉得有一双无形的大手最终会牢牢把我抓住，送我进刑场。现在我终于看到了这双手，它就是五舅母的那双手——一双女人的手。

我回到屋子的时候，骆驼正在黯然垂泪，原来电视中的女孩子得了白血病，正受着可怕的病痛折磨。他见了我，神情凄惶地问："兄弟，这日本的水是不是不好啊？怎么好端端的女孩子就会得白血病？那儿有我俩闺女呢，让我怎么放心得下！"

我安慰他："电视演的都是假的，你要是当真的话，那可就真是傻骆驼了。"

骆驼嘀咕道："电视怎么不演点让人乐和的事呢？"

我和骆驼继续吃喝，我们把那袋酒喝净了。我知道这是自己最后的晚餐了，所以吃得格外的深情。我仔细咀嚼肉的味道，把啃下的鸭骨规规矩矩地摆在一起，仿佛在码一摞干柴；我把酒盅底的最后一滴酒舐干净，那是大地的粮食酿出的芬芳，也是我能闻到的最后的芬芳；我使筷子时不再轻拿轻放，而是"啪——"地重重地放置在桌子上，我想再听听筷子那悦耳的声响，把这响声带走。

骆驼看完了电视剧，显得有些疲倦，蒲草灯上的蜡烛也矮了许多，他接连打了几个哈欠，起身张罗着去西屋给我抱一套铺盖过来。他说，那铺盖是他老婆用过的，闲了十来年了，不过没有霉味，每年夏天他都要拿到阳光下晒晒。

他取来了铺盖，对我说："我先睡了，明天一大早还要起来放鸭子呢。"

我说："你睡吧。"

骆驼飞快地脱掉了衣服和裤子，钻进了被子，他对我说："你可仔细看那灯，别让它淌泪；它快没时想着吹灭它，要不会烧伤它的身子的。"

我答应着，看着骆驼睡了。骆驼的睡眠真好，他一挨枕头就起了鼾声。

我把剩下的鸭子吃光，收拾干净了桌子，然后端着蒲草灯走出了屋子。天果然要下雨了，闪电一明一灭地出现，风也起来了，蒲草灯的烛光一摇一摆的，好像刚才不是我喝了酒，而是它畅饮了琼浆，一副醉醺醺的样子。我不想让骆驼再活在往事中，我要带着这盏摇曳的蒲草灯走完人生最后的旅程。我希望自己在鸭子沉潜的水洼中永远沉沦，希望这蒲草灯回到秋天的蒲草丛中，永远熄灭。我擎着这灯，像举着一簇圣火，这时雷声忽然轰隆隆地响起，风也越来越大，暴雨奔腾而下，我的脚下到处是涓涓细流。当我沐浴着人间最后一场甘露，想让雷电的光华成为我视野中永恒的风景的时候，蒲草灯却先我而闭上了眼睛。

2004 年

月光下的革命

火车一出关，李昌有的三个孩子就呜呜地哭。李昌有是没什么可哄他们的了，他手忙脚乱地翻了翻背包，骂了句"屌蛋精光了"，就兀自叹了口气朝窗外望去。然而火车恰在此时杀回了他的目光，一头钻进了一条漆黑的山洞，孩子们哭得更肆无忌惮了。

黑暗中，李昌有听见小女儿怯怯地问："爹，不回关里了？"

"关里"二字令李昌有的心抖了一下，他的眼睛随之一辣，然后咬咬牙说："不回了。"

小女儿的哭声在三兄妹中就跟她身上的花衣裳一样突出了。

火车钻出隧道后，就像一个淘气孩子从炕洞里爬出来似的满面尘垢。窗外是荒凉的，窗外是少见人烟的。

"这么多的地都没人种，"李昌有心里想，"开它几亩荒，点上种，秋天时仨孩子就饿不着了。"

可他转而又一想："种子在哪里呢？"

李昌有想到种子的困难时心情更加沉郁了，而大儿子正哭得如

122

醉如痴，他上去就是一巴掌，打得大儿子气噎了一下，"咯"地笑了一声，然后就不哭了。老大不哭，老二老三也就不哭了。

他们没有到达预期的目的地。火车不走了，据说前方的一个村子的桥让日本人给炸了。一个有着浓重东北口音的黑脸汉子站在车厢口吆喝道："想活的就下车，走不下去了！"

他说着打量了一眼李昌有和他身边的三个孩子，火气十足地问："这三头都是你的？"

"加上你是四头呢！"李昌有不卑不亢。

"这个世道，孩子生这么多就是累赘！"

李昌有说："我老婆爱生，我没有办法！"

黑脸的东北人说："伙计，下了车奔北走，走二十里左右，穿过一片大草甸子，有个叫李恒顺的，是你们本家，他会帮助你们的！"

"哪有平白无故帮助人的？"李昌有心里和嘴上说的是不一样的，"在家靠亲戚，出门靠朋友，日后过了好日子回了关里，让仨孩子给你磕头去！"

"爹，日子过好了还回关里？"小女儿不哭了。

李昌有扯扯女儿的羊角辫，像扯着几根毫无生机的稗草一样，内心充满悲凉。

李恒顺借给李昌有的房子是间马棚。李恒顺那段心情不好，正想有个朋友，李昌有就来了。李恒顺家后院起火，老婆趁他出去卖牲口的时候跟屠夫私通，让卖豆腐的从窗前看见了。卖豆腐的本不是个好事之徒，但因为李恒顺有恩于他，曾经进城帮助他买回一头价低物实的驴，这驴在磨盘前始终如一地保持着干劲，卖豆腐的便把李恒顺视为恩人。知恩图报，他将看到的事情吞吞吐吐地告诉了李恒顺。

"你真是个犊子。"李恒顺站在岸边，月光铺在沙滩的鹅卵石上，现出逼人的青白色，他反复重申着前面那句话。

"你是个乐善好施的人，你会饶过这爷们儿的。"屠夫指着水中自己的影子说。李恒顺朝河中的影子啐了一口痰。屠夫便抖擞了一下身子继续对水中的影子说："他是没有过错的，错就错在那个下午他收市太早，想自己的老婆了，回家去寻她，老婆却给远房亲戚家送猪下水去了，而你的老婆正站在门前的榆树下看着我，又是那么听话，一桩好事就做成了。"

李恒顺咬了自己的嘴唇，咬疼后气还不匀，他就朝水中的影子扑去，"我跟你这犊子拼了。"他骂着，水中的影子被他压碎了，月影混沌了，他呛了几口水，他觉得身子有些往下沉，屠夫跳下去将他扯了上来。

李恒顺说："你救了我，咱们各走各的路吧。"

屠夫不动声色地冷笑一声，从沙滩上消失了。

李昌有在李恒顺家住了两个春天后，日子还是不太平。他没有像预想的那样去种地，但仨孩子也没少吃粮食。住在人家就得为人家卖命吧，李昌有帮助李恒顺干所有他力所能及的活儿。但对于李恒顺的老婆，李昌有是不敢搭讪的。他听说过那个月光下两个男人站在河滩旁的故事，他觉得李恒顺太尿了。要是他李昌有，第一先休了自己的女人，然后就揣把菜刀革仇人的命去。不能因为对方是屠夫就手软。但话说回来，如果李恒顺像他这般，就不会收留他一家人了。

李恒顺的女人一点也不漂亮，但却是万般受看的，有一种女人就是这样的，越看越对人的心思。她生了两个男孩：一个住在城里的舅舅家念学堂，一个住在家里，却常常把觉睡在朋友家，被李恒顺唤为"野狗"的，所以李恒顺两口子格外喜欢李昌有的独女丫丫。丫丫一受委屈，便能牵动李恒顺夫妇的情怀。他们收丫丫为干女儿。

拜干爹的那天，丫丫穿了新衣裳，脸上还涂了胭脂，眉心打了颗红痣。李昌有坐在炕上的八仙桌子旁，听着丫丫左一声"干爹"，右一声"干娘"地叫着，叫得他满肚子的苦水都翻起来了。李恒顺喝了两碗黄酒，他身子发虚了，他给丫丫戴手镯的时候手直打哆嗦。

丫丫说："干爹，这镯子能换来匹大马吗？"

"能换五匹好马！"李恒顺说着，就仿佛看见五匹马打着响鼻剽悍地站在他的院子里，这情景令他感动，他的眼泪跟银子一样白花花地流了下来。

"你若喜欢马，叫你干爹再给你置匹好马！"干娘扯着丫丫的另一只手说。

当晚，微醉的李昌有将丫丫扯到自己的膝前，一遍遍地数落着她，"你是个多没出息的孩子，给了你手镯，又要匹马，你又不会骑马，真是丢尽了你亲爹的脸。"

丫丫说："我要学骑马。"

"你还没闻够马的气味！你就住在马棚里！你以为你自己住的

是什么金銮殿、老龙宫！你住在马棚里！人家的马棚里！老老少少的都是牲口啦！"李昌有歇斯底里地吼着。

丫丫便不吱声了。她压低声说了句："我想娘。"

李昌有和丫丫想到一块儿去了。老婆的坟好几年没人给上了。他也好几年忌了女人。他的孩子吃饱了肚子，他又想了。他想李恒顺可真有福，天天跟着一个看着可人的女人住在一起。他不敢在夜晚时出门，一出门满院子的月光会使他愁肠百转，而李恒顺的瓦房是没有灯光的。"吹灯做伴"，他不敢想这句话。他早早地就拢着仨孩子睡了，夜夜如此。

但今夜他是睡不着了。他出了门，站在院子里。院子里飘浮的月光使他滑了一下，他险些跌倒。他努力站稳了，然后朝李恒顺的屋子走去，走到窗前，他的腿就没了力气，他瘫在窗下，喊了一声："李恒顺，系上你的裤子出来！"

许久之后，李恒顺提着裤带从另一间屋子出来了。而李恒顺的老婆也披着衣服从李昌有看准的屋子出来了。

他们不住在一个笼子里。李昌有心里这样想，心就平和了许多，他摆摆手对他们说："没事了，你们睡去吧。"

月光把李昌有的脸洗得很白，似乎还洗出了一股香味，牛乳般的香味。李昌有回到马棚后睡得又香又甜。

许多年过去了，丫丫长大了。丫丫学会了骑马，李昌有的两个儿子也长成大小伙子了，他们离开了李昌有，到城里闯天下去了。李昌有家不再住马棚，他们住进了一间瓦房，是靠自己的力气盖起来的瓦房，住得很舒坦。窗外的和平终于像流水一样灌溉着田野和两岸的人民了。李恒顺得了场重病，最终一病不起，弥留之际他将守在膝前的一家人都撵到院子里，当然，他留下了一个人，那个人便是李昌有。

这个人的眉毛乱了套了。李昌有望着李恒顺想，一个人将死的时候竟会这么痛苦吗？那人的鼻子不像鼻子，嘴唇不像嘴唇，眼睛也不像眼睛了。他原来是什么样子的？李昌有无法回忆李恒顺平素的相貌了，他那时只记住了李恒顺的心灵，并没想记住他的相貌。现在他想记住恩人的相貌，把他刻进记忆深处的时候，这个欲乘风西行的人却把一个千变万化的相貌留给他。李昌有的心抽搐了一下，他故作镇静地说："伙计，要死死个高兴不中吗？想想你还有什么事没做完的，我又能帮助你的？"

李恒顺侧了一下身子，他的五官也随之更加混乱了一刻，然后他嚅动着毫无血色的嘴唇说："你要了我的老婆吧。"

"她跟过屠夫了！"李昌有号叫着，"你都不和她睡在一块儿了，让我去捡你的……你的……"李昌有住了嘴，因为他从窗前看见那女人正可怜巴巴地立在那儿，她的目光充满哀怜。

李恒顺再次乞求道："你要了我的老婆吧。"他的乞求跟黄昏一样充满了走向黑暗的迫切感。

李昌有说："这是报恩的话，我就答应。"

"算是报恩吧。"李恒顺的脑袋朝炕边滑去，而他的脖子在那一瞬间显得又细又长，他的声音也随之变得细如游丝，他说："你替我革了屠夫的命，替我报仇。"

"那年在河边，你为什么不宰了那东西？或者作践他，让他永生永世也做个太监？"李昌有说到此时浑身振奋了一下。

李恒顺什么也没回答他，他的脖子又扭动了一下，然后停止了呼吸。丫丫首先跑进屋子，犹如一片祥云掠过，她连叫了几声"干爹"，然后就跪在地下哭泣。李恒顺的老婆也进了屋子，她一头扑到死者的身上，哭得缠绵而凄切。李昌有走到院子里，他的满眼都是泪水，可他的眼泪却流不出来，憋得他直想骂娘。这时他突然望见卖豆腐的从门前经过，他用手推车推着两板新出的热气腾腾的豆腐，疲惫地吆喝着"豆腐咪、豆腐咪"，李昌有就冲出院门跺着脚朝卖豆腐的骂："你这驴，你喊什么？你卖什么？李恒顺他再也吃不上豆腐了。"

卖豆腐的听后愣了一下，手抖了抖，就扶不住手推车了，他叫了一声"恩人啊"，就扯开嗓子哭了起来，哭得李昌有心里有东西往上顶，他的眼泪也随之出来了。

埋葬李恒顺之后，李昌有就制定他的复仇计划。时间：有月光的秋季的夜晚；地点：河边；事件：革屠夫的命；结局：将李恒顺的女人顺理成章地领到自己的炕头上来。

李昌有开始观察屠夫的言行，因而他每日都到集市上买肉。屠夫不光杀猪，也卖肉。他一站在肉摊前，买肉的都拥上前来。屠夫杀猪一刀即可结束猪的生命，而且是速死，用满锅滚烫的开水给死猪洗个透彻的热水澡，猪毛很轻易就会被刮下来。那时候猪看起来就又白又大，黑猪花猪也成了白猪了。开膛要尽快，猪下水一涌出来，好吃这一口的人就一哄而起，这个要肝，那个要肺，另一个却要心或腰子，而屠夫自己独独喜欢吃猪大肠。小肠他是不愿吃的，认为没有猪的味道。猪真正的气味就集中在猪大肠上，吃起来满口油腻，臭烘烘的，却回味无穷。如果有了青辣椒，而那青辣椒又不同寻常地辣，炒上一根猪大肠，一壶黄酒很快就没了踪影。

屠夫宰的猪新鲜，肉味纯正，绝无淤血的腥味，因而买肉的人不等猪肉上市就围在他的摊子前。而猪肉一上市，不过半小时，一头猪就被分割殆尽。李昌有最近频频地站在买肉的行列中，令屠夫疑窦丛生。他甩给李昌有的肉都是李昌有再三要买的五花肉，皮薄肉嫩。肉从侧面看红白相间，错落缤纷，白中夹红，犹如雪中红豆，而红中夹白的却像晚霞中的一条光带。李昌有将肉提回去连皮切成四方小块，放到锅里红焖，吃得他夜夜想提早把屠夫宰了，将那女人领到自己的炕头。

李昌有观察到，屠夫喜欢揉鼻子。卖肉的间隙就要用手揉几下，有时忙极了就单单用指头触一下，似乎不如此就神气不畅。此外，屠夫还喜欢吐痰，他一吐痰就要回头，"啪"，痰有时就吐在他背后卖青菜的摊子上。摊主是个半大老婆子，经常白白吃屠夫剔下的猪骨头，所以痰落在菜上她也和颜悦色地笑着，然后拿块破抹布将菜上的痰擦掉，无论是萝卜白菜生菜豆角，痰被擦过后依然被买主买走，买回去也就被吃掉了。

屠夫有个最不好的毛病，他不喜欢夜出。他一收市就回家，回家吃饱了就睡觉，他比一般人的睡眠时间要长。此外屠夫还喜欢说反话，他要说今天这猪肉不新鲜，臭死了臭死了，就说明这猪肉鲜极了，非买到一尝为快不可；他说今天这天气怎么他娘的这么好，说明那天是阴的；而他要看上哪一家的媳妇了，则说：你长得丑得不能看了。了解屠夫的媳妇听后就美滋滋地走了，回家跟自家男人炫耀去，男人就不打发她到屠夫那买肉，男人自己去，恶狠狠地盯着屠夫粗糙而红润的脸。而若女人不了解屠夫脾性，被说了丑死了的话，就一路疾走着羞愧地回到家里，盘算着做几件像样的衣裳，使自己不难看，那么她穿着新衣裳走到大街上再遇见屠夫时，屠夫仍然骂她丑，骂得有恃无恐，甚嚣尘上，那原本很美的妇人就完全丧失了自信，回家后对着镜子哭个不休。

李昌有站在买肉的行列中，屠夫每每在甩给他五花肉的时候，都要说一句："老兄你的脸色可真好看。"

李昌有心想，有一天就不会好看了。

李昌有等待秋天。八月十五是他看好的日子。那天可千万不要阴天。要朗月如洗，风平浪静。他早已磨好的屠刀将扎进屠夫的心脏。最好屠夫在他出刀时不要吐痰和揉鼻子，否则月光下屠夫的那双眼球凸起的眼睛会令他手软的。他一定要宰了他，替李恒顺报仇，也替那些被屠夫杀死的猪报仇。想到为猪报仇，李昌有就乐不可支。

李恒顺的老婆吃饱了饭就坐在院子中的柳树下缝缝补补，她平静地等待着什么。丫丫骑马回来时总是风风火火的，她从不在门口下鞍，而是策马冲进院子，在窗前提一下马缰绳，马踏起的尘土沸沸扬扬，将干娘弄得满面尘垢。

"丫丫，你又让马出汗了。"干娘的话一落，丫丫就顶嘴说："马不跑出汗就不自由，它愿意快跑，骑马不快有什么意思。"

干娘不吱声了，她继续缝补衣裳，但她觉得眼睛发涩，十指也懒惰起来，于是就丢下活儿回屋了。

秋天像剪纸一样鲜明地贴在窗户上，霜来了，风也变了样，不再像昔日那样柔顺，有些调侃的味道了。李昌有家的锅终日油汪汪的，丫丫总是不失时机地提醒爹，问他就不想攒点盘缠回关里吗？

李昌有就一挥手说："在关外住一辈子了。"丫丫便明确地说："我要回关里，哪怕是死在回关里的半路上。"

屠夫频繁看见李昌有买肉之后，忽然间明白了什么，他甩给李昌有的肉比实际斤数要过一两。他对李昌有说："爷们儿，李恒顺留下的那个女人还不错吧？不然你怎么天天要吃肉！"李昌有就顺水推舟地说："那女人真不赖，我要大补了！"屠夫听后一阵大笑，将腰子也切下一半扔给李昌有，"爷们儿，拿去吃吧！"这样不过多日，屠夫和李昌有成了酒肉朋友。李昌有出酒，屠夫出肉，猜拳行令，称兄道弟，说古谈今，不亦乐乎。

李昌有心存杀机，因而他喝酒是有节制的。

屠夫说："爷们儿，喝醉一回成成仙吧。"

"敢情。"李昌有说。

八月十五的前几天不是好日子，天天都下雨。雨把李昌有的心给下毛了。李昌有将磨得雪亮的屠刀拿到手中，他站在院子里，用屠刀去劈雨，雨却绵绵不绝。屠夫那些天一见到李昌有就说："这么好的天气，八月十五一定会喝上酒了！"

李昌有也以反话相讥："不一定！"

中秋节的前一天晚上，雨终于停了。但是月亮却没有出来，天空中还有乌云，但已是强弩之末的乌云。李昌有心想，天遂人愿，事不宜迟，要当机立断约屠夫去河边了。

然而，八月十五黄昏的时刻李昌有却被女人给缠住了。

李恒顺谢世后，李昌有跟那女人很少打交道，尽管外面已是满城风雨，但他们之间却各行其是，疏于交往。然而八月十五的那天黄昏，李昌有吃过饭，刚刚接过丫丫捧上来的一碗茶，那女人忽然像一支燃烧着的红烛一样喜气洋洋地站在他的屋门前。夕阳的余晖正想闯进屋子，不料被那女人身体给挡住了，那金色的余晖只得像被猎人降服的老虎一样夹起尾巴俯地而过，而那站在余晖之上的女人则像海面上的红帆一样炫目逼人。

李昌有努起嘴抬起头看着她，为什么不看呢？李昌有看得心都空了。丫丫在旁边叫了一声"爹"，李昌有便恼怒地嗔怪道："爹什么爹。"丫丫就自知没趣地走开了。丫丫走到门口的时候叫了一声"干娘"，然后又回头长长地叫了一声"爹"，干娘侧过身子让丫丫出去了。

那女人说："恒顺要咽气时跟你说的话我都听到了，那时我正站在窗前。"

"这么说，报仇的事你也知道了？"

"报仇，我从来就没听说过这两个字，我只听见恒顺说让你要了我。"

"你不会听见别的—— 一个女人——听见又能怎样呢？"李昌有望着面前的女人，他说不出他想说的话。

黄昏一过就是黑夜。当然，有月亮的夜晚，便称不上是真正的黑夜了。屋子里没有灯，夜来得真快，那倚在门口的女人不知不觉已进了屋子，她关上了门。他们坐在黑暗中，后来月亮升起来了，东窗那豁然一亮，女人连忙推开窗户，深深地吸了一口气，仿佛是吸了满肚子月光的清芬，她整个人从窗前回来时芳香四溢，李昌有忍不住将她搂在怀中。

有月光的夜晚，一个男人怀中搂着一个比鱼还要柔顺的女人，心境便单纯如水。李昌有什么也不想了，他并非是不想去想，而是真正的什么也想不起来了。人就有这种什么也想不起来的时候。李昌有守着一片月光，那片质感很强而芳香诱人的月光，他体会到了久违于他的温暖和快意。

那一夜李昌有睡得很沉很沉。早晨醒来时，他觉得被子里有一股格外的气味，他想了想，嘿嘿笑了，将整个头埋在那气息中，嗅着，回忆着，心中充满了温情。

女人早已起来了，女人就是这样，男人起来后觉得肚子饿的时候，她会站在早炊的蒸汽中，那样的女人就是十匹绸缎和八匹好马也不会给换走的。

李昌有吃了顿热气腾腾的早饭，他告别女人出了家门。秋天的风吹拂着，他在爽意中觉得什么东西在心底渐渐抬头了。他有些迷惑，可他又想不起来那是什么东西了。那念头在心底蠢蠢欲动了一刻，然后又奄奄气尽。

街道上散着许多落叶。落叶进了多雨造成的阴沟的泥潭，那命运是不用说的了。树下的落叶格外多，风吹得不管多么凶，从树下刮走的树叶毕竟是少数。李昌有走到集市的时候，发现飘到那的落叶的命运更加不忍目睹了。那落叶粘在泥地上，往来的行人漠然地纷纷践踏着，使那落叶面目皆非，李昌有就想，死后可千万别托生成一片落叶，落到富人家的屋檐下倒也罢，若是落到这肮脏拥挤的集市，岂不永世也不想轮回了。但话又说回来，谁能管死后的事情呢？

李昌有下意识地站在买肉的行列中，他像往常一样盯着肉摊。阳光把那一堆鲜肉照耀得艳丽夺目，李昌有不由得又想到了刚刚离开自己的怀抱没有多久的那个女人。他正想着，一块肉唰地甩了过来，他一阵慌乱，还是将肉接住了，一时弄得满手油腻。

屠夫说："爷们儿，昨晚上我在河滩可是等到月亮快落了才回来。如果不碰到打鱼人，他说兴许你有事耽搁了，我非要结果了你不可。"屠夫说着，回头啐了一口痰，痰落在卖青菜的摊子前，那上面摆着豆角、茄子和柿子，那痰可真会找地方，落在又红又亮的柿子上了，老婆子讪笑着，拿起破抹布擦那痰。擦完，又放回柿子堆里，旁边那个要买柿子的中年妇女就说这柿子着了痰了，不买了。老婆子一急，就将刚才沾了痰的柿子重新拿起来，几口就将它吃完了，竟吃得那么香，口中还念着"好吃得没法说了"，臊得那女人没法再离开，买了她两斤柿子。

李昌有提着肉，心里想的只是晚餐上香喷喷的红烧肉和那个会做这肉的女人，所以他漫不经心地说："你遇见打鱼人怎样了？昨天晚上你到河滩上会谁？打鱼人打着什么鱼了？鲇鱼还是鲫鱼？"

李昌有提着肉回家了，一路上他老想着夜晚的事，所以他有好几次挡着马车或者行人的去路了。若是挡了马车的去路，而马车上拉着富人，赶车人的呵斥声也颇有些仗势欺人的味道，李昌有让路时就故意踌躇万分；而遇着穷人拉脚的马车，李昌有就慌慌地让开，并赔出几分笑脸和两三句问寒问暖的话。他挡住行人的情况只有一种，那就是眼神不济的老人，老人照直路走着，突然间前面有什么东西黑乎乎地出现了，权当是撞上了一棵树，绕开继续走就是了。

李昌有回到家里时，那块原本红白相间的五花肉被弄得灰尘遍布。女人用水洗了许多遍，灰还是存着一些，女人也就不计较，连皮带肉带灰就一锅炖了。肉出来时果然香得不同以往。

吃过肉，李昌有就上炕睡了。他希望一觉睡到日薄西山。他醒来时，天色果然不早了，李昌有穿上鞋子走到院里。女人坐在黄昏里，像一轮饱满颤抖的落日，发出蓬勃的燃烧的声响。李昌有颤着声说："天就要黑了。"

女人回过头，对他说，丫丫从早晨骑马到现在还没有回来，她非常担心，从午饭后她就这样坐在院子里等，可丫丫却没有回来。"会不会出了事呢？"女人细声细语地问自己，然后马上回答自己："真的出了事的话，马自己也会循着原路回家的，马认得路。"说完，她就站起来朝马棚里走，她这样走了五六次了，丫丫骑的那匹马不在马棚里。

李昌有并不觉得丫丫的迟归有什么值得大惊小怪的，因为天并不黑呢。就是天黑了，月亮也会升起来的。十五的月亮十六圆，十六的月亮会把归家的路洗得很白很明显。

他们在月亮将升未升的时刻回到屋子里。他们闩好门，将窗户打开。他们没有铺被褥，就那么平展展地躺在炕席上，炕席散发着一股植物的陈香味。李昌有侧过身搂住那女人，就像饥荒年代抓到了一把丰收了的麦穗一样激动不已。

他们激动的时刻月亮升起来了。月亮急急忙忙地向上升，大概也想站得高望得远，它升到高处时那光芒便纤柔明亮，灿然动人。女人连忙下地将窗户打开，月光飘进屋子，炕席显出温润的白色。

这一夜屠夫站在河岸上冻得瑟瑟发抖，他以为失约的李昌有十六这天会将功补过，然而这一夜他又独为月下客了。他恨不能咬碎满口的牙齿啐到李昌有身上。启明星升起时屠夫离开了河岸，那时他想这世界是无情无义的，尽管河床里洋溢着缤纷的月光，但是岸上的萧索却令人寒心。

李昌有阴历八月十七的早晨酒足饭饱后走出院子，正想到集市上买肉，却先碰到了卖豆腐的。卖豆腐的偏偏那天生意最好，一清早就卖掉了四板，正推着空车回家，所以见到李昌有就主动搭讪起来，问他为什么不喜欢吃豆腐，说李恒顺活着时如何视豆腐为菜中佳肴，说豆腐能养颜益寿滋阴壮阳，李昌有便闷闷地回了句："李恒顺又丑又短寿。"

卖豆腐的哪里能听进丝毫对恩人的菲薄之词，何况知道李昌有也得到过恩人的滋润，世上竟有这种忘恩负义的小人，卖豆腐的扔下车子，骂了几句什么，然后就朝李昌有的身上动了拳头。两个男人扭打在一起，他们滚了满身灰尘，他们不分上下，打得难解难分。一时间过往行人无不侧目观望，有人将嗑着的葵花子皮吐到他们身上，还有人将吃成菱形的梨核朝他们身上扔——真是嫌热闹得不过分，两个人从地上爬起来时狼狈不堪的。

卖豆腐的说："你这不仁不义的狗！"

李昌有说："我这狗能吃掉你这头蠢猪！"

毕竟没有解气，所以李昌有也没有心思去买肉，曲尽人散，他就坐在路旁的一棵杨树下，那杨树下积了不知多少层的落叶，他看着卖豆腐的推着车子一瘸一拐地回家。他想起了许多往事，家乡已故的妻子，破旧不堪的火车，李恒顺对他们一家人相助的诸多往事。最后，他想到了李恒顺咽气时所说的话，想起了屠夫，他便觉得一股热血直往头上蹿。他站起身来，迎着明朗的秋阳回家去找屠刀。

女人坐在院子中，她神色有些慌张，她再一次提醒李昌有："丫丫还没有回来，丫丫在外面过夜了，她的马也没有回来。"

李昌有并不搭腔，他回到屋子，想了一会儿心事，将屠刀找出来掖在腰间。他走出房门时女人问他去哪儿，他头也不回地说："我要去买五花肉，晚上别等我了。"

女人就是这样，一旦某件事情缠绕着她没有落地，即使有更大的问题的端倪已经显现，她也固执己见地想着她原先想着的问题。女人做事从来都是一件一件，很少双管齐下，因而女人不易做大事。

李昌有约屠夫晚上到河滩上去。屠夫当时正在卖肉骨头，他见了李昌有回头就是一口痰，痰落在茄子上，老婆子用抹布擦痰的当口，李昌有已经把具体时间说定了。

李昌有说："你带上一壶黄酒，我备好下酒菜。"

屠夫鄙夷地吐了一下舌头，说："你真想当月下的风流鬼？"

李昌有再也没说什么，就大步流星地朝卖豆腐的家走去。卖豆腐的因为起了大早，正在家里补觉，李昌有将他弄醒，告诉他晚上到河滩上去，有一场好戏要他看。

卖豆腐的问过相约的时间后，又蒙头大睡。李昌有将要离开时发现桌子上有一盘酱豆腐，他就抓起一块边走边吃，走到院门口吃尽时余香袅袅，意犹未尽，便踅回去，又拿了一块。

李昌有到街上的老寿星酒馆去了。他一坐了，伙计便端上一壶热茶，李昌有要了一盘肉炒黄豆芽，又要了一个血肠，然后心事重重地吃喝起来。他等待月亮升起的时候。

一个人喝酒会有忘情的时候。李昌有喝到下晌时酒馆已经分外冷清了，可他正在兴头上。盘中的菜凉了，而且所剩无几，那几根黄豆芽像蝌蚪一样浮在盘底上。李昌有喝得浑身舒展，以至于黄昏时分天阴了他也毫无察觉，他沉浸在一种忘我的境界中。老寿星酒馆就有这么一个好处，一张位置占上一天即使并没额外付钱，店主也会和颜悦色地对待你。李昌有一直喝到酒馆里的人又重新多起来，人人都知道那是晚饭时节了。李昌有抓着一沓钞票摇摇晃晃地到柜台付账。这时他才发现柜台上靠着许多伞，从伞上滴下雨珠，屋地格外潮湿。下雨了。李昌有看看窗外，外面细雨霏霏。一个不会有月亮的夜晚。李昌有自嘲着走出酒馆，立刻一把油纸伞接住了他，女人擎着伞站在酒馆的屋檐下。她站了多久李昌有没有问，就跟着那把伞走了。

那把伞去了哪儿李昌有就去了哪儿。

女人将李昌有扶到炕上，为他脱衣服时她发现了男人腰上的屠刀。她打了一串寒战，然后将刀藏在水缸的后面。她胆战心惊，天渐渐黑了，雨没有停，丫丫和她的那匹马都没有回来，女人忽然觉得炕上的男人并不能使她在夜晚时不害怕，她就蹲在门槛那低声哭了。李昌有睡得很沉，女人哭得也很入迷，直到子夜时分她听见有人叩门才止住了哭声。她打开门，这时她才发现天已经晴了，尽管在夜晚时晴天并没有多大意义，但月亮总算是出来了，月光湿漉漉的，似乎带着一股潮味。屠夫和卖豆腐的就站在湿润的月光里。

屠夫说："让李昌有滚出来。"

卖豆腐的也说："让李昌有滚出来。"

女人说："他醉了，不成人样了，他喝了一天的酒。"

"他约了我三次了，都诳了，"屠夫说，"就在河滩上。"

女人不敢看屠夫的脸，而屠夫见了女人之后温情萌生，语气明显和缓了。

"他约你们到河滩上？"女人小声地说，"他的腰上别着屠刀，他要杀了你们当中的哪个？"

卖豆腐的大叫："我是看戏的！"

"那就是我了。"屠夫说着，将手中提着的黄酒泼在院子里，一股酒气茁壮地生长出来，他盯着女人的脸，缓缓地说："为了你。"

卖豆腐的忽然想起他曾经亲眼目睹的屠夫与女人在一起的情景，他便惊弓之鸟似的逃走了。

女人关上门，她仍然坐在门槛上哭。她听见院子里有人走动，那是屠夫离开的声音，声音由大渐小，月亮却由小渐大。

半个月过去了。李昌有不再到集市上买五花肉，卖五花肉的屠夫在那个月明风清的夜晚连夜逃走了。走时他带着家眷和钱财。他的走令许多人丧失了吃肉的兴趣。那个卖青菜的老婆子每每想起就要涕泪零落。

李昌有在大雪来临之前给李恒顺上了一次坟。他对坟里的人说："屠夫的命被屠夫自己宰掉了，从此之后屠夫要在担惊受怕中过日子了，他活着比死了还难受。"

李昌有身后站着的女人哭泣着。李昌有带着她离开坟场时，她又回头望了几眼，然后还是又转回头来和李昌有一同回家了。

又过了半个月，外面传来消息说，有一个俏模样的女孩子骑着马回关里了，她一站一站地走，历经千辛万苦，终于到达了目的地。

李昌有听后大哭了一场，哭过后他觉得自己顿时苍老了。他声音嘶哑地对女人说："还没让孩子们给火车上那个黑脸的东北人磕头呢。"

女人说："那是个什么人？"

李昌有什么也没说，他朝窗外望去。老天已经降过两场大雪，关外一片萧索的气息了。

1992 年

挤奶员失业的日子

最鲜最浓的牛乳从天上倾泻下来时，就连凹下去的水槽似的屋檐也积存了它的气味，更不要说草场和马匹了。这里没有奶牛，当然，如果有的话，那肚子也一定是瘪的，因为奶牛的乳汁会被天上的那个神奇的圆盘所吸走，那么挤奶员也许会终日愁眉苦脸。当然，这里也没有挤奶员。但这丝毫也不影响那牛乳的纯度和亮度。

已经有七八个买主来过这所房屋，他们都失望而归，这使卖主的失望更加纯粹了。他不明白那些买主为什么一进屋都说："这些柱子太可怕了。"在他看来，柱子美极了，八根柱子直直地托着天棚，十分挺拔。冬天时，你若猎到野兽可以把鞣好的兽皮钉在柱子上阴干；秋季时，可以把那些闲下来的农具挂在柱子上，这样，农具由于通风好就不会生锈；而且，像干菜、辣椒、大蒜、蘑菇这些冬天必需的食品，完全可以成串地挂在柱子上。卖主实在猜测不出买主的意图，尽管他对柱子的好处做了种种介绍，但还是无济于事。

那一定是朱利的马车停在了门外，卖主听到了那熟悉的吆喝马的声音。去年的冬天，朱利除了发牢骚、喝酒、找女人之外，几乎没干过什么正事。今年春天，他把草场改造成良田，种了不少烟叶，他说他会发一笔横财的，但大家都认为这是不可能的事，因为朱利以往没干成过大事。

卖主心事重重地站起身来，他朝门外走的时候朱利刚好走过来，他们就双双坐在门槛上吸烟。朱利啐口痰说："路上我碰到几个买主，他们好像都掉了魂似的，他们不喜欢这房子？"卖主已经无心再谈房屋的问题了，而且他觉得朱利的口气有点幸灾乐祸的味道，所以就更不想说什么了。他抬头看那水槽似的嵌在屋顶下的屋檐，感觉到了那种柔和的色调，还似乎闻到了一股牛乳的甜香气。他便又望望天上那个大大的圆盘，觉得它把所有的挤奶员都坑苦了，不然，它哪里积蓄得了这么多的牛乳，那播撒下来的光束何至于这么撩人呢。

朱利不是一个善于察言观色的人，根本没有领会到卖主的悲哀，仍旧追问买主为什么不喜欢这房屋。在朱利看来，这房屋是绝对出色的，卖主的沉默更使他的疑虑深重起来。

朱利走进屋子，卖主随之听到了他的一声惊呼："这些柱子为什么这样可怕？"卖主的太阳穴一跳，他觉得头疼得很。天啊，柱子，又是柱子，柱子上又没有盘绕着毒蛇，怎么会可怕呢？而且，朱利并不是第一次进这所房子，他何至于跟别人一样虚张声势呢？卖主十分忧郁地从门槛上站起来，他打算着到前面的草场看看马匹，不想再跟朱利费口舌了。不料，朱利已经从屋里出来了，张口结舌地说："柱子太可怕了！"

"你并不是头一回进这房子。"卖主愤怒地看着朱利，话里有话地说。

"这我知道，可是，这柱子似乎有了些变化。"朱利脸红地说，"屋子里空空荡荡，你把里面的家具全卖光了？"

"我总不能先卖房子，后卖家具吧。"

"可是这些柱子现在看起来凶神恶煞的。"

"我父亲住了一辈子，从来没有害怕过这房子，他服服帖帖地在里面度过了一生。"

"这我都知道。"朱利看了看自己的马车，说，"你要想想这些柱子出了什么毛病，然后再接待买主。"

"我想不会再有买主了。"卖主懊丧地往草场方向走，朱利悻悻地赶着马车离开了。草场的道路上晒着一层白花花的牛乳般的光泽，车轮轧在上面显得有条不紊的。

葬礼的气氛还没有完全消逝，卖主走向草场的时候似乎还感受到了一股忧郁。三匹马集中在草场的东南方向，它们棕红的毛发显得很润泽，看上去就像三块编织得精密典雅的挂毯一样。卖主知道三匹马逡巡的地方是父亲的坟墓，几天以来马儿一直不肯离开那里。他走到坟墓跟前，坐下，不知该不该告诉父亲没人喜欢他的房屋，他屋子里的柱子不知出了什么问题。他闻到了马身上温存的气息，他很奇怪这气息极像父亲的呼吸。不管怎么说，房屋卖掉之后他要把这三匹马牵走。这些都是父亲留给他的遗产。

卖主有一个老婆，三个孩子。老婆很能干，饭量极大，因而她喜欢做饭，吃起东西来神情怡然得像是升入了天堂。孩子们都是男孩，很健康，在草场上跑起来跟马驹一样。卖主跟家人在一起过着朴朴实实的日子。他既不好酒，也不好色，不太吝啬，但心胸狭窄。去年冬天朱利赶着马车来跟他老婆喋喋不休地诉说春季的打算时，他简直要被气疯了。

房子出售得不顺使他十分懊悔，他想日落之前一定要赶回家里。已经有几天了他都是落魄而归，那滋味真是难受。

卖主惆怅地把马匹牵到父亲的房屋里，把它们拴在柱子上，然后锁上门回家。房屋旁边就有马厩，但他觉得马儿在那里不安全，也许哪个贼会在半夜里牵走它们，所以他白天时将马儿放到草场上，夜晚就把它们锁在屋子里。事实上，他早就可以把马牵回家中，省得这么牵肠挂肚的。只是他一开始就暗自制定了遗产的处理步骤：先卖家具，然后卖房子，最后牵回马匹。他很少会推翻自己的计划。他的脑海里老是浮现出他怀里揣着鼓鼓囊囊的卖房钱，美滋滋地牵着三匹马回家的情景。那时老婆孩子在家门口迎接他，会突然发现他是多么了不起。可是，现在卖房子的这个关节已经出了问题。

卖主走回家时已经精疲力竭。他尽量把头垂得更低一些，好让老婆看出来这又是失望的一天，她就可以不问卖房的事。他忍受不了老婆对他的同情，那就像祖母在可怜孙子一样。

"孩子们吃过了。"老婆用手抹着额上的汗水说，"我在等你。"

"你以后不用等我。"卖主说，"从明天开始。"

卖主讨厌和老婆共餐的气氛，看着她无所顾忌的吃相，他就觉得自己饱了。所以他每次都有意在晚饭之后回来，但这根本不能使他如愿以偿。尽管他每天回来都要重复着说"你以后不用等我，就从明天开始"，然而，这个"明天"是永远不会有的。

"为什么一定要把房子卖掉呢？"老婆一边摆饭桌一边说，"我们并不缺钱用。"

"可我们没有存款。"卖主说，"而且我们有三个孩子，他们长大后会像蝗虫一样把我们的东西都吃空的。"

"他们长大会自己做事的，他们有力气，也不笨。"

"反正房子是卖定了。"卖主掷下这句话后，就头也不回地走出厨房，他没有胃口了。老婆说起话来总要占据上风，他真是忍无可忍。

这又是一个毫无希望的日子。卖主感觉到挤奶员的日子越来越困窘了，因为天上那个大圆盘瓷瓷实实地积满了牛乳，它把那乳汁都涂到屋檐下了。当然，他不知道哪里有挤奶员，但他觉得挤奶员的命运一定比他还糟。

又一个买主都没有，他的情绪有些烦躁。远远近近的人都知道他要出售房屋，需要房子的人他知道有不少呢，可现在没有一个人来，哪怕是虚情假意地看看也好。这说明这房屋的柱子的可怕一定被张扬出去了，也许就是朱利干的呢。

卖主走进房屋，他再一次地观看那些柱子。屋子开着两个窗口，室内光线充足，因而柱子的四周显得很光洁。八根柱子围成一个圆形，中间有一个火炉，他觉得这种构造非常合理。柱子究竟有什么与众不同的呢？卖主抱住一根，向上仰望着，他觉出了那柱子的巍峨。"它显得高了点。"他自言自语着，但并没觉得这有什么不好。也许买主是因为柱子太高，屋子的空间面积大，冬季取暖时散热慢的缘故吧？卖主认为这可能是一个理由，人们心疼自己的柴火，又不好直说出来，便挑剔柱子不好，不过是找借口而已吧。

卖主走出房屋，他再一次地走向草场。三匹马仍然集中在草场的东南方向，看来它们仍在怀念长眠的主人。马儿因为寡食而掉了些膘，卖主格外心疼它们，泡了新压制的豆饼给它们吃，但这似乎并没有调动起它们的胃口。卖主走过去拍拍马的肚子，不由叹息起来。他看着父亲的坟墓，多么希望能够得到他的帮助。父亲一生吃素，不嗜烟酒，喜欢劳作，爱清静，所以他远远离开自己的儿子独居过活，直到他死的那天上午有人还看见他在草场放马。发现父亲死去的人是朱利，他当时赶着马车刚好路过这里，打算进屋问问老人烟叶若是生虫了该怎么办，可他进去后发现老人已经死了。朱利对卖主说他一进屋就看见老人平静地躺在炕上，他招呼了他一声，没应，他用手试试他的额头，知道他升天了。而卖主赶来后看到的也正是这幅情景。父亲是寿终正寝，卖主这样认为。

黄昏来临时那种柔和的牛乳的光泽就变成了黄油似的颜色。卖主觉得浑身乏力，他走回屋子，一进门就被那八根柱子吓了一跳。他感觉这些柱子正栩栩如生地冲破屋顶，就像闪电要划破暗夜一样势不可当。他站在屋地中央有一种要被牵掣着上升的感觉，他头晕目眩，似乎看见了深不可测的屋顶那里有一团奇妙的光环。"这些柱子怎么这样可怕！"卖主惊叫着跑出房屋。

卖主是个不轻易相信感觉的人，当他平静下来的时候，他便为自己刚才的举动寻找原因，一定是那些买主的话像蛇的毒液一样侵入他心里了，不然他是不会害怕柱子的。为了推翻刚才的感觉，他再一次走进屋子。屋子里光线黯淡，八根柱子在卖主眼里却像八条龙一样灿灿生辉，他感觉出自己的心正被它们导引着上升，他的脚似乎就要离开地面了。他飘然若仙。那柱子上空仿佛有一个金色的圆环正悠悠地降下来，套住他的脖颈。

卖主倒在柱子下面了。当他醒来时，天已经很黑了，柱子的形象他根本就看不真切了。他平静地走出房屋。外面没有月光，但他看见了那三匹屹立在墓地的马，他走向它们，牵着它们回来，依旧把它们拴在屋子的柱子上，然后他锁上门回家。他走出不远，就听到了背后房屋中马的嘶鸣声，但他没有回头。他想，马也许正经受着柱子的威吓。

卖主一进家门就看见了油灯下坐着的那个黑红脸膛的胖女人。她说："孩子们已经吃过了，我在等你。"

"你以后不用等我。"卖主说，"就从明天开始。"

老婆开始往桌子上端汤端饭。她说："一定要卖掉这座房子吗？"

"当然。"卖主坐在饭桌前，他发现汤水中有一只黑虫子，便皱皱眉。

"我们并不缺钱用呀。"老婆也坐在饭桌旁，她拿起了筷子。

"可我们没有存款。"卖主盯着汤中的黑虫子说。

"房子放在那里，可是永久的存款，也许孩子们长大后会用得着。还有，房子是私人的，你可以卖掉，可是你能卖掉那片草场吗？那可是公用的，谁都可以把牲口放在那里。只要房屋是咱们的，大家就认为草场也是我们的，就像父亲活着时一样，没人敢把牲口放牧在那里。秋天时，干草要装几马车才能运走呢。"老婆喋喋不休地边说边吃，这让卖主有点喘不过气来。不管怎么说，他一定要把房子卖掉，说不定就在明天，他会怀里揣着钱牵着三匹马神气地回到家里的，那时老婆孩子一定会发现他是一个多么能干的男人。卖主吃不下去饭了，他觉得心里堵得慌，便用手指指汤水中的黑虫子，示意它破坏了他的胃口，然而他发现虫子已经不见了。

"她吃了虫子，难怪她会那么胖。"卖主这么想着，拂袖离开饭桌，他还从来没有跟老婆发过牢骚呢。

　　卖主坐在门槛上，当然这是另一天开始的时候了。他看着天上那个白白的圆盘子，感觉到那满蓄着的牛乳又点点滴滴地洒下来了，凹陷的屋檐被染得一片青亮。他几乎不敢设想这世上挤奶员的日子了，因为那牛乳的光泽有增无减。当然，他不知道奶牛生长在哪里，更不知道挤奶员在哪里难过。

　　那一定是朱利的马车停在了门外，卖主听到了熟悉的吆喝马的声音。卖主朝他望去，见朱利正朝自己走来。

　　"今天有买主吗？"朱利问道。

　　"我想会有的。"卖主说。

　　"我现在就是你的买主。"朱利说，"把它卖给我吧。"

　　"你根木就买不起房子。"卖主说道，他真想接着奚落他，你除了发牢骚、找女人、喝酒之外，干过什么正事呢？你有点钱也都扔在酒和女人身上了！然而他没有说这些，他觉得有那一句就足够了。

　　"别担心钱。"朱利笑着，从怀里掏出一大沓簇新的票子说，"足够了吧？"

　　卖主呆若木鸡，天哪，他哪里弄来了这么些钱？他的烟叶还没长成呢，他一定是做了贼！

　　卖主战战兢兢地说："我从来不花不干净的钱。"

　　"你放心，这钱是从正道得来的。"朱利说。

　　"可是你不是很害怕这些柱子吗？"

"现在不怕了。"朱利说。

"你这是给女人买的？"

"你别管了，你不是要卖房吗？房子卖掉，你得了钱，不就完事了吗？"

"可我得好好想想。"卖主说。

"我给你时间，你想想。我在草场那里等回话。"朱利说。

朱利走向草场，他看见了那三匹越来越瘦的马，它们垂着头，在墓地周围长久致哀。朱利把草帽摘下来，然后放到草场上，他坐上去。他低声地对着坟墓里面的灵魂说："我知道您为什么要这么做，那是因为柱子。您并没有错误。"

朱利回忆起了那一天他把马车停在门外，然后走进屋子时所见到的情景。他看见老人悬梁自尽了，他死在八根柱子的中央地带。当朱利把他卸下来时，老人的脖子上已经有了很深的一道勒痕，而且，他的舌头半卷着出来，朱利费了很长时间才使尸体恢复常态。这之后他把老人平放在炕上，赶着马车去给卖主报了信。他隐瞒了死亡的真实情景，那是因为他怕老人的上吊会给卖主增加精神负担，在朱利看来，卖主活得已经够沉重了。

开始时朱利也猜不出老人上吊的原因。直到他看见了家具卖空之后房屋的原貌，他才蓦然发现那八根又细又直的柱子是导引着人们上升的，老人一定是在住进房屋的那一刻就看到了这种归宿。所以，他想买下这所房屋，他想这种房屋是最好的教堂。人们终归还是需要一个忏悔的地方。当人们把它当成教堂时，就不会害怕那些柱子了，因为这不是一个凡人居住的地方，朱利越来越深地认识到了这一点。至于他借来的钱嘛，他想今年秋天烟叶一旦卖出去他就会还上一部分的。朱利这样想着，就仿佛看到了礼拜天的黄昏，男人、女人和孩子穿戴整齐地走进教堂的情景。他们会围绕着这些柱子祈祷、诵经和歌唱，而这种生活他只从自己祖辈的口中听说过。

朱利被自己的设想所感动了，这时卖主已经到草场找他来了。不用说，卖主是同意了，朱利从他脸上的表情看出来了。朱利把钱交给卖主，叫卖主点点，卖主便仔细地点了一遍，然后说声"对"。随之，卖主把房子的钥匙交给朱利，然后嘱咐了一句："我希望你别总把女人带到这里来，这里的草场有时不安静。有人或许会来这里放马的。"朱利笑笑，他并没有反驳卖主，他揣好钥匙赶着马车离开了。他想，下个礼拜天，你们会听到一则好消息的。

卖主的心里敞亮极了，这是他一生从未有过的体验。他看看天，发现这仍是挤奶员无所事事的时光。时光还早，他怕回去早了老婆和孩子不会在门口迎接他，所以他就想在草场把时光消磨掉。他坐下来，尽情地享受着天上那个大圆盘倾泻下来的又鲜又浓的牛乳，觉得这个春天简直美妙极了。空气中四溢着芳香，卖主想着将来的日子，觉得踏实了。

黄昏降临时卖主把三匹马牵出草场，他朝家里走去。由于激动他的步子磕磕绊绊的，他告诫自己要沉住气。当他走回家门时，老婆孩子果然都在等他，一种从未有过的幸福感涌遍他的全身。"我卖掉了房子！"他大声叫着，从怀里掏出钱把它交给老婆。老婆吃惊极了，她简直不相信自己的丈夫这么能干！"孩子们，把咱们的马牵到马厩里！"卖主第一次向儿子发布命令，孩子们撒着欢，兴高采烈地每人牵着一匹马走开了。卖主跟随着老婆进了屋子。

老婆说："都怪我，今天没做什么好吃的。"

"你总是这样！"卖主尽兴地发着牢骚，老婆吓了一跳，但她接受了。

这一顿饭卖主吃得狼吞虎咽，而他老婆却吃得很斯文，像是不敢吃饭似的。吃完后，卖主觉得心里空空荡荡的，先前的高兴劲一点都没有了。他不知道这是怎么回事。他蹲在门槛上，呆呆地看着星星，很想喝点酒。他走进屋，对老婆说："给我弄点酒来。"老婆允诺了，把一瓶陈年老酒拿出来。卖主把它喝干了，他看着星星，又忽然很迫切地想找个女人，他问："那个跟朱利好的寡妇，她家的路怎么走？"老婆垂下头，她掉了几滴眼泪，但她还是把路线指点给了他。

1990 年

旅　人

　　窗外的那片海已经伴随我在这城市生活四个春秋了。四年中，它几乎没有什么风景，安恬柔和，海浪像时间一样有条不紊地敲打着我的房屋。我在这海上看过日出日落，看过白云和海鸥，也看过靠岸和远航的船。因为这是一片平静的海，所以只要我凭窗远望，总能看到船的影子。

　　有船的影子，必然有人的影子。

　　虽然我看不见人的影子。

　　有时候我渴望有条船为我带封信走，但大多的时候我都是失望的。靠岸的船离我房间很远，没有人来推我的门，虽然说它终日向要来的人敞开。

　　我房屋的灯是低垂的，向晚时分，如果打开窗户，会听到海的呼吸。海的呼吸和健康的人的呼吸是一样的，均匀而持久。当我心脏麻痹不知如何呼吸时，我就听海的呼吸，然后学它的呼吸。

　　那盏低垂的灯探向书桌。它有时照着纸和笔，有时照着一本

152

书，有时却照着我苍白的十指。我在灯下想心事的时候总是不由自主地伸开十指。夜深时，这十指觉得有些寒冷时，它就去触摸窗棂上的月光，原想月光总是温暖的，可有时月光比手指还寒冷。

那盏低垂的灯探向书桌。它黯淡地照着苹果、橘子和菠萝。这些时鲜水果当然从海上而来，正午时，我赤脚挎着篮子来到码头，一些商贩热情地和我打招呼，我知道他们觊觎我的钱袋。可我有花钱的准则，没疤的苹果我不要，熟透的菠萝我不要，太甜的橘子我也不要。水果的芬芳使我的青春经久不衰，虽然已经没人再赞美我的青春。

那盏低垂的灯探向书桌，它温存地照着一盘碧绿的蔬菜和一杯猩红的果酒。酒来自海那边的葡萄园，我曾在一张报纸上看过葡萄园主的照片，他戴着礼帽，肉乎乎的鼻子，大腹便便，站在葡萄园里，一副醉醺醺的样子。听说他的太太年轻、高挑而秀丽，生了九个孩子。他们还养了一大群鸡和鸽子，他们的仆人允许在餐桌上饮酒。当然，这些都是故事。

关于故事还有我厨房里的炊具。它们有钢有铝有铜有铁，不同的性质却有着相同的用途。我同它们亲切地一日三次地交谈，它们也叮叮当当地回答我的话。我一停嘴它们就沉默，那是一种何等的善解人意啊。我喜欢这样的朋友。它们不会跑，不会跳，蔬菜在油锅里打滚时它们会发出快意的笑声，而米汤徐徐漫出白气时它们会用温柔的眼神打量你，我同它们相处融洽，难舍难分。

窗外的那片海没有给我带来什么好消息，但也没带来坏消息，所以我的生活一直是平静的。日出了，日又落了；有时日落有些散漫，半面海水便被映红了。为了使屋子显出一些生气，我曾经养了一缸鱼，并且配备了几株碧绿的水草，然而鱼接二连三地在深夜死去，我常常在早晨的时候看见它们漂浮的尸体。无可奈何，我将它们全部放入大海，让它们回自己的家，而鱼缸则被陈封在阴冷的地窖。那里同时存着一些酒和水果，当然，还有我往昔生活的一些残片。

居住在这城市的人都在碌碌生存着。我时常望见陌生人的影子，他们有时吵架有时亲昵，有时行善有时作恶。他们谁也没有注意到我的存在，因为我并不为谁而存在。有一天我去码头买米，一条狗挺亲热地上来用头蹭我的裤脚，遭到了主人的一阵谩骂："你这吃里爬外的，你这见钱眼开的，你这叛徒！"他狠狠地踹了狗一下，声言回家要勒死它。以后的几天我一直惊恐不安，我天天去码头寻那条狗，想知道它活着的消息，然而我失望了，连狗的老主人都不见。不过在海边我也未见到它的尸首，这使我在夜晚还能安然入眠。

可在梦里却大不一样了。一些我不知道的东西永远在这个时候出现，它们青面獠牙、张牙舞爪，带着枪和棒，威胁我的生命。它们的手上生满尖锐的刺，有时口里还喷出火来。我常常在梦里一阵阵地尖叫，大汗淋漓地悚然醒来，看看枕边没有相伴的人，而黎明又遥遥无期，只有用被头死死蒙住脸，从几近窒息的空气中念几句咒语。这时候我就格外想听海的呼啸声，它的嚣张似乎可以缓解梦中那些不可知的可怕的事物，然而这海里太平静了。

那盏低垂的灯探向书桌。它青白地照着时间。时间沉浸在书的墨香和纸张细腻的纹理中，时间沉浸在水果的芬芳和酒的香醇中。时间走动着，却又凝滞着，它最喜欢光顾我的眼角和额头，在那上面划出一道道属于它的痕迹，让我在窥镜自视时觉察到它的存在，它的无所不能。

我能说什么呢？对于时间，我只能接受。

有一天我走向地窖，原来是想为两样好菜配上一瓶出色的酒，当我的手触到酒瓶细长的冰冷的脖颈时，突然就看见了它旁边的一口小木箱。我打开它，里面的一些情书已经因为日久天长的潮湿空气的熏染而霉烂。我拾起这些泛黄而发潮粘连在一起的情书，缓缓走回居室，就站在窗前辨认着依稀的字迹。有一页纸上断断续续还能认出："……就把骆驼给宰了，主人弃了刀向沙漠另……"还有这样的话："三天时间足够准备行装的，阿丽玛的头发被油灯给燎得……"结尾落款写着"我爱你"，只不过"爱"字已生了霉点，毛茸茸的，像是个糯米团裹了鸽子遗落下的细绒毛。情书散发着一股腐败的气息，这同屋子的空气大相径庭，我已经无法适应这股空气，忍不住大声咳嗽着，然后就推开窗户，撒手将它们扬出去，一点也没觉出可惜。我洗净手，坐在桌前时才想起我忘了拿酒。于是我再次走向地窖，取出一瓶好酒，有滋有味地吃喝起来。那些变质的书信只要出了窗外，就是去了海里。去了海里，就是去了永恒。

如果我没记错的话，写信人是郑克平，也有人叫他"四方"，因为他在有生之年一直在东游西逛。我是在玉轩镇的一家餐馆结识他的。他吃了一桌子的菜，最后无钱付账，老板娘看他身上没一个铜板，又没有一点值钱的东西，声言要让伙计扒光他的衣服，让他到街上去流浪。他正窘着，我掏出钱为他付了账，然后走出餐馆。他跟着我一声不吭地出来了，我走一步他就走一步，我停下来他也停下来，就像我的影子。

"你干吗老跟着我？"我回头冲他没有好气地说，"别指望我会第二次给你付账。"

他笑着看着我，不反驳，也不气恼。他的相貌还说得过去，没什么特点。

"知道我为什么给你付账吗？"我尖刻地说，"这并不是因为我同情你的尴尬处境，我只是不想看到一个男人赤身裸体地走出餐馆。"

他仍然笑着，不反驳，也不气恼。

我以为他不会再跟着我了，可他继续在我身后一丝不苟地走着。到了我家门口，我嘭的一声将门关上，冲着门外的他喊道："如果你还不想滚蛋，就当条狗在外面给我守夜吧！"

我有晚睡晏起的习惯。第二天磨磨蹭蹭起来时，太阳早已把那一片海照得波光粼粼。吃毕早饭，我准备出门时，却推不开门，仿佛一夜之间被大雪围困了。我用尽力气，才听到有人"嗷——"地叫了一声，在门开的一瞬一个人也随之站了起来，他蓬头垢面，睡眼惺忪，如只丧家犬。"你怎么这么大的力气？"他不满地嘟哝。

"你怎么还没滚蛋？"我气急败坏地说，"你想赖上我呀？"

"我只不过帮你守了一夜，报答你付账的恩情。"他说。

"好了，算我领你的情了。"我指着前方的路说，"请便吧。"

他微微笑着看着那条路，毫不犹豫地朝前走了。我看着他的背影，不很俊美，有些疲惫，他的行囊无奈地随着他的肩头左摇右晃，我不知怎的竟然萌生了一股同情心，我一边追赶他一边大声喊："等等，吃了早饭再走！"

他停下来，慢慢回转身，待我气喘吁吁站定在他面前，他冲口告诉我:"我叫郑克平。"

郑克平就是这样一个疲于奔命的人。他一会儿去了云南,一会儿又去了新疆和西藏。他没有旅行资费,他坐蹭车,吃蹭饭,遇到好心人能过上几天恍若过年的殷实日子。他宿的地方也是频频变化,今天是火车站的长椅,明天是沙漠旁的帐篷,后天是农人家的羊圈,大后天又是果园的树丛下。能睡在我的门前,在他来说已经是一个安详的睡地了,所以那天他睡得很香。

"为什么不找份工作好好干?"我开导他,"这样长此下去也不是回事。"

"我受不了工作的约束。"他笑笑,"尤其是坐办公室里,那和蹲监狱有什么区别?"

"大家都向往坐在办公室里。"我为他将面包涂上果酱,连同一碟黄油一同推向他,"别以为循规蹈矩就是可耻的。"

"我不喜欢办公室。"他说,"大学毕业后上班的第一天,我来到办公室,窗明几净,每个处室都有四五张桌子,桌子上堆着茶杯、办公用品、药品等等东西。有的人早晨八点钟就趴在办公桌前打盹,人们都面色青黄。中午吃过饭,大家都哈欠连天,纷纷靠着椅子昏睡。你猜那时候我想什么?我觉得这样熬下去不出三年我就一点创造力也没有了。我必须离开那里。"他香甜地吃着早点,"所以我就离开了。"

"你的第一站旅行是去哪里?"我问。

"花回镇。"他说,"这个小镇有特别漂亮的女人,你可以随便和她们打招呼,她们的男人也不会嫉妒。她们以织布为生,喜欢烹茶,对外来人特别友好。房子是木头做的,轻巧干爽,她们不用窗帘。"

我说："我没听说过这个镇子。"

"你不知道的镇子多了。"他说。

"那有什么？"我一挑眉毛，"我照样生活得很好。"

"你这算很好的生活？"他调侃道，"终日待在屋里，被一盏低垂的灯环绕着？"

"那当然。"我笑笑说，"你吃力地用双脚走完整个世界后，我早已用心灵漫游了整个世界。"

郑克平吃过早饭后就离开了我，走前要走了我的通信地址。他每到一个新地方总要给我发来一封信，讲那里的风土人情和他遇见的奇闻轶事。当然，有时也毫不隐讳地讲他的艳遇。不过在我看来，那些艳遇都有些过于奇特，比如说他在澜沧江的激流中遇见一个船家女，这女人整整陪了他三天；比如说他在塔克拉玛干大沙漠邂逅了一位摄影记者，她为他而如醉如痴，在我看来，这其中不乏虚构和炫耀的成分。他在信的末尾总是写上"我爱你"，这更加令人啼笑皆非，仿佛我们真的是相恋多年的情人似的。而我所接受的事实和习惯是，假若郑克平长期不来信，我就会寝食不安，为他的安全担忧，猜想他是否真的爱上了一个女人，动了婚娶的心思，内心嫉妒不已；而当郑克平的又一封来信出现在我面前，一切疑虑都烟消云散了。

窗外的那片海已经伴随我在这个城市生活四年了。原来我并没有感觉到海的存在，我记得周围是林立的高楼、奔驰的汽车、喧嚣的集市和如潮的人流。然而就在郑克平永远不再有信来，我天天失望而焦灼地从邮箱走回居室、面对灯光神思恍惚的时候，我突然发现窗外出现了一片大海。我对它的脾性渐渐熟悉和热爱起来。同时我也明白了郑克平不再有信来的原因，那是因为海出现了，我的生活到了一个新起点，他按老地址写的信当然就收不到了。我在这幢房子里一直思索我的来处，可是四年过去了，我一无所获。有时我盼望着有一条船能给我带封信来，哪怕不是郑克平的信，可没有一封信是写给我的，已经四年了，我失去了外面的一切消息。

我只能在那盏低垂的灯下看着自己苍白的十指，看着水果、蔬菜、疲倦的笔和心事苍茫的纸张。没有什么，一切都是会过去的，我常常这样勉励自己。你听，外面的海浪声有多温柔，外面的空气有多么好，你正处在人世间最和平的港湾，以个人的方式迎接着日落潮汐，以纯粹的思索消解着时间，时间像鹅卵石一样布满沙滩，无所不在。

我再也没有见到那条对我亲热的狗和它的主人。当我费尽心机打听到他们的住处时，开门的是新主人。这女人又高又胖，头发烫得跟鸡窝一样，薄薄的嘴唇，说话时唾沫星子四溅。

"请问有何贵干？"她上上下下打量着我。

"听说这里住着一个男人？"我惴惴地补充，"还有一条狗。"

"他们走了有半个多月了，他们不回来了。"她说。

"永远不会回来了？"我失望地问。

"你也看到了，我是这房子的新主人了。"她说。

"那么他们离开时那条狗好吗？"我问。

"那条狗跟在主人身后，他们一前一后离开这里的。"她说。

"谢谢你。"我略觉欣慰地说，"我只想打听一下狗的消息。"

当我转身欲要离去时，忽然那女人叫住我，"等一等，我知道你的名字。"在我回身时，她说出了我的名字，我正诧异着，她又说："我听这里有很多人在议论你，说你认识一个游手好闲的人，养了他好些年，后来他抛弃了你，你就精神失常了。"她尖刻地说："不过我看你不像精神病患者。"

"是吗？"我说，"你是干什么的？"

"我是《远天报》的记者，我来这里是为了采访四年前一场火灾的幸存者。"

"这里从来没有发生过火灾。"我说。

"你当然记不得了。"她略带嘲讽地说。

"不过我得告诉你，我的朋友并不是一个游手好闲的人，他只是一个旅人，只不过我们旅人的方式不同，我并没有养他好些年，他是一个能自食其力的人，而且，我只见过他一面，我们只是通信，这不存在抛弃不抛弃的问题。"我说。

"旅人？"她一抖肩膀不以为然地说，"精神病患者都是这样说自己的。"

"其实跟你讲这种话真是可笑，"我边朝家走边说，"世界上怎么就有这么不善良的人在健康地活着？"

狗没有死，但它永远从我的生活中消失了。

那位女记者果然在走东家串西家地采访火灾的事。一些人在讲述时还痛哭流涕，仿佛真的有那场火灾似的。我在码头买水果和米时常常能看见那女人。她总是冲我讳莫如深地笑着，仿佛我是个怪物。我见了她远远就躲开，我不喜欢她高声大气和人说话的腔调，也不喜欢她那色彩恶俗的服饰，那完全是头蠢驴才能穿的服装。然而我感觉到了当地居民对她的热情和友好，他们常常往她的篮子里塞鸡蛋和红枣，还不让她付钱。后来我才明白，每一个火灾的幸存者都可得到政府一笔数目可观的抚恤金，大家都愿意当幸存者，这使我对落拓不羁的郑克平有了由衷的怀念。

最重要的是寻找自己的来处。也许郑克平的信能帮我找到线索，可那些信已经被我从窗户抛向大海了。

那盏低垂的灯探向书桌。窗外的季节我已经无从知晓了。无非是白天黑夜，无非是潮涨潮落，无非是月圆星稀，无非是日落日出。这日子真让人百思不得其解，那么多已逝的人一个一个朝我的梦境走来，诉说着他们的痛苦，看来死去也不能得到永久的解脱。死去也是一个旅人。

不管别人如何看我，我认为自己是正常的。这其实真的没有什么，一个人拒绝与人交谈，只是因为他要留下时间与自己交谈，这并不标志着失常。我用不着时时提醒自己是正常的，因为我已经是正常的、坚定的、清醒的。

有一天我去码头又碰见了那个女人。原想她的采访已经结束，该离开这里了，不料她却仍然趾高气扬地到处走着。她每到一处都能引来一阵奉承和恭维，有人夸她好气色，有人赞美她美丽，有人称道她那身不伦不类的衣裳，这使得她胸脯挺得更高，脸上笑意盈盈。我对人也就越来越失去信心。这女人腋下夹着一份报纸，她在与一个水果商贩交谈时，那人送给她一只菠萝，她假惺惺地推托着，这使得她腋下的报纸溜到地上，恰巧海面上吹过来一阵旋风，将它送到我的脚下，我就拾起它回到小屋。我放下水果蔬菜，坐在书桌前，那盏低垂的灯将散漫的光晕投向报纸，那是一份《远天报》，是一星期前的报纸。头版刊登着一个男人的巨幅照片，我一眼就认出了是葡萄园主的照片，报道说他正在筹备第二次盛大的婚礼。他那为他生了九个孩子的妻子以与人私通的罪名被他休掉。新妻子是酒吧间的一名女招待。报道还说在他举行婚礼的那一天，酒吧间所有的葡萄酒都由他免费提供，大家可以开怀痛饮。

这主意倒是很妙的，既为葡萄酒做了广告，又显示出主人在喜庆日子的一种大度。不过我的疑惑是，一个与葡萄园主生活了不到二十年的妻子为他生了九个孩子，她哪有私通的空闲和机会呢？

男人们为了结束旧生活总能找到千般借口。

报纸的第二版是关于一场火灾的报道，其间登载着几幅火灾幸存者的照片。一看所报道的地名，这才明白出自那位女记者之手。文章开篇写道："四年前在旺角所起的那场大火，至今仍然令人心有余悸。一些幸存者为此而精神失常。"其中的一张照片我一眼就认出是水果贩子，他故作痴呆地大张着嘴，嘴角流着涎水；而另一幅则是洗衣店的老女人，这个以吝啬而闻名的人竟然歪着嘴，将头发弄得乱蓬蓬的，双目透出呆滞的光。我心下想，他们的表演真比职业演员还精彩，而那位女记者的摄影技术比她的文字功夫要漂亮得多。文章以一种悲天悯人的口吻呼吁全社会给这些失常者以无私的帮助。其实被人同情已经很不幸了，如果有意识制造一种同情，那简直就是格外的下流了。我不知《远天报》的千千万万读者会怎么想，我只知道我生活的环境假话比真话动听，谎言比真理受宠。

我的判断没错。援助款一笔接一笔朝这儿飞来，许多人领到钱后乐得夜不能寐。而那场莫须有的火灾究竟有谁是亲历者，真是无从考证。女记者被当成了这个城市的英雄，人们拥戴她、赞颂她，给她的衣食住行提供一切方便，仿佛她要做这个城市的女王。这真让我对人越来越丧失交往的欲望。我真想乘着一只船远航，永远离开这里，可是我不知到哪里去，更没有什么船的影子，这样的日子已经很久了。

有一日黄昏我去洗衣店洗床单，那个悭吝的老婆子正在专心致志地给洋芋削皮。我说了一声："来洗床单了。"她便惊得抖了一下手，刀尖扎着了她的手指，涌出一股鲜红的血来。她大惊失色地叫道："你赔我血！"

"又不是我扎了你的手。"我说，"我只是说要洗床单。"

"你这个疯子！"她指着我激愤地骂，"你说话吓着了我，我削洋芋时你是不能说话的，你赔我血！"说完，她飞快地将手指塞进嘴里，贪婪地吮干净了血。

"你这些血值多少钱？"我好奇地问。

"一滴血是七八个苹果的营养，这有上百滴的血呢，你得赔我一筐苹果。"她的眼睛泛出一股绿光。

我说："好吧，我赔你一筐苹果。"

"我不要苹果，我想把一筐苹果折合成你门前的那把红木椅子，我早就相中它了。"她说。

那把红木椅子在门前的一棵树下，我常常坐在那里在向晚时分回首往事。这把椅子无论如何也不能给她。我向她表明了态度，她便心犹不甘地悻悻地说："那就买一筐苹果吧。"

从此我不敢再到洗衣店去洗衣。我觉得真正地被世人抛弃了。为什么每件事情的出现都要付出代价，都有阴谋？

那盏低垂的灯探向书桌，它照着我苍白的十指。我已经不会拨动琴弦了，我总想到远方去旅行，可又力不从心，我只能安闲地听着海水拍打我的房屋，听着时间持之以恒的敲击声。

我老了，我想。海也老了，我想。月亮也老了，我想。船也老了，我想。

那个洗衣店的老女人忽然有一天暴尸街头。她是被一匹惊马给踩死的，她死后人们从她的屋里找到许许多多花花绿绿的钞票，她的两个儿子为争夺这些钱几乎动了刀子。她出葬的那天有蒙蒙细雨，没有人为她哭泣，可是因为人人都淋了雨，仿佛就是为她哭泣了似的。

我也淋了雨，雨水打在我的脸上，我的脸湿了。不过雨不淋在我脸上，我的脸也会湿的，因为我真心流了泪，在那个葬礼上真心为她落泪的只有我一人。她活了一辈子，为了攒下一堆废纸而辛劳、计较、吝啬。她到死也许都认为这是正确的。这是我为她流泪的唯一原因。

有一天晚上，我刚刚熄了灯躺到床上，忽然听见有人推开我的门，这人悄悄走进卧室，并且拉亮了床头灯。我在刺目的光线中睁开了眼睛。

"我朝你这儿走来时灯还亮着。"那个女记者说。

我半倚着床头坐起来，"你找我有事吗？"

"你没有锁门的习惯？"她问。

"我为什么要锁门？"我反问。

"你知道吗？"她说，"你一直在酗酒，你门前的空酒瓶要搭成一座城堡了。"

"这有什么？"我说，"如果你没事，我要睡觉了。"

"大家都说你精神失常，可我不那么认为，"她生涩地冲我笑笑，"我对你说两件事，你一定非常感兴趣。"

我冲她点点头，示意她说下去。她一屁股坐在床头柜旁边的一把木椅里，说："一件事是关于火灾的，一件事是关于你的一位朋友的。"

我最讨厌这种卖关子的开场白，所以打了一个长长的哈欠对她的啰唆表示反感。

"先说火灾吧，你就是在火灾的那一天精神突然失常的。大火几乎烧光了整个小镇，当时你正在河边洗衣，看见火光，你扔下衣服朝回跑，途中被几条逃命的狗给咬了。你进了镇子，到处是残垣断壁，人都被烧成焦煳状了，你昏了过去，你醒来后就成了现在这副模样。所以，你是火灾最深重的受害者，你应该得到政府给你的一笔数目可观的抚恤金。"

"靠人救济？"我说，"我能自食其力。"我开始回忆我为了找那条狗而第一次遇见这个女人的情景，当时她是这样说我的："我听这里有很多人在议论你，说你认识一个游手好闲的人，养了他好些年，后来他抛弃了你，你就精神失常了。"

假若我真的精神失常了，不会是由于两个毫不相干的理由。而从女记者口中分明说出了两种自相矛盾的原因：火灾和爱情。这两样事情在我看来都不至于使我发疯，我的承受能力比我的相貌要出色得多，所以我认定她居心叵测，接下来还会撒弥天大谎。她撒过的谎她自己都忘了，所以她很难自圆其说了。我真想提醒她一下她说过的话，可她的表演欲望旺盛如炉火，我只能听之任之。

"其实我也有相似的经历。"她语调凄惨地说，"云南的那场大地震使我失去了世界上我最爱的人，他是位画家，当时正在外面写生，我们结婚还不到三年."

"一个画家会看上如此俗不可耐的人？"我心下想，"又是杜撰。"

然而她却用温存的语调梦呓般地回忆着："他生前待我一直很好，很体贴我，早晨很早就起来煮牛奶，他的清蒸鳜鱼做得特别地道。我每月不舒服的那几天，他一点凉水也不让我沾，他对我太好了。"

我丝毫也没动恻隐之心。

"现在你明白了吧？我为什么会对灾害的受害者有着深深的同情？"

我惶然地摇摇头。

"因为我也是一个受害者！"她大吼了一声。

我说："安静点，你得以窗外的那片海为榜样，它是多么激情洋溢，又是多么平静。"

"所以说你精神失常了，"她说，"窗外从来就没有海，这不是海滨渔村，而是一个内陆小镇，空气很干燥。"

"这骗不了我。"我说，"窗外那片海已经伴随我整整四年了。"我下床推开窗户，真真切切看到了月光下一片海，它安恬柔和，无边的水汽朝我袭来，我觉得有些凉。

那女记者尾随我来到窗前，她的鸡窝头令我格外反感，她一耸身对我说："既然你不相信那场火灾，又认定窗外有一片海。我看我没有必要告诉你关于一个人的故事了。"

"我并不想知道人的故事。"我说。

"可这个故事是关于郑克平的。"

我的意志垮了。我惊恐不安，她怎么会知道郑克平？

"我在调查火灾的过程中，知道你曾和一个叫郑克平的人交往过，后来他离你远去了。我写信让报社的一个同事打听郑克平的下落，我想这或许对你的康复有帮助，结果我打听到了他的下落。"

我的心一阵阵紧张地跳着，可她仍旧在一如既往地卖关子，我真想撕烂她的嘴。

"他现在在哪儿？"说这话时我浑身哆嗦。

"他离开你之后去了西北，他一路行乞，吃过不少苦，可也挺浪漫的。大约是四年前的夏天吧，他觉得已经把中国能去的地方都走遍了，所以他想到非洲去转转。"

我口干舌燥，焦急地等待下文。

"他选择了偷渡。结果他被发现了，从此之后就再也无法旅行了。"

"他被监禁了？"我急切地问。

"不，他同你处境一样，"她冷静地说，"只不过你仍然自由自在地在外面游荡，还可以享受生活的气息，而他则被关在屋里接受治疗。"

"精神病院？"我害怕地说出这几个字，然后摇摇头说，"这绝对不可能，郑克平是个极其乐观的人，他永远都不会精神失常，他来到人世间就是为了精神漫游，他不会停滞下来，会一直走下去，他会走的，而且正在走着！"

"别太激动，"女记者说，"该说的话我都说了，权当是一场游戏。"

"什么是游戏？"我结结巴巴地问。

"一切。"她故作超然地说。

"我可不想什么游戏的事,"我说,"一切都是认真的。"

"信不信由你,我该走了,夜已深了,我累极了。"她淡淡地说,"明早我还要赶路,我要离开这里了。"

"你早就该离开这里了。"

女记者也不愠怒,只是连连摆着手告退。

她走后我又看了会儿海,看倦了便熄灯休息。我对一切谎言都已有了心理准备,所以我睡得很香甜。第二天早晨起来却听得外面一阵喧闹,我推开窗户,见到了热烈的送别场面。一艘船泊在岸边,许多百姓正把红枣、鹅蛋、苹果、橘子,一篮篮一筐筐地往船上搬,那女记者穿条火红的纱裙站在船头频频向大家招手。当船舱的东西已经满得不能再满的时候,女记者才挥手让船启帆。那船摇摇晃晃的,像是在发疟疾。送别的人竟然装模作样地流下眼泪,一副舍不得的样子,女记者也抬起手擦着眼睛,谁知那里有没有泪水呢,这真让人好笑。

女记者走了之后,该回家的人都回家了。我喝了一个白天的茶,吃了两只苹果。黄昏时,我到码头去买水果,见那儿围着许多人,海浪正扬着手把一些水果和红枣送到岸边。这些水果在海水中优雅地舞蹈着,玲珑剔透。

"沉船了。"一个人说。

"沉船了。"又一个人说。

"沉船了。"一个人小声说,"是她的船。"

"沉船了,"另一个人说,"她装东西装得太满了,她没给自己留下一个地方。"

"沉船了。"

"沉船了。"

"沉船了。"

人们反复这么说着，我也在说着。我知道这个黄昏人们由于虚情假意哀悼一个人，将不会再有人做生意，所以我知趣地回了家。路上我在想，那葡萄园主的新主人是否为他生了孩子？那条与我亲昵的狗如今流落到何方，它的衣食住行有保障吗？

没有邮差来，没有船来。门开着，我老了。我哆哆嗦嗦地走进地窖，一股潮气使我流下了鼻涕。我提着一瓶酒，颤颤巍巍回到屋子里。空气好极了，我知道女记者在骗我，郑克平一定正在世界的某一个角落旅行。也许他不再有信来，但他肯定在旅行着。我也在旅行着，尽管人们不相信，只有我自己知道，四年中我走过了多少漫长的旅程。尽管人们也不相信有一片海存在，但它真真切切地铺展在我的窗外，同我共呼吸着。

窗外有一片海多好。

沉船了。

那盏低垂的灯探向书桌，它照着我苍白的十指，照着我苍茫的心事，照着我的思念和眷恋，照着我已逝的青春，照着我激情消逝的平静，照着我比晚霞还要绚丽的衰老。

它唯一照不到的，是我那广阔的心灵。

1995 年

庙中的长信

双雨：

两板朱红的镂花木门吱嘎一关，满屋的烛光就都是我的了。刚才木门那喑哑而滞重的吱嘎声响起的时候，我不知怎的眼睛竟有些潮湿，仿佛一个世纪随之消失了。

我来滇西四天了，今天宿在远离人烟的庙中，算是平生第一次了。本来是不想宿在庙里的，可车到达这里已是傍晚，我要看的几处唐代石窟已经闭门，只有留待明朝了。

我已经有好久没有领略到这静了。静得我能听见蜡烛燃烧的声音，它是支红蜡，面目清癯的看馆老人把它交给我时，嘱咐我要早些吹熄它，不然蚊子就会依附它而钻入屋中。烛光会招来蚊子吗？已经有秋意了，我想蚊子也珍贵起来了，全不必把它放在心上了。而我的打算则是烧完这支蜡烛，写封长长的信给你。

我知道你是一向关心阿媚的，在那座大约有半年时间被白雪笼罩的城市，阿媚是我唯一的可以谈谈天的人。我来云南的前两天，很不幸因为急性胃肠炎而病倒了，上吐下泻，惨不忍睹。出发前的三小时，我用冰凉的手攥着那张毫无温度的单程车票，到楼下的老中医那儿寻妙药良方去。那是下午的时光，天因为微雨而阴气沉沉，中药房里更加昏暗不堪，且有一股古怪的味道扑鼻而来。老中医坐在木椅上垂头想着什么，我唤了他三声他才抬起迟暮的头。他一边给我号脉一边听我絮叨自己的病情，他平静极了。后来他让我躺在一张黑色的皮床上，那床凉极了，他熟练地在我的胸腹部扎上四根银针。开始时我觉得疼，后来便麻木了，老中医又坐回木椅里，我听着门外冷冷的雨声，觉出了生活的残酷。我从诊所回到住处，觉得头脑里不那么混沌了，于是便把那张已被攥得发潮的车票放进口袋，踏实地准备旅行了。天色愈发昏暗不堪了，我忽然接到阿媚的电话，她问我想不想和她一起喝酒，我说很想，可惜没有时间了，我马上要去火车站。阿媚说，她和 C 终于分手了，她这次下定决心了。我冲口而出：好极了！

关于 C，下面我要提到他。

阿媚接着问我要去哪里，我说是去云南，她就随口来了一句：你可别遭遇车祸！我说：别咒我，阿媚。阿媚便抽泣着说：那你有机会见到双雨了，见到他代我问候。我说：一定。她又接着低声说了一句：有时想起双雨，心里又酸又暖，真的挺想他。

原谅我，双雨，阿媚的话今天才转达给你。由于多日不见，那天和你在一起，真的不愿意谈起别人的事，哪怕是有关阿媚的话题。更何况，我连自己的事都不想说，朋友们相聚，能够互相看一看对方的眼神、服饰、面色、头发，能够静静地沉默地坐上一刻，该是胜似千言万语。而我由于独居，疏于人前交往，对于说话已显得有些陌生了。

　　C是农研所的一名园艺师。阿媚是在一个聚会上与他偶然相识的。他很高大，一头如你一样漆黑浓密的头发，说话时总是努力使嘴角下垂，我觉得这是一个男人做风度的一种表现。C已有妻室，他从不在别人面前谈起自己的家庭甚至好恶，总之他给阿媚的第一印象是极其不错的：深沉、有男子汉的风度。据阿媚讲，聚会之后已经彼此快要淡忘的时候，有一天她忽然接到C的一个电话。C说：我现在给你打的是长途电话，我在郊县的一个农村，这里有一片开花的果园，想来住几天吗？阿媚那一段正被城市的噪音、熙熙攘攘的人流、污浊的空气搞得疲惫不堪，所以她毫不犹豫地接受了C的邀请。据阿媚事后讲，她风尘仆仆坐着破旧的大客车抵达郊县时，C果然立在站牌下等她。他见了阿媚首先将一双崭新的旅游鞋放在地上，让她换下了高跟皮鞋。接着，他带着她走上了一条通往乡间的小路。春天当然好了，尤其是近黄昏的时候，闻着草香，看着翻卷弥漫的暮色，C拉住了阿媚的手。后来他们走进一片杨树林，林中有一幢低矮的红砖房，屋前偌大的院子里果然开满了果树的花朵。阿媚说因为天色晚了，有些许的风吹拂着，所以她觉得那些花朵像千万只蝴蝶在飞舞。进了屋，阿媚才明白这里没有主人，也没有其他的客人，她忐忑不安地和他同用了一顿晚饭。饭后，C将崭新的毛巾、牙刷、牙膏、面油一一递给阿媚，让她洗漱之后早些休息，C在某些时刻是个细心温情的男人。阿媚说牙膏的泡沫在她口中飞旋的时候，她就明白在这个果树开花的夜晚会有什么事情发生。那一夜阿媚和C同床了，他们一直到凌晨时才睡去。后来一只不谙世事的公鸡过早地把黎明的消息带给他们。他们在鸡鸣声中互相凝视着，这是他们相爱的开始。

双雨，把阿媚的隐私说给你听，也许是我对阿媚的一种不忠。可我是多么希望你能知道阿媚的事，虽然从心里我更希望你更多地知道我。可是当我们沉默地坐在一起时，当我们那飘忽不定的眼神挟带出回忆的音讯时，我便敏感地预知：我们或许都在想着阿媚。

不可否认，那一年阿媚是快乐的。那幢有果树的乡村别墅是 C 的姑母的，老人家的女儿在苏州，那一年她去看女儿，就被苏州的小桥流水迷住了，于是托 C 照看她的小屋。阿媚几乎每个周末都装扮一新地从副食品商店购足吃的东西随 C 到乡下。果树开过花便结青果，青果在夏日的热风中一天天膨胀，果肉实在起来，秋天时该成熟的果子的表皮都有了红晕。阿媚有一个周一的早晨突然把几颗红红的果子摊在我的办公桌上，果实咕噜噜地转着，有的掉到地上，溅出了香甜的果汁。阿媚娇羞地告诉我，说 C 就要离婚娶她。说到"娶"字，她神色庄重，仿佛回到了中世纪。我知道，阿媚一直想做一个庄庄重重的新娘。她不止一次地设想自己身披婚纱的情景。

看馆老人是对的，真的有蚊了飞来了。不过只是一只，声音倒是很大，它勇敢地将触角抵在蜡烛上。小飞虫们备受光明屠戮却又是如此热爱光明，真使我不忍心拍死它。何况，这幽深寂寥的静夜，除了烛光的跃动之外，又有一只蚊子嗡嗡相伴，也是一件让人温暖的事。让我喝口茶吧，每每提到阿媚我总是不平静，以下的故事我竟不知如何展开了。那么就先聊点轻松的话题。这几天在滇西公路上，常常能在远离寨子的地方遇见一些山民。他们背着篓子，垂头走在路上。我不禁浮想联翩：他们走在路上要去做什么？奔丧？会情人？赶集？贩卖毒品？购买一袋食盐或者用山货交换　杆猎枪？山民的装束几乎是一致的，但人的行为却是形形色色的。我便想，再过半个世纪，这些行善或者作恶的走在路上的人都会归于黄土，不会有人再看见我看见的这些人的影子，当然也不会有人再看见我了。我便觉得两眼潮湿。善和恶的分野在这一刻混沌起来。我心下竟萌生了一些作恶的念头：烧毁这人世间的一间房子，让它在黎明前夷为灰烬；和一个窃贼捣毁一段电话线，让那些在电话里柔情蜜意的人和预谋阴谋的人都成为瓮中之鳖；我还想把动物园里那些可怜的老虎、狮子、大象、狼、金钱豹一一放出铁笼，让它们越过公园的铁栅栏，冲上人行道，阻塞交通。那一瞬间，我的心底不知怎的就生出了一股仇恨：既然我们来到人间，为什么又要我们离去？我想有许多罪犯是因为不能接受这种无可挽回的离去而作孽的。我很奇怪自己不再为这种念头的出现而感到惶恐和可耻。后来汽车临近夜晚时又经过一座房屋，房屋的门和窗都开着，门前的一团橘色火焰前坐着一位手捧瓷碗的老婆婆，她神态安详地吃着饭。车子飞速地离她而去。她在吃饭，一个老人独自守着一团火在吃饭，她在活着，我反复对自己说。她可以目不识丁，但她经历过战争、和平、疾病、生离死别、柔情的相聚；她可能并不懂得欣赏画和音乐，但她的手指是在触摸流水、茂盛的植物和风中渐渐衰老的，唯其如此，她才有如此平静的衰老，她才会有沉着的死亡。可能就在我们的车子经过她的那一瞬，她忽然握不住碗了，她的头一歪，于是倒在火旁，带着满肚子的稻米香气沉溺在天国的气氛中。

　　这种人世间最古老最传统最经久不衰的和平场景深深感动了我。

　　写到这儿，双雨，我不知怎么的竟有些伤感起来。我想起了远在他乡的城市中的我的小屋，去年我生病的那一段，竟鬼使神差地拿起了油画笔，我的两幅油画都和树有关。一幅是秋日的白桦林，树叶全是黄色的，本意是想涂上金黄色的，可淌在画布上的颜料竟是褐黄色的。我还想画出层层叠叠的落叶，结果画面上的落叶却是混沌一片，很肥沃的样子，就像泥土一样。那幅稚拙粗疏的画却被我固执地镶在画框里，端端正正地挂在苍白的墙上。与它相对的另一幅却是湖畔一片油绿的树木，很浓很浓的绿，画完那幅画我的双手都是绿的了，那时病已好转，明显地又感到了活着的可爱和生机。双雨，我是在有树的地方长大的，我呼吸着树呼吸出的气息时才觉得血液畅流。在城市里，我看到树木比看到花朵更亲切。假若将来我有能力建别墅的话，不会把它建在海滨，我要把它建在林中。这样说是否有些矫情了？

还是接着阿媚的故事吧。不然这支已耗去了三分之一的蜡烛，也许不会让我有充分的光明将她的故事诉说完。而我的故事又是取代不了阿媚的。

当一个男人说要娶一个女人，而这个女人又情深意笃地想嫁给他时，她便会悉心沉静地筹备婚礼所需用的一切东西。那一段阿媚常常拉我陪她去逛商场，她买了被面、枕套、沙发靠垫、竹制壁挂、紫砂茶具、地毯、透明的窗帘、檀香木箱子等等结婚需用的东西。那神态真仿佛一只春燕衔着湿泥一点点地筑巢。她沉浸在与C共同生活的幻想之中。我常常在她极其快乐的时候敲打她：阿媚，等C离了婚你再置嫁妆也不迟。阿媚就一挑眉毛不满地说：你在怀疑C对我的感情？他已经和妻子分居好久了。阿媚对C深信不疑，我便顺水推舟地说C的确极其值得信赖。那年冬天快尽的时候，C

的姑母突然从苏州返回，C和阿媚结束了周末去乡间别墅的生活。这以后阿媚就不再与我描述果树、草坡和盘桓不休的飞鸟了。他们周末时仍然相聚，不过都是在阿媚的房间里。C每到周末天黑之后就东张西望地悄悄来到阿媚的住处，因为阿媚的房子恰恰与C单位的一位同事相邻，C为了不被人撞见，通常是天黑后才忐忑不安地来敲阿媚的门。这时阿媚早已在阳台不知张望他多少次了。他们在一起吃饭、喝酒、听音乐，甜蜜而又心惊胆战地同居。敲门声总令他们恐惧，哪怕是收电费和查水表的人来，那种时刻阿媚连电话都不敢接，所以周末尽管我很想跟阿媚聊聊天，也不敢贸然打电话去骚扰她。阿媚那时便有些憔悴，她说C老是在周日凌晨天色还灰蒙蒙的时分便离开她，而那种时刻她又是多么渴望着他的温暖。我便提醒阿媚，让C尽早离婚，不要再过这种备受压抑的日子了。阿媚便嘴硬地说：其实这样也不错。本来阿媚并没有与C结婚的打算，是C主动提出要离婚娶她，而且信誓旦旦的。这就使本不抱希望的阿媚抱有了希望，而阿媚又一向是轻信誓言的。C迟迟没有离婚。有一次C出差了，我便有幸提着吃的东西去看阿媚。阿媚与我讲着讲着话突然哭起来。她指着阳台说，有一次C吃完苹果去阳台的垃圾袋丢果核，她偶然看见C猫着腰走上阳台，鬼鬼祟祟的样子。阿媚住在二楼，C是怕过往行人会认出他。阿媚说C的这个举动很令她恶心，那天她气急地摔碎了一只结婚用的花瓶。结果C并没有安慰她，而是早早地离开她，走前说阿媚：你怎么这样歇斯底里？

阿媚这样跟我说：他这人怎么这么猥琐？阿媚又烧毁了一份嫁妆，那是只合欢枕，粉红色的缎面，上面绣着一片湖水和鸳鸯。丝绸如此好烧，它们极妥帖自然地化为灰烬。阿媚的穿着依旧干净得体，可无论如何抹胭脂，双颊的颜色总是青黄的，跟人谈话时常常词不达意，我以为这该是她与 C 分手的时候了，然而 C 出差归来后他们又开始建立周末的情感了。我只能听之任之。我想一个人真正想歇下来，完全是在累极了的时候，阿媚或许还没到累得苦不堪言的时候。时间就这么一天一天一天地蹭过去，渐渐地，逝去的岁月多了起来，C 和阿媚在一起整整三年了。

其实有比以上的叙述更精彩的细节可以写出 C 和阿媚之间的裂痕。可我不忍心和盘托出，毕竟阿媚是爱过 C 的，而我又是他们情感中的局外人。

我这样说是不是把阿媚置于一个受骗者的位置了？其实不然，我只是想告诉你阿媚她曾经感到过幸福，现在也正在尝试承受不幸。写到这儿我的笔有些涩了，其实我是多么想把阿媚摒于我们的谈话之外。

我生活的那座城市是冷清的。尤其到了冬天的时候，人们都被厚重的衣服给裹起来。有钱人穿着闪光的皮裘，无钱的人则穿着土布棉衣。逢到有雪的时候，我便下楼散步。走在飞雪弥漫的街头，看着模糊的行人、车辆、店铺，有时就忍不住想起自己的一些朋友。想起一些快乐轻松的时光，心底便洋溢着一股暖流。我跟你说过的，我工作之后又有机会进大学的那两年，每逢周末，宿舍的走廊就静下来了。同学们有的串亲戚，但更多的人是与朋友去了公园、饭馆、租赁在外的隐匿的房屋。所以周末我通常是步行到一家影院去看电影。我还记得看阿兰·德龙主演的《推上断头台》时，主人公在上断头台时说的那句话："我害怕。""我害怕"，这句话深深地嵌在我的记忆中。以后不管是高兴了还是忧愁了，我常常想到这句话，它一度还成为了我的口头禅。我初恋的时候，第一次被恋人拥吻的时候，我说的正是这句话："我害怕。"直到如今，这句话还常常从我口中冒出，我不知道这究竟是为什么。总不至于是生性怯懦吧。有一个周末，我看完夜场电影归来，挤上末班公共汽车，影片中那夏日海滨发生的浪漫爱情故事仍使我陶醉。公共汽车拥挤而燥热，气味难闻，人与人摩肩接踵，我陷在几个比我高许多的穿各色衣服的人中，就仿佛是个穿百衲衣的小孩子似的。待到满头大汗地下了车，清风一吹，我闻到从自己身上散发出的一股清香的牙膏味，原来我新买的一支牙膏因为拥挤而在衣袋里胀破了。这股撩人的牙膏味从此以后就经常出现在我的回忆中，出现在冬天有雪的日子。我走在街头，被绚烂的雪花拍打着，直到要把头发濡湿，直到要冻出清鼻涕，也不舍得放弃在飞雪中行走的那份逍遥和迷幻。通常，雪中漫步后总要给我带来一场感冒、发烧，双肩因为咳嗽而抖动，于是我面颊赤红地为自己烧姜汤，看着淡蓝色的火苗一舌头一舌头地舔着锅底，听着水渐渐沸了的声音，嗅着由淡而浓的姜汤味，我便忍不住地吧嗒吧嗒地掉眼泪。这种时刻，玻璃窗上还存有霜花，很白很白，图案很似月光下的一片桦树林。

　　双雨，阿媚的故事还没讲完，可我已有些累了。蜡烛已失了一半的身子，烛苗中央有一点红色的火花勃勃跳着，好像是谁的心脏搁在那儿。人能在青灯古佛下剃光自己的头发，超凡脱俗，便能获得我们一生一世都难有的平静了，一种大平静，彻头彻尾的平静。如此说来，头发是一种俗物了，因为它是在七情六欲的滋养下催生出来的。可我却是如此热恋这种俗物，愿意把手指陷在喜欢的人的头发深处，轻轻撩动着，发丝浪一般起伏又起伏，那时便能听见时光嘀嗒嘀嗒流去的声音。我只是在自己受感动的时候才觉出时间的存在，其他时候，时间对我来说是一摊烂泥，没有任何意义。我无法免俗。刚才来庙的路上，我登了二十几分钟的石阶，一会儿向上，一会儿向下，可见周围的地形是复杂的。看馆老人先把我让进会客室，桌椅都是大理石的，客厅中央有八根朱红的圆柱，上面挂着一些附庸风雅的字画。我们说的"附庸风雅"，是因为那字画的落款多不是真正的文人墨客，显得浅陋，一些豪言壮语似的留言大煞这里的清幽气氛。好在一杯苦茶落肚后，这种不满也就烟消云散了。当然，我是不能奢望在这里遇见郑板桥、李叔同真迹的。那只可爱的小蚊子腻烦了蜡烛，而我在光下微微晃动的身影又使它无从对我下口，吮吸不到血液，它有些兴味索然地飞到窗根上去了。屋子的床是硬木板的，被褥泛出一股潮气，干净的地板透出木质的本色，我甚至能看到一些鱼尾纹般的花纹。树死了，可树把年轮留下了，就像人死了，人会把生存的年龄刻在墓碑上一样。

我想出去呼吸一下山间的空气。

两板朱红的镂花木门吱嘎一关，满屋的烛光又都是我的了。刚才我出了门，首先看到一口石钟，绕过它，在我的屋后，是一条蛇形的山谷，月亮悬在山谷间，照得屋檐泛出白光。明日便是中秋了，那月亮澄澈极了，几乎难以形容。除了我的屋子还有光亮，其他的房屋都一律昏暗了。没有虫鸣鸟啼，没有人影，山谷对面坡上的树影清晰可辨。我要看的一处石窟，就在山谷对面的石山中。据说那儿有一处甘露观音，是尊被掏空了心的观音。因为别人不信任她，她便把心毅然掏了出来。我太想看看一尊无心的观音的面部神态了。我是这样想的，心是自己的，为什么要掏给别人看？尤其是掏给背叛者或谗言不绝的人？你能指望一个不欣赏月亮的人会说出赞美月光的话吗？如果今夜甘露观音入我梦中，我要好好与她理论一番。可惜阿媚的故事还没有完，月亮已经西行，我将这封长信写完时，梦的机会也就微乎其微了。

阿媚，阿媚，该死的阿媚，万里之外，我仍要口口声声地念着你。双雨，我发誓这次要一气呵成讲完她的故事。她退场后，我才能从容地讲讲我的生活，我寄居的城市、滔天的白雪以及小屋。

阿媚是在一次最无聊的闲逛百货商场的时候遇见C和他的妻子的。阿媚说，当时自己正衔着塑料吸管嗞咕嗞咕地喝一瓶酸奶，她正面对着楼梯，忽然她就看见C挽着一个苗条娴雅的女人下楼了。那女人笑意盈盈的，C见到阿媚一点也不慌乱，他厚颜无耻地将妻子介绍给阿媚，并说欢迎她到他们家去做客。你是知道阿媚的，她从不给人难堪，哪怕是她不喜欢的人，尽管当时她气得差点把塑料吸管吃到肚子里。那个周末，C照例在天黑透之后来了，阿媚那儿冷锅冷灶的。阿媚质问C：为什么要离婚的人还一起甜蜜地出入百货商场？C说：这有什么？阿媚又说：你说和妻子分居一定是假话，我想知道你们在一个屋檐下如何分居？C一撇嘴角说：别那么庸俗。阿媚吼道：你高尚？C说：你得信任我，离婚需要过程和时间。接着C的语气软下来，他上来拥抱泪如雨下的阿媚，柔声哀求她，说他爱她，心底只想着她，他们要相守一生。阿媚忧心忡忡地把这一切讲述给我，想听我的意见时，我说了一句下流话：下次他再找你，你就扒光他的衣服，让他赤身裸体回他的老窝去。阿媚为此笑得直哆嗦，将烟蒂掉到地毯上，烧了一个黑洞，我直嚷着让她赔钱。她嘻嘻笑着，仿佛没有什么不开心的。就这样又过了一段，阿媚忽然又来找我，她说 C 最近很少去她那里，去了老是挑剔她，责备她做爱没有激情，问她是不是另有所爱了。阿媚说她自己真的被 C 折腾得心灰意懒，她常常烦躁，每天至少要吸半包烟, C 开始称她为"鸦片鬼"，并说他妻子从来烟酒不沾。阿媚就说：那她是淑女，我是荡妇了？ C 说：没那个意思，不过人都会变的。阿媚恶狠狠地说：说吧，你究竟什么时候离婚？ C 说：既然咱们的感情已经到了这一步，我离婚与否对你又有什么意义呢？阿媚便坚持道：你说过你要离婚的，我希望看到这种结局，如果这个结局不出现，我也会采取极端行动的。阿媚说她的话的确把 C 吓住了，他苍白着脸连叫她"亲爱的"。

以后阿媚再打电话谈 C 时，我便打断她的话题，我说哪怕谈一只臭虫也比谈 C 好，阿媚便放下电话。我也在等待一个结局，他们分手的结局。这个结局终于在我出发前听到了，我不知该为她高兴还是难过。我能想象得出阿媚一旦做出某种决定的神色，她会慢慢恢复她的乐观和自信的。这种时候她会穿着漂亮的薄呢裙子走在街上，她长发飘飘，她的腿结实而充满弹性，她那丰满的嘴唇还能打出漂亮的口哨声。能够从一种感情的纠葛中挣脱出来，没有比这个更令人轻松的了。所以我不担心阿媚，你也不用担心她。你们的初恋虽然没有结果，但足以令我嫉妒不已了。为什么我不是阿媚？为什么 C 不是你？我的日子是太平静了。

关于阿媚这几年的生活，草草地说这些吧。我总有一种朦胧的预感，有一天你会和阿媚重逢，她会轻轻拉着你的衣角说：给我买一份双色冰激凌。把话还是留给阿媚自己来说吧。

我吁出一口长气，仿佛刚刚从海底浮出海面。真静啊，山谷没有风，谷底沉满了月光，这种时候你在做什么？入梦乡了？梦中可有美景佳人？蜡烛已经所剩无几了，烛光却是越来越蓬勃了。我还能说什么呢？时间改变着一切，几小时前经过工作的手制造出的那支红蜡，将无声无息地消失。几小时前将屋檐照得泛出亮色的月亮，也许已经摇摇欲坠了，就连那只曾经欢欣鼓舞的蚊子，它也不在窗棂了，它去了哪里？几乎每时每刻我都能见到物是人非的场景，时间在尽情摧残蹂躏着这一切。也许就在不知不觉中，我的眼在读报时突然花了，头发开始枯干，所以我珍惜每一次的相聚，珍惜每一次的旅行。今夜我宿在庙里，是我人生中的唯一了。因为即使以后还宿在庙里，那已经不是一九九四年中秋前夜的庙了，那月光也不是一九九四年中秋前夜的月光了，那人也不会是一九九四年中秋前夜的写信人了。去年隆冬时节，我回老家去过春节，登上火车时已是傍晚。我换过票，便呆呆地望着车窗外。这条通向极北的路我已经不知走了多少遍。由于天黑了，我看不清外面的树木和白雪，但我隐约能看出那微微泛白的是起伏着的茫茫雪原。除了雪还是雪，除了寒冷还是寒冷，连房屋也少见，这种时候家家炉火正旺。我忽然想到了葬在这片冻土上的祖父和父亲。他们在世时都喜欢酒和庄稼，他们喜欢的这些东西都在，可他们不在了。如果说上帝创造了人，人又创造了酒和庄稼，那么人是多么脆弱。人能创造出在这世上经久不衰的东西，可人却不能让自己永世长存。我感觉到人世间存在着一种巨大的欺骗。就在我胡思乱想的时候，忽然听到车厢内传出一个老女人的哭声。那是一个朴素的山里女人，她大约六十多岁了，穿布棉袄、条绒棉鞋，包着一块深蓝色头巾。她的脚畔放着一只篓子，里面装满了杂物。十几个人都围着她，听她哭诉。原来她是进城看闺女的，返程时闺女怕她路途辛苦，为她买了卧铺，可老太太从来没有睡过卧铺，并不懂得上车换票这一说。结果查铺的乘务员便将老太太的铺当成空铺报告上去，列车长又安排了另外一个人。那是个满脸长满粉刺的家伙，他约莫三十多岁，喝得酒气熏天，满手油腻。他并不在意老太太的哭诉，而是一扬手把包扔在行李架上，倒在铺上心安理得地睡起来。老太太手里攥着那张车票，口口声声说要找列车长断官司。后来列车长果真来了，列车长说：开车前半小时没有换票，错误在你。老太太说：我头一回坐能睡人的车，我不懂得。她的话使一些常乘车的人发出笑声。老太太继而又指着本属于她的铺位说：我手里还攥着票，他就来睡我的铺，这是哪家王法呀？那人居然动也没动，后来他便有鼾声了。列车长说，因为实在没有空铺了，只好委屈她一夜了。列车长走后，有些旅客为老太太抱不平，但没有一个肯把自己的铺让给她的，我也一样，我和他们没什么两样。我睡了一夜，第二天醒得很早。我从中铺下来去厕所的时候，见那老太太坐在过道的边座上。篓子像个垃圾筐一样地被摆放在窄窄的茶桌上。老人伏着身，头搭着茶桌的边沿，两只苍老的手护着那个篓子。她的头发已经白了大半了。一夜，她就这样挨过了一夜。我在朦胧的晨曦中能看得见窗外的景色了。树木是如此冷漠、单调地排布在雪地上，绝少见到房屋和炊烟，除了雪还是雪，除了寒冷还是寒冷。车轮与铁轨相交发出的"咔嚓咔嚓"声是如此沉重。我轻轻推醒了那个老人，我让她去自己的铺位躺一会儿，篓子我可代她照看。说这话时我觉得脸热心跳。她抬起头，眼泡浮肿着，她并不看我，而是望着窗外，她喃喃说：这一宿已经过来了。都快到家了。

她的话使我无言以对。是的，我们都快到家了。我不敢再看这个老人的目光，直到下车，我的心情还是郁郁的。

双雨，这便是人世间发生的事。我之所以有勇气写给你，也许是身居庙中的缘故吧。

我还想说给你很多话，可惜这支蜡烛已是风烛残年了。我想说一说那座城市初春的景象，讲讲我楼下那几家我常去的干净的餐馆，讲讲我那常常争吵不休的邻居夫妇，讲讲我对面那幢正施工的楼的故事。可惜一种环绕了我几小时的光明和温暖正准备背离我，抽身离去。再过一刻钟，我将陷在自然界的黑暗中。

让我抓紧时机再说说雪是什么时候降临的吧。通常是在十月二十日左右，人们封了窗、腌了酸菜、储藏好了土豆和萝卜，忽然感觉到天色灰蒙蒙的了，没有风，那便是初雪的前兆了。那时家家户户都喜欢这时节围着烧炭的火锅吃涮羊肉，而我远在极北故乡的亲人则已经守着火炉吃酸菜白肉了。他们比我能更早地接触到雪。初雪是存不住的，它会很快消融，但如果气候不反常，第二场雪很快便随之而来。那时候城市的建筑、人群、车辆、树、路灯等等都一律被飞雪笼罩着。天终于冷了下来，雪如愿以偿得以驻足了。我们的冬天便漫长地开始了。也许从滇西回去，我的小屋已被白雪掩映了。

这封长长的信该怎样发出？去哪里找一家邮局？也许明天我乘坐的车子在盘山公路上会永远地飞进云彩中，所以我得穿上红色的衣裳，万一有了意外，我想在云中坠落的时候成为它们当中最绚丽的一朵。我想念阿媚，也想念你，想念你们的某个眼神、服饰以及乌黑的头发。想念温暖、友情和爱意。想念不久便会朝我而来的雪。

烛芯倾斜了，烛泪猩红地软软地流到桌面上，时间对我来说就要失去意义了。

我是多么感激这根蜡烛。

如果明天我能在月光下自由地呼吸、谈笑、吃零食和月饼，傍晚的时候，你也许会接到我的一个祝福电话。能够祝福别人本身就是件令自己温暖的事。当然，这是也许。

我的朋友，祝你晚安。不，是早安。

末末

一九九四年中秋前夜

1994 年

回溯七侠镇

两个最卑鄙的人在天堂相遇了，他们为着同一个目的来到这里，寻找一个任性自负的女人。

时间是公元二〇三〇年五月正午的某一天，天堂正向人间赐洒着蒙蒙的雨水。大地上的稻谷贪婪地吸吮着雨水，丰收在望了。人地，没有晚霞的大地。

两个相遇的人一个叫南，一个叫北。都是很高的个子，只不过南面目清秀，而北满脸大胡子。他们要寻找的那个女人叫秀水，她在三十多年前的一个黄昏从屋檐下出走。那时雨声淅沥，太阳正与乌云同流合污。南住在大都市的一座有草坪的房子里，他正背着窈窕的妻子处理曾与秀水情深意切交往的信件。秀水寄给南的信都是航空信，仿佛一个个长方形的镶着彩条的窗口，那窗口原本阳光充足。信件就在碧绿的草坪被一阵火光化为乌有了。南脸上流下了怯懦的泪水。南的妻子比他大两岁，喜欢穿新衣裳，偏爱粉红色，她正做出优雅姿态牵着一只狗在草坪上走来走去。她感受到一股热风袭来，风中夹杂着黑色的纸灰，像一群变态的蝴蝶。她叫红。

红对南说："怎么有这么多的纸灰飘来飘去？"

南说："谁家的孩子夜里睡不好觉，主人在给小孩子烧邮票避邪吧。"

红眼尖地说："那块草地怎么被烫伤了？"

"哦，是昨天烈日留下的痕迹。"南走起路来轻飘飘的，有点像女人，他经常用口吃来掩饰自己真情实感的传达，同时为别人颂扬他单纯大开方便之门。

南和红有午间做爱的习惯。他们像两条蛇一样盘在一起。窗帘低垂，保姆在厨房小心地洗碗，育婴室里传来孩子的哭声。他们厌烦自己漫不经心弄出的这个孩子，他们叫他"丢丢"。

在此之前，时光拐弯抹角地穿过七侠镇的小巷，叩响比乐街一家低矮的屋门。这是单身汉北的寓所。夏天时他总是紧锁院门，赤身裸体地坐在潮湿的房子里写作。有限的院子堆满陈旧的杂物，那是他清理出的房东的遗物。里面有旧梳妆匣，也有干结了的棉花以及锈迹斑斑的炊具。北走路有点驼背，喜欢流泪。

北听见叩门声，竟在光天化日之下扔下笔赤身裸体打开房门，结果他看见时间苍白地站在他面前。在时间背后，是一群目瞪口呆的过路行人，所有的女人都很快掩面逃掉了。

时间报告了秀水的准确死亡时间：一九九一年五月六日下午十二时三十七分。

时间回到了一九八八年的岁月，那时红还在云南的一家竹楼下练习刺绣，还没有遭遇到南，更没有一幢漂亮的别墅和丢丢。南在一家小城市的旅馆遇见了秀水。逃婚的秀水看上去孤独无助、苍白无比，一双明净的眼睛里向人求助地发出凄怨的光芒。南怦然心动，他很想娶了这个女人，领着她远走高飞。他也果真这样做了，他和秀水出逃的第一站是七侠镇，那是一个古镇，四周地势险要，曾是兵家必争之地。他们不费吹灰之力就住进了一家清洁的私人旅店，当然他们开始同居了。秀水还是个处女，这点满足了南以往与女人打交道所没有的虚荣心，他有点沾沾自喜。那家旅店兼营一家餐馆，最有名气的是排骨烩饼，每到打烊时南和秀水就到里面饱食一顿。事情就出在七侠镇的这家餐馆里，南和秀水第一次发生了争吵。餐馆有一个满脸大胡子的伙计，他很高，小眼睛，沉默寡言，有一种超凡脱俗的气质。其实南与这个伙计在个头上是一般高的，可秀水总觉得南要矮一截。第一次争论时南就动用了拳头，秀水的眼睛又青又肿。第二天打烊时她不情愿地跟着南走进餐馆，她看见了那个大胡子穿白大褂的男人时忍不住又对南说："你就是比他矮一截。"

南无动于衷。他们平静地在一起最后吃了次排骨烩饼。吃毕，南用单薄的手扯着秀水来到招待员北面前，他是用这种口气介绍秀水的："她是个 ×，这个 × 看上你了，她从今以后归你使用了。"

秀水满眼泪水，那一刻她觉得时间停滞了。如果她手里有把刀，南也许就不会有在草坪上烧信的日子了。南仓皇溜出餐馆，回到房间里把属于他的东西打点到一个旅行袋里，斜挎着包离开七侠镇了。秀水回到房间的时候，发现南留给她的唯一东西是一张白纸条上的地址：南的地址。秀水不知道好的猎人都是如此设计陷阱的，她那时对南的怨恨一扫而光。当然，她没有拒绝那个叫北的餐馆招待员对她的爱抚。秀水的第一封信就写自南出走的时刻，同时也是她和北刚做完爱的那个时刻。秀水犯的第一个错误是：**真实**。

　　亲爱的南：七侠镇无论如何是因为你才闯入我的生活的。那个的确比你高出一截的人叫北，我们按照你的意愿已经过完了一种生活。但我更加怀念与你同居的时光。我相信有一天你会来到七侠镇，开始我们的第二站旅行，我不能没有你。请原谅我的所作所为可能带给你的伤害，如果那真是伤害的话。

　　　　　　　　　　　　秀水　×年×月×日

　　秀水：你并没有伤害我，而是打烊时分的七侠镇伤害了我，你不必自责，即使你跟过一百个男人，我也会爱你。祝你和北在七侠镇生活愉快。

　　　　　　　　　　　　南　×年×月×日

　　秀水读这封短信用了整整一个上午的时光，她读了几百次，以致她死前能一字不漏地背诵这封短信。

　　秀水犯下的第二个错误是：**轻信**。

　　最亲爱的南：你的来信使我在七侠镇有了最快乐的一天。上午的三个小时我一直在读你的信，下午便到镇西头的庙里为你烧香祈祷。七侠镇的这座庙已有五百多年的历史了，你再回来时应该去看看它，我会陪你一起去。庙前有一群练习打杀的孩子，尚武是七侠镇人的品行。

我真怕有一天会冒出哪个侠客使我暴尸街头，那样重逢的时光就会一刀两断了。但愿这种倒霉事别再发生在我身上。我愿做你永远的新娘。

秀水　×年×月×日

秀水：七侠镇的日落总是如此美丽。请记住我爱你，在我们的婚礼上你不要成为逃婚者，否则我会追杀你的。和北过逍遥的日子吧。

南　×年×月×日

秀水犯下的第三个错误是：**痴情**。

在七侠镇的餐馆，秀水共收到南发来的三十二封信，信发自不同地点，看来南一直过着流浪生活。而秀水的信，也不停地变换新地址。信件往来使南觉得自己还活着，他与这个世界还保持着联系，他不会失踪，这让他觉得安全。秀水之于他，无疑是一抹残阳，很凄艳，也很无奈。

当南向云南一家竹楼下刺绣的姑娘靠近时，秀水正情意绵绵读南的来信。而北与餐馆新来的肥胖的女招待打得火热。竹楼下的女人坐在一片碧绿的热带植物中，高绾发髻，闪光的银饰缀满玉体。她有着极光洁透明的肤色，眼睛不大，但很清澈，看人时有点怯生生的，那就是红。红的皮肤使南产生了强烈的占有欲望，想象中的红应该比逃婚的秀水要单纯得多，这是南对红判断的第一个误差。他们做完爱南才明白红早已有过他人，而当红泪眼蒙蒙地诉说她十七岁时继父如何溜到竹楼上强暴了她时，南觉得红比秀水更要单纯不幸。这是南对红的判断犯下的第二个错误：轻信女人的眼泪和充满谎言的倾诉。很自然，这个急于摆脱热带竹楼单调生活的女子随着南走进大都市，他们在那里结为夫妻。她开始学会如何做名人的老婆，她摆出适度的微笑，在来访的客人中夸赞他们的妻子或孩子，这一切她都能应付自如，得心应手。与此同时，画家南的画展不仅轰动了国内也享誉海外，这使红觉得脸上无上荣光。她经常嘟着嘴唇说一句："我爱你，南。"餐前餐后、床上床下、屋里屋外，红总是强调这一句话。这句话使南有了某种负担。

红怀孕的时候，南才往七侠镇发了一封短信，报告了自己已有一年的婚史，秀水竟怀疑这是一封开玩笑的信。

> 秀水：无论如何你要承认这样一个事实，我结婚了。至于和谁结婚对于你已经无关紧要了。我不会再去七侠镇了。既然北对你很感兴趣，又如你所说他比我要高出一截，你就和他结婚吧。我要申明的是，不幸的女人并非你一人，我妻子是个比你更为不幸的人，当然那是曾经。但愿以后的时光我会给她带来快乐。也祝你快乐。记住，我曾热切地爱过你。
>
> 南　×年×月×日

> 南：即便是开玩笑，我也受到了伤害。你不会结婚的，在这个世界上，你不娶我，谁又能真正接纳你为丈夫？请记住，真心爱你的女人只有秀水。我已经在七侠镇租了间房子，很便宜，靠近运河，可以时时看见运河

上过往的船。什么时候，你会回来呢？

秀水　×年×月×日

秀水犯下的第四个错误是：**不接受现实、固执己见**。

秀水的信飞向南居住的城市时，南正在画室疯狂地画七侠镇，他已经两天两夜没有出画室了。红很得体地打发一些慕名而来的拜访者，这时邮差送来了一封信，红看了看信封上清秀的字迹，认定是一个勾引者的来信，她很熟练地坐在草坪上用尖如细笋的手撕开信，从此她的意识中结识了一个叫秀水的女人，她成为红不共戴天的仇敌。红看过信就把它烧了，一切都做得天衣无缝。

当七侠镇的铮铮风骨硬朗地出现在画卷上时，红听见南走出画室的脚步声。一贯轻飘走路的南却开始用沉重的步子来走路了。保姆在厨房里准备饭菜，丢丢爬出育婴车，快活地用手拍击门板，回声令这个孩子兴奋不已。红溜进画室，画室有一股浓重的汗味，她打开窗子，她看见了七侠镇，她看见了一个吊着猩红色幌子的饭店，她看见了秀水。秀水一定是画布上的那个女人，她毫不畏惧地望着红，目光充满了挑战的意味。红看了看画布左上角的题字：回溯七侠镇。她怒火中烧，很想一把火烧了那幅画，可她聪明地意识到烧这幅画就等于自己把自己赶出家门，她就克制了愤怒。南在拆着一些无关紧要的来信，红走到他身边用手抚弄着南的头发说："那幅画真是不错，我爱你，南。"

以后的时光红又没收了秀水发自七侠镇的五封信，最后秀水绝望了，她不再有信来。所以当南战战兢兢地站在草坪上烧秀水来信的时候，秀水有六封信已先于南在同一个院子里被火光焚为乌有，升入天堂。这种事情，南永远不会清楚。红在南面前百依百顺，她从来不暗示七侠镇有一个叫秀水的女人与南的交往已被她捉到蛛丝马迹，在这种情况下她明白妒忌不如温柔更能战胜秀水，永远赢得南，赢得她无法割舍的都市生活。所以她总是不失时机地撒娇，咬着南瘦小的耳垂对他轻轻絮语："我爱你，南。"就在这种爱声中，南一天天苍老起来，他的创造力也日渐萎缩。时间又回到了七侠镇，回到了一九九一年五月六日下午十二时三十七分以前的漫长岁月。对，的确是漫长岁月。

秀水在运河边看见了一条从远方驶来的船。撑篙的人瘦高瘦高的，远远望去像是一条纸人，很像南。其时秀水正站在运河边放纸船，有三条纸船顺七侠镇的运河南下。一条是白色的船，还有一条是蓝色的，另一条也是白色的。两条白色的纸船上都装有一枚干瘪的红色浆果，秀水把它们当成相思红豆。蓝色的小船上则放着秀水的一缕青丝，她希望南能看到三条船，能够收到那两颗红豆和一缕痴情。就在她放完纸船的刹那间，真正的船出现了。一个瘦高瘦高的人撑着船，他多么像南。秀水看着那条船一点点地向自己靠近，她看见了北，比南还高出一截的北，在渐远的视线中，北就是南的形象。

北在不久前有了一段和秀水相似的经历：逃婚。

北曾迷恋一时的那个肥胖的女人有了身孕，她要北娶了她，而北不想要老婆更不想要后代，他就在一个深夜逃离七侠镇了。北走后，那个痴情的女子盛怒之下跳了运河，一下子结束了两条生命。秀水曾同七侠镇的许多人一起在运河岸边看那具打捞上来的尸体。她显得又胖又肿，肚子比平素还要大上两倍，仿佛怀着十个胎儿。

七侠镇的人都痛骂北是个负心汉，说他如果再敢回到镇上，他的人头第二天就会悬在树梢示众。

北变了打扮。他剃光了大胡子，还戴上了一副眼镜，他并不近视。他看见秀水的第一句话就是："你还认得我吗？"

"北。"秀水失望地说。

"我就知道回到七侠镇第一个看到的就会是你，这也是我的心愿。"北边说边从船上卸下来一只书箱，他识的字并不很多，可他开始读书了。

秀水说："那个女人就死在运河里，我看见了她的尸首，变了形很害怕的。大家都说你要是回来了就砍掉你的头。"秀水用嘴巴努了努运河岸边一棵单调的树说："就悬在那上面让人唾弃。"

"那是七侠镇人的想法。你不会有这种想法的。"北镇定自若地说，"七侠镇人永远也认不出我来了。"

"可我能认出你。"秀水说。

"所以我才回到这里。"北说，"只有你认识我，而我正需要你能认识我，我们会在这里生活得格外愉快。"

秀水垂下眼帘，她陷入了一生深深的忧郁中。三条纸船已经不见了。七侠镇渐渐走向日暮和虚空。秀水特别想哭。

北说："我知道你还惦记着南，我在一座城市碰见他了，不过他没认出我。他现在有一个很漂亮的妻子，那女人的皮肤是透明的，走路的姿态很美。"秀水点点头，她渐渐相信南那封来信的真实性了。

北又说："他现在是个知名画家。我看到了他的个人画展。"北顿了顿说："有一幅画是画七侠镇和你的。"

秀水激动地抬起头。

"那幅画的名字叫《七侠镇的妓女》，里面的那个女人就是你。"

秀水用手捂住脸孔哭了。泪水透过梳子般的指缝滴到运河岸边，很快就被灰尘给吃掉了。

秀水说："他怎么能这样？"

北和秀水走在七侠镇的运河边上，一些熟人走来走去，都和秀水打招呼，没人再认得北了。北住进了一个破败的房屋，开始时是租用，房东死后，他就顺理成章成了主人，房东亦无后代了。

北开始了写作生涯，在秀水看来，那是一个很枯燥、很古怪、很可笑的职业。秀水每天收拾干净了自己就到街上买菜，她买完菜就到北那里为他做吃的。择菜、洗菜、淘米、腌辣菜，秀水无所不能。有时她也和北同床，正午，没有日光的晚上或有雨的下午，时光此时正通过运河毫无意义地流走。七侠镇的人都说，外地来的秀水看上一个精神不正常的人了。也的确，北不仅剃光了胡子，也剃了光头，加上那副不伦不类的眼镜，看上去像个异教徒。他上街从来都是赤足，脚底磨了厚厚一层茧子，有时踏回了花香气，有时却又踩着了马粪的臭味。街面上的遗物总是十分复杂。

事情出在一个夏日的傍晚，北和秀水到运河边看日落。太阳摇摇欲坠的时分，原来餐馆的店主正捉到一只野鸭往回返。他发现北后大惊失色地撒手放了那只野鸭，野鸭扑棱棱地飞向运河，灵巧地逃生了。

"北。"他叫着北的名字，"你就是北。"

"我不认识你，你一定是认错人了。"北不动声色地说。

"真可怕，你们说话的声音也是一样的。"餐馆的主人说，"北不可能再回到七侠镇了。"说完，他就走了。

从此，北闭门不出，他依靠秀水来完成他与外界的沟通。他的饮食起居要由秀水照顾，任何敲门声都令他心惊胆战，他握笔的手哆嗦不休，他所叙述的故事已经步入僵局。为此，秀水常常成为他出气的对象。秀水的额头、眼睑和嘴角常常出现紫痕，七侠镇的人都知道秀水已经被这个家伙折磨得形如鬼魅。

北虽然处在极端恐惧和压抑的生活气氛中，他依然食量大得惊人，而秀水觉得自己越来越养不起北了。谈到生计问题，北总是以鄙夷的口气对秀水说："别那么俗气，我们在一起本身就很愉快，别想明天。"

"可我们需要米。"秀水说。

"米和文章哪一种更能传世呢？"北用手拍着书案上的稿纸问秀水。

"是米。"秀水垂下头，她低声说，"文章又不能让人活命。"

于是争吵频繁出现在他们的生活中。家实在太穷了，没什么可摔的东西了，四壁空空，老鼠都不愿光顾。他们就声嘶力竭地叫喊。有时北还像女人一样动用哭声，哭过之后他总是说这样一句话："我是多么爱你，秀水。不是因为你，我肯定不会再回到七侠镇了。"

可北的表白无法拯救秀水日渐塌陷的双颊，她的头发不再油光可鉴，她的粗糙手指在触摸流水的时候，流水也发出被刺痛的嚎叫声。单纯的月光对她避得远远的，只有一些嗜血的苍蝇蚊虫仍然一如既往地向她扑来，她并不拒绝它们的掠夺。

秀水开始回忆起逃婚那一年的情景。父亲把她许配给自己的堂兄，婚礼定在那年的八月十五日举行。秀水的堂兄叫秀挺，比秀水大七岁，是个铁匠，人长得很结实，逢人便笑。秀水那年刚刚十七岁，她明白嫁人是怎么回事，况且堂兄又是个正派人，手艺也好。事情就出在堂兄送嫁妆的那一时刻，半匹红色绸缎和两套颜色鲜艳的衣服被母亲收下后，母亲把那半匹红绸缎塞进箱底。秀水说："那是秀挺娶我用的绸缎，你锁起来做什么？"

母亲说："给你弟弟将来成亲用。"

秀水说："那是我的红绸缎，你不能给我弟，秀挺会怪我的。"

母亲说："你把秀挺想到哪儿去了？他不是个小气鬼，你过了门，绸缎还会有的，秀挺会给你买，他手艺好，你会要啥有啥。"

秀水不相信地跑到铁匠铺找到秀挺。秀挺正光着膀子"咣啷咣啷"地打一个大洗衣盆，秀水问他："娘把你送给我的半匹红绸缎锁进箱底了，她说要留给我弟用。娘说只要结了婚你什么都能给我买。"

秀挺说："那还用说。只要你成了我的人，你要什么有什么。别说半匹绸缎，一匹也行。"

秀挺看着秀水。秀水从秀挺的目光中看到了未来，她生活在秀挺的屋檐下，秀挺天天砸洋铁，她一辈子要听"咣啷咣啷"的声音。只要她张口，会有绸缎、头饰、源源不断的新衣裳陪伴着她。

秀水害怕了。秀水就是在那一时刻对自己的婚姻产生恐惧心理的，于是她在一个静静的夜晚开始了逃婚。

在七侠镇以后的岁月里，记录了南、北二人与秀水之间所发生的故事。现在是故事接近尾声的时候了。

有一天秀水到街上去，她买过米有些茫然，就到运河边去看船。路过一家画店的时候，秀水看见了许多人争购画的情形。那就是《回溯七侠镇》的彩印画，它勾起了七侠镇人对往事和青春的回忆，这幅画刚刚在一次国际画展上获奖。

秀水买到这幅画后来到运河边，她将米倒进运河里，使米成为水中的沙子。她坐在河岸上，看着那饭店通红的幌子和自己英姿勃勃的身影，她流泪了。

"是《回溯七侠镇》，而不是《七侠镇的妓女》。"秀水对着运河。运河很安静，秀水曾漂放的三只纸船早无踪影了，也没有其他船只的影子出现在运河上。

秀水从水的反光中看见了自己。她形容枯槁，影单形只，双颊塌陷得厉害，而且她的头发也所剩无几了。秀水收起那幅画，她走在七侠镇的大街上，走进北的房间，将那幅画掷在他面前。

北看完画，笑笑说："这算不得什么。"

"你说是《七侠镇的妓女》，可这是《回溯七侠镇》。"秀水说。

"我要吃饭。"北说。

"米已经被我倒进运河里了。"秀水说，"我永远不会给你做饭了。"

秀水说完就走出北的房间。这时外面下雨了，七侠镇被罩在雨雾中，秀水浑身上下都淋湿了。她走进她的屋子，用一根绳子结束了自己的生命。她就吊在窗前。从那里，可以看见苍茫的运河水。雨天里，运河白浪滔滔，没有船只，一只船也没有。

时间叩响了北的房门，北赤身裸体跑到秀水那里，北发现了秀水的尸体。北就在那个雨夜打点行装，逃离了七侠镇。离开前，他给南发了一封信。这封信南自己收到了。

南：秀水在七侠镇自尽了。相信这个消息不至于让你
太难过。

北　×年×月×日

　　南读信的时候，红从南忧戚的眼光中似乎看到了什么，她百般盘问，南掩饰说是一个崇拜者的来信。于是南就在草坪上将他与秀水的全部通信给烧掉了。他试图忘却这一段历史。时间是一九九一年五月六日正午十二时三十七分以后的第七天，也就是秀水死后的第七天。

　　时间已经走向二〇三〇年的某一天，两个卑鄙的人在天堂相遇了，他们为着同一个目的来到这里：寻找一个任性自负的女人。被寻找者是秀水，寻找者一个叫北，一个叫南。

　　那种时刻作为叙述者的我正躲在一个角落哭泣。因为我忘却了凡俗的名字，不知道自己就是被寻找的人了。我只记得，我爱过的两个人还比较高尚。这种想法酿造了我二〇三〇年摆脱不掉的悲剧。瞧，悲剧就在二〇三〇年的天堂发生了，让我们同时代的人拭目以待吧。

1994 年

与水同行

　　我坐在河边的乱石中，最先看到的是河对岸绿树丛中悠然盘旋的乌鸦。乌鸦飞得不高，五月末的阳光照耀着它，使它的羽毛光泽艳丽。当我的笔开始在稿纸上滑动的时候，乌鸦却翩翩降在水中央的一块石头上。而当我再点上一个标点符号时，它则从清冽冽的水中央飞向空中了。那天空澄澈得在天明时仍能看清月亮淡白的影子。

　　坐在河边的我是个女孩子。但她的手中并没有颜料，她面对的河水和她自己的心境一样单纯。她试图写生，像那些大城市的女孩子坐在绿栅栏旁为紫丁香写生一样。

　　昨天我从一座被紫色香气缭绕着的城市来到苇河镇。小镇是清寂的。早市没有叫卖声，虽然冰激凌的味道好极了，但店前的招牌也是朴素的。我逃离了一种热闹，那种即使不是节假日大街上仍然人流如潮的热闹。我在小镇的饭馆里品尝山野菜，吃煎饼，喝小米粥，第二天早晨起来时发现发丝竟像这儿的泥土那般黑亮。

我闻到了河水的气息，一股清新的腥味。水至清而无鱼。而我觉得水至清而出美人鱼，不然那从桥头钓上一条小鱼的孩子何至于在夕阳中将它养在一个罐头瓶中像是比得到了一条金鱼还要珍贵？鱼本无金色，只因为有了夕阳，它才成为金色。

我有祖先，我的祖先都死在半路上了。来苇河的路上，我们见到了一座像帽子一样的山：帽儿山，那个地名是笼罩我整个童年生活的地方，是父亲心目中的圣殿。我的祖父在那儿开过油坊，后来他落魄了。我的父亲在此放过牛，后来他死在比这纬度更高的一个多雪的山区。我的祖母留在了这里，她留给帽儿山的是一双美丽温情的眼睛。我幼时曾在除夕夜的供桌上长久地注视过那双眼睛，我曾轻轻地呼唤过：奶奶奶奶奶奶。我有奶奶，可她死在我父亲刚刚六岁的时候。她留在了帽儿山，她的丈夫和大儿子却留在了远离她的有雪的落叶松林中，他们都是永久地留下了。

帽儿山，那条粘着牛粪的土路可曾是父亲走过的？山那侧密密实实的坟冢里哪一座是我的祖母？

苇河镇的天亮得真早。仿佛是刚刚过了子夜，天就隐隐约约地亮了，随之亮起来的是路两侧盛开的蒲公英花，那金黄的颜色像一条早霞的光带一样镶在那里。我走在这样的路上设想这样一种情景：祖父走了，父亲走了，祖母守着她的小儿子在帽儿山为别人洗衣裳。那是为有钱人做的活儿，可有钱人是不愿意弄脏衣服的，祖母的生意是冷清的。有一天她洗不动衣裳了，她美丽的眸子黯淡的时候，西边天上的晚霞却如火如荼。她的小儿子跑到门外呼唤这洗衣女人的丈夫和大儿子，而他们却在遥远的天边。我的祖母就含着满眼夕阳离开人间了。帽儿山收留了她，帽儿山又把她的小儿子送到另一个地方，从此她在帽儿山更加寂寞了。她离我并不远，可我快把她忘了。而当我接近她想起她的时候，那种深沉的恋情却找不到归宿，我找不到祖母的坟冢，帽儿山使我愁肠百结。

苇河镇是满怀心事的。月亮下去了，太阳升起了。我来到一个木雕厂，据说这里的木雕名扬海外。走进车间我首先闻到的是大森林的气息，被斧砍过的新鲜的椴木，白森森地叠压在一起。许多工人手执刻刀在熟练地刻着什么。我走过去看了看成品，就像看到了难以遇见的夜空中的彗星一样让我吃惊不已，因为我看到的是一个异国的少数民族的首领——白老族的祖先。那是一个居住在海边喜欢围着火塘跳舞的少数民族。去年年底我曾在那个国家的少数民族居住地逗留过一天。参观完他们的草屋并且领略了他们的歌声后，我们到商场购买纪念品。我买了一个白老族首领头像的笔筒，远涉重洋地将它带回我在 H 市的寓所。我的笔每天都插在白老族祖先的心脏上，我激励自己寻找自己的祖先。可我在苇河镇突然发现，我们雕刻厂正在为异国的白老族刻着祖先的头像。那么认真、细致，却又茫然。他们并不知道这个头像的意义，他们只知道一个头像的完成他们自己可获利五角钱，而他们不知道这头像漂洋过海被涂漆细加工后却身价百倍，我高价买回的竟是我们出售的，而它是别的什么都行，却单单是白老族的祖先！他们花钱让我们为他们镌刻祖先，他们用钱同时买走了我们那美丽的椴木林，他们靠祖先发了大财，而我们的财却像流水一样漫不经心地流走了。那么美丽的椴木！那么好闻的木香味！我们的祖先肯定因为这贫穷和愚昧而在河水中流泪了。

我离开了苇河镇。我在阴雨蒙蒙的时候离开了它。坐上小火车向森林深处挺进的时候，我长久地把头伸向窗外。车速使迎面而来的风凌厉桀骜，我似乎听到了昔日这片土地上马蹄的践踏声。

我在一个最偏僻的林场住下来。四周是山，环绕我的是层峦叠嶂的绿色。它吞噬着我。人在山中如果没有水的陪伴，那日子便是沉闷的。可因为有了山，又有了水，日子便有声有色了。我用河水洗脸，我希望忘掉途经帽儿山时的乡愁和在苇河镇见到白老族头像时的彻骨的悲凉。

对岸的绿树丛中有一个小木屋，那大概是守林人曾居住的地方。现在已经空无一人了，犹如一座古老的石碑，只供后人凭吊。山的那一边，有一座很高很高的山，上面有残雪，在日光下发出青白的光芒。据说，翻过这座山，就到了大海林了。也就是说，翻过这座山，我童年的一段故事就雪山般巍巍呈现了。

二十年前我们还住着板夹泥的小屋。屋子是有火炉的，所以不怕雪和寒风有多么肆虐。邻居大娘是个五十多岁的人了，可她的小儿子才不过十岁，她是续弦来的。她男人是个木匠，因为胃溃疡，常常比别人多吃几斤细粮。他们家的院子里总是堆满了刨花、锯末和碎木屑，下雨的时候，若清扫不及，那些刨花就被雨水冲得像白云一样在院子中漫卷着。他们有两个女儿一个儿子，日子过得很平和。然而有一年冬天的时候，大概就是一个寂静的黄昏，母亲忽然从邻居家兴冲冲地回来对我们说，邻居家不是一个儿子，而是两个，如今大儿子回来了。据说那大儿子三十多岁了，还带回来一个六岁的男孩。直到这时我们才知道，木匠与前妻生了个儿子，而这儿子正是从大海林来的。父亲们都因为木匠曾有过两个老婆而惊羡不已，也不管前房是死了还是离了，而我们小孩子则对木匠的大儿子稀奇不已，便都趴在窗台去看。外面下着雪，屋子里晃动着烛光，木匠大儿子的脸是模糊的，但我们都觉得他和木匠像极了。我们不约而同地说：

"真是他的孩子啊！"

"听听他说话的声音多像他爹！"

其实我们在窗外是听不见说话声的。

木匠的大儿子也会干木匠活儿。冬天时他们家搭了一个小棚子当木匠房。他们为活人打东西，比如箱子、躺柜、饭桌、椅子；也为死人打东西，为死人打的就是棺材了。他们打的箱子又高又大，而饭桌则又圆又大，仿佛不如此就算不上富有和人丁兴旺。有时棺材打好了，里面还糊上漂亮的花纸，引诱得孩子们纷纷跳到里面去做藏猫猫的游戏。小木匠很喜欢我，他给我做了一个小板凳。他做活儿的时候我喜欢坐在刨花堆上同他说话。

"大海林多远啊？"我问。

他就跟我描述多远多远。

"坐马车得坐几天？"我所认识的最常见的交通工具就是马车了。

他"嘿嘿"地笑起来，"坐马车，那可没日子了，来这里得坐火车！"

于是我就问火车是什么东西，是点了火就能自动跑的车吗？

他又笑了，但笑过之后又总是头头是道地告诉我火车是什么。大海林原来那么不容易出来，在我的印象中，从那里出来的人就像从月亮那儿过来一样让人不敢相信。

小木匠后来走了，我们都觉得神秘，邻里相处十几年了突然间才知道他们家还有个那么大的儿子，就好像觉得他们隐瞒了什么重要财产似的。但毕竟从外面来个人不容易，所以他一走我就坐在小板凳上盼：他什么时候才能从大海林来呢？

后来果真盼来了一次，那时我已上小学了。他回来后不那么勤快了，烟抽得也多，听说要和老婆闹离婚，想必他在大海林的日子过得并不好。他住了两天就走了，从此以后他再也没回来过，他送给我的小板凳也早已不知去向了。

从柳山翻过去，就是大海林了。我现在正面对着它，如果小木匠那时给我做一只很高的板凳，我现在站在上面，也许会越过那座山看到大海林的风景。那小木匠是否还活着？活着又做着什么？

天空黯淡下来了，太阳不知去向。阴天时水声就显得更为明显一些。一头棕红色的牛从河上游走来，它走到水中央发现我后就从容地甩甩尾巴上岸了，它走向山脚，山脚那儿有农人的耕地和房屋。

来河边的路上，几个衣着鲜艳的小女孩问我："阿姨，你会叠八角帽吗？"

我说我不会。

她们又问："那么你会织吗？"

我惭愧了，摇头时脸都发热了。

她们像一群鸟一样吱吱喳喳地告诉我，再过几天就是六月一日了，她们要演节目，演《闪闪的红星》，可没人会叠八角帽。

她们并没有因为我无法使她们戴上八角帽而生气，而是在小火车道旁为我表演一种舞蹈，好像几条美人鱼在水中摆动一样。

离开了那些小女孩，我又来到了河边。我选择了另外一块石头，它离河水更近一些，我的脚几乎要伸向河水了。我渴望能看到一条鱼。水声潺潺，水声催人入眠。我必须把目光放到流水上，我的目光随流水来到下游，那很远很远的地方有一座木桥，桥下有个恍惚的人影，而桥的更远处则有炊烟袅袅。

我等待雨的来临。其实雨已经有滴下来的了，但滴得实在太少了，间歇又长，简直可以数得过来，所以并不觉得那是下雨。云层密密实实的，天空就显得很低，而对面山顶上的瞭望塔看上去就几乎是和天挨在一起了。

我喜欢这种凉丝丝的风。这种感觉就像看动画片一样让人愉悦，瞧，淘气的小老鼠在数厚厚的一沓钱时常常把手放到狗的舌头上蘸湿润了，而那忠实地伸出红舌头的狗是多么可爱。

苇河镇的日落是平静的。山里的日落一贯如此，山仿佛是一只草筐，而日头则像只毛茸茸的小狗，它稍稍淘气一下就滚到草筐中了，留给我们的就是黑夜。在这样的黑夜中，我是想不到这里还会有我的学生的。那一日中午我从街上回来，有一个苗条清秀戴眼镜的女孩子朝我走来，她说她是我的学生，怕我不信，她又从口袋里掏出几张旧照片，我从中发现了许多熟悉的面孔，我确认果真是我的学生。我们分别已有七年，她上了省银行中专学校，如今结了婚，有个四岁的女孩，在苇河镇做审计工作。她淡淡地笑着对我说："你现在温和多了，过去你一发脾气就爱甩粉笔头。"

我觉得她讲的肯定不是我，那会是我吗？我想时间的全部意义在于让人忘却，让有脾气的人变得越来越没脾气。

柳山林场是清贫而高雅的。这里没有邮局，商店按期才开，有一个个体小旅店，生意也是冷清的。小学校在河的那一边，修建得很好，依山傍水，但师资力量薄弱，据说最高学历的老师是高考落榜者。有一个陈旧的门上写着红漆斑驳的"浴池"二字，却未见它开过，想必河水使它的生意寡淡了。而在城里所见的钟表店、修鞋铺、鲜花店，在这里却踪影皆无。

黑夜来到了。潮湿的黑夜。没有月亮，只有几点星光，但能看清云彩的影子。云彩的颜色比天空的要淡一些，它们东一块西一块地横贯天际。

我来到河边，白天静坐的那石头是看不见了，持续不断的水声像安魂曲一样凄切迷人。偶尔水声弱了一下，那是因为青蛙的噪叫。听说青蛙是因为吃多了盐，把嗓子吃坏了，所以才不停地叫。在这里用不着害怕，听说治安很好，百十户的人家，从未发生过案件。偶尔有害怕的时候，那是深夜去厕所时听到后面有一种急促而怪异的叫声，像蛙鸣，又像鸭叫，但内行人说那是蛇求偶的叫声。蛇就盘绕在厕所后的一堆废木料中，那里杂草丛生，野花峥嵘，但因为蛇的原因，无论如何是不敢采那花的。

我离自然是这般近。

在河边换另外一块石头坐。石头是温热的。正午的阳光洒向河面，水声便温柔了。两岸的风吹散我的头发，翻动着我的书页，似乎想窥视什么秘密。而我的秘密只是一些朴素流淌着的文字。

天气很热很热了，但那座很高的山峰依然残雪斑斑。昨夜我去了大海林，穿过幽静的小街后，我敲开了一家房门，我看见昔日的小木匠已经成了老木匠了，他正在为一个找到归宿的人造红房子，那房子华美至极。醒来后我发现自己躺在床上，而天色同流水一样清白地闪光了。

只要河中心再多几块石头，我便可到对岸去。一天一次的小火车鸣着汽笛进站了，站台也许会稍稍热闹一下，但很快站台又会冷清起来。站台一冷清起来，旧日子就要结束，而新日子又会以单调的流水声开始。

祖母的遗像是端庄美丽的。那是她三十二岁时的一张照片。她圆脸，五官轮廓比较大，梳着光亮的发髻，顺着眼。我觉得她顺着眼的样子格外迷人。她的嘴角微微上翘，耳垂很大，满脸富态相，可她却死得那般早。我面对河水的时候，常常会觉得祖母顺着眼的那种掩映的目光像水纹那样美不可言。而流水的声音又让人想起发自内心的呼唤。我的目光像落叶一样随水而去了，假若葬在水畔的祖母发现了它，就透彻地哭一次吧。

水中央停泊着的那个黑乎乎的树根像一头盘踞的熊。还没有到雨季，想必那树根是去年秋末的洪水给席卷下来的。此时它停在这里，可到了雨季它肯定不在这儿了，汹涌的洪水会把它送到更远的地方。

柳山林场的黄昏是沉默的。

智者是沉默的。

离开它的时候是黄昏了，坐上小火车看那流水和曾坐过的石头，却什么都无法看清了。水色同天光一样昏暗了。我把头歪在车窗旁，有一种要流泪的欲望。这时我突然发现一位年逾七旬的老翁惊奇地打量着我，他身材矮小，但骨骼坚实，他的背几乎是直的。他的眼睛深陷下去，所以他目不转睛盯着我的目光使我联想到空谷的回声。

我迎着他的目光，想以此让他收回目光。然而老人仍旧专注地打量我，老人是不怕目光不使人快乐的，因为他已经到了想看什么就抓紧看的年龄。

我怯怯地收回目光，朝窗外望去，那座披挂着残雪的山峰不见了，柳山越来越远，大海林也越来越远了。前方是绵延无尽的山峦、田野和稀稀落落的村庄，只要车不停下来，苇河镇很快就会到了，而帽儿山也不远了。

我想，那老人如此打量我，一定是有某种特殊原因的。比如说多年以前他曾热恋过的一双眼睛，本来已经消失了，而现在竟然在苍老的晚景中感受到她的余韵了，怎会不让他吃惊不已呢。祖母若活着，一定也是这般年龄的人了。我设想这样一种情景，祖父带着父亲走后，有一个年轻力壮的男人被祖母那双温顺而美丽的眼睛吸引了，祖母可能辜负了他，他便一生都难以忘却。

苇河镇离帽儿山是那般近，老人年轻时也许在帽儿山待过，也许开过油坊、茶坊或米坊，后来帽儿山失落了一双美丽的女人的眼睛后他才离开那里。

我再次把头朝向那位老人，他已经倚着车窗睡着了。可我却发现他合着的眼睑在微微翕动，他的眼角落下了积淀了半个世纪的泪水。

我不忍心再看下去，而是朝向窗外的景色。我又发现那奔涌不息的河水了，虽然那河水暗暗的。我的祖母曾在这水畔顺着眼看世界，而我则睁大眼睛随着流水继续看祖母早就看白了的世界。

1992 年

烟霞生卒年表

　　一岁：烟霞被她的生身父母遗弃在一个公共厕所里。她才出生不久，未长牙，喜欢吮手指。她的养母发现她时她正被裹在一个红绒线毯子里，而且还半生不熟地冲抱她的人微笑。她走出她家庭时身上只带着一个奶瓶和几块尿布，身无分文，这使她的养母愤愤不平，认为烟霞的亲娘老子太吝啬了。她被收养的最直接原因是当她的养母用手搔她的胳肢窝时，她喘笑不止，被认为是孝顺孩子，便领回去收养。她的名字是她养母给起的，当时她正抱着她从厕所回家，西边天际一片殷红的晚霞，而家家户户的炊烟正在无风的空气中直直地上升，一派浑和的灵性之光，所以便被起名为"烟霞"。她出生地和生辰不详。

　　两岁：烟霞喜欢在睡觉时不停地翻身，她从来盖不住毯子，她不吵闹，极乖。因为断奶早，她便开始吃一些食物，这大概是她的虎齿长得很快的原因。她不挑食，只要是能吃的，能让她饱肚的，她都去吃，不厌其食，胃口极好。她开始练习走路，但总是走两步

210

就要摔倒，摔倒后她并不哭。她喜欢水，但不喜欢火，所以她很少在爬的时候去炉子那里，她深深地恐惧那种热烈的温暖。因为无人知晓她的生日，所以她很小的时候就开始少了一项待遇，这是她长大以后怀疑自己出身的一大证据，她不相信母亲会把她的生日给忘记了。两岁的时候她还患过一场肺炎，是冬天得的，病去得很快。在这年的新年，她穿上了一套新衣裳，并且因为给养母磕头而获得了两元的压岁钱。

三岁：她仍然没有学会走路，她显出很难过的样子，常常扶着木椅眼巴巴地看她的哥哥跳来跳去的。她喜欢看燕子，那时她会趴在窗台前观上几个时辰。她不大合群，别人家的孩子来跟她玩时，她显出很不耐烦的样子。她时而尿床，尿床之后她便一天都很忧郁，虽然养母未曾责备她一句。在这一年夏天，她的眼睛的左侧靠近鬓角的地方有了一块疤，那是她帮助养母取土豆挠子时半途磕在了门槛上，从这以后，养母很少吩咐她做事，而且开始让她大量地服用钙片。她纤细的小腿开始变粗，步子稳多了，但仍是走不远，显得很笨拙。这一年的冬天雪格外大，每逢下雪的时候烟霞就坐在窗前的椅子上朝外望雪，直到雪停之后她才肯离开。烟霞的养母把它视为是私生子的一种怪异习性，因而也并不介意。这时候她已经可以背几首儿歌了，其中她最喜欢的是《小白兔》：小白兔，耳朵长，能吃能睡一个劲儿地长，夏天吃青草，冬天啃萝卜；春天出嫁了，秋天生娃娃，是个天下第一好的兔妈妈。

养母觉得私生子大抵是聪明而命薄的人，所以就有心想给烟霞认个干妈，然而物色来物色去，总没个合适的人选，又见烟霞越长越受看，静得出奇，千般惹人怜爱，只恐别人分享了这母爱，便打消了给她认干妈的念头，一心一意地对待她，只当是亲生的。偶尔遇见在自家大门外逡巡的女人，总当是来认领烟霞的人来了，便慌慌地关门，唤烟霞少出去走动，心总是惴惴的。

四岁： 这年才开春，烟霞便开始出麻疹。外面的雪虽然未全化尽，但风已经是暖的了，向阳山坡上出现了零星的尖尖的翠绿的草芽。烟霞整日发烧，脸色呈现出从未有过的赤红，但疹子却像寒星似的寥寥无几，憋得烟霞整日地说胡话，全家人为此提心吊胆，以为烟霞会因此而送命。然而半月之后她却奇迹般地好了。出过了疹子，便可以出来见风了，这时南归的燕子已经衔着春泥在屋檐下忙忙碌碌地筑巢，烟霞越发显得静了。养母为她剪了短发，而且把祖上传下来的一个红玉玛瑙石吊在她脖子下，希冀着给她带来吉祥。烟霞仿佛是深知病的痛楚似的，她常常忧心忡忡地问养母，她还会再出疹子吗？养母告诉她永远不会了，一个人一辈子只出一次疹子。烟霞便稍稍放了放心，接着又问一个人一辈子还要生什么病？养母说还要换牙，换牙之后再过十年左右还要忍受女孩子要接着的一切。烟霞便有些戚然，仿佛觉得未来的生命太可怕了。有一次家里来了一个磨刀的麻子，烟霞一直躲在暗处不敢出来，事后养母问她这是为什么，她说她怕麻子，那张脸丑极了。养母说这就是因为他小时候出疹子时他家的父母没照应她，见风了，所以才落下一脸麻子。烟霞便深深地感激养母对她的好照顾，不然也会是一脸麻子，那该怎么办呢？所以养母要缝补东西的时候她就先把针线穿好，养母要洗衣服时她便把搓衣板拿来，处处以她力所能及的活儿来表达她对养母的感激，她的懂事也就更加惹人怜爱。然而烟霞仍走不远路，常常是从屋里到门口的十几米路也要跌上一跤，养母便怀疑这是烟霞的生母怀她时营养不良,胎儿发育不好,才骨质松软。但话说回来,烟霞也并不是不能走的,只不过走得虚些罢了,也没什么大惊小怪的,走得晚的孩子多得是,有的孩子六岁才能走,有的孩子十七八岁还尿炕,这事都曾有过,所以烟霞也算不得不正常,养母时常这样宽慰自己。

烟霞在这一年最爱做梦。她常梦见炊烟和晚霞,每当她与养母说她夜里睡觉见到这两样东西时,养母的心都要抖一下,怕烟霞的敏感会使她自己悟出身世,又恐这些来去无踪、行踪飘忽的炊烟和霞光会成为孩子命运的象征,便想着给她换个新名字。然而新名起了许多,总觉不如原来的好,也就不再枉费心机,依然声声地唤着"烟霞"。

五岁:烟霞长得更高了一些。她喜欢和哥哥坐在院子中用小石子玩"天下太平"的游戏。天热的时候,她的脸就被晒得赤红,而且是有些气短,显得格外娇柔。她仍然话少,路走得比以往好一些,但总是走一程就累得气喘吁吁。养母待她越来越好,可养父却总是一副冷冰冰的表情,所以烟霞每次为养父拿鞋或端烟盒的时候都不敢抬头。其实养父并非不喜欢她,只是觉得这是别人的孩子,心中有一种隔阂罢了。夏天的七月八日,全家人都为一家之主的生日而忙活,宰鸡、杀鱼、做长寿面,忙得一团喜气。将要为养父祝寿的时辰,烟霞忽然不见了。一家人便分头去找,后来是养母在公共厕所将她找到了,她躲在里面哭泣,养母问她为什么要这样?烟霞说并没有人告诉她的生日,她还没过过生日,没有哪一个日子家里人为她杀过鸡、宰过鹅。养母听了心酸,知道烟霞日益懂事,怕许多事瞒不过她,所以也就不敢轻易地说出一个日子来诳她,便说是忘了那日子，烟霞便问总会记得是哪一个季节出生的吧？养母告诉她是夏天，并且说她自己完全有资格选择夏天某一个日子给她做生日，烟霞便说既是没有真日子，就不能过假日子。养母更觉戚然，一边挽着烟霞回家一边想着今后不能这样大操大办给家人过生日，那一年的七月八日也就过得虎头蛇尾。

六岁：融雪的某一日黄昏，晚饭刚过，鸡尚未回栏，烟霞沿着院子的栅栏不停地溜达。她已经会走路了，所以不再服用钙片，尽管步态生硬，像驾着两条假腿。她这时已经留长了辫子，分为两根，一左一右地像两根油光光的青藤一样荡悠着，每走一步路，辫子就左右开弓地甩起来，不知在暗中画出多少美丽的花形，但也是闪闪就过去了，她纯纯粹粹地出落成一个女孩子了。她亦步亦趋地朝大门外走去，这时她看见有一条黑狗从门前经过，黑狗的颈上套着一圈宽宽的皮带，皮带上缀着两颗黄色的金属铃铛，狗跑起来的时候铃铛声就清脆而有节奏地响起来。烟霞觉得这狗很美，就站在门口将狗唤住，想好好地逗逗它；然而狗却误认为烟霞要伤害它，就矬着身子主动进攻；烟霞大叫着反身往回跑，被狗抓住时机，在她的小腿肚子上咬了一口。她的腿就像结了一颗草莓，鲜红的血淤满了伤口，烟霞大哭起来，一瘸一拐地往回走，而黑狗发泄完警惕和紧张之后就继续走它的路。

烟霞腿上的血怎么也止不住，她的腿好像已经被上帝带走了。烟霞的养母用了香灰止血无效之后，就用一种止血草，但仍是无济于事，于是有人就提议把那条咬她的狗捉来，剪它身上的毛发来敷，可除了烟霞之外，没人见到那条狗，就把烟霞送进了医院，医生见是被狗咬伤的，也就不很在意，用了些消炎粉和止血膏，然后打发她回家，只在这时血才止了，大家便松下一口气。

烟霞被狗咬伤之后很少出门，她怕见狗，甚至连人都怕。家里若来了客人，她就像蜘蛛一样缩在墙角里，直到生人离去她才惴惴地出来。由于失血过多，她明显地瘦了，而且面色苍白，走起路来文弱极了，话也越来越少，显出十分伤心的样子。春天并不令她高兴，她腿上的伤口好得很慢，养母认为只有性子古怪的人伤口才好得慢。晚上睡觉时养母总要问问她的腿还疼不疼，烟霞每次都回答："快了。"谁也不知道她指的是腿快疼了还是就要不疼了，于是养母再追问一句："快了怎样了？""不怎样。"烟霞倔倔地应答，然后蒙头便睡。养母常常为此而落下泪来，认为不是亲生的，从骨子里来看是隔心的，所以烟霞才跟她有些生。有时也就不免萌生出这样的念头：说不定自己前世造了什么孽，才捡下这个孩子来折磨她。但这种念头只是一闪即过，过后她也很自责，觉得坏女人才会有这样的想法，便时常深更半夜从床上爬起来察看烟霞的被子盖得是否严实了，不然总觉心不安。夏天的时候，烟霞的伤基本好了，但落下了一大块粉红色的疤痕，阳光照在疤痕上，显得十分鲜嫩，烟霞时常坐在毒日头下看着那疤痕，眼神显得迷迷离离的。

七岁：烟霞在这年的一开始就迷上了刺绣。她是看养母绣出的绣品而喜欢上的。那绣品是一件睡袍，白色，上面绣了几朵荷花和许多片荷叶，非常漂亮。据养母说那是她结婚时穿的，是自己为姑娘时专门绣的，现在发胖了，穿不得了，就只好压在箱底里。她还说盼着烟霞快点长大，好挺起这件睡袍，烟霞笑笑，便将睡袍套在身上，几尺布从烟霞的脖颈垂落下来，委实是太大了、太肥了，养母便嬉笑着说上帝快来吧，把我们的烟霞变成一个大姑娘，烟霞也就龇着牙开心地笑几声。既看上了这么好看的图案，烟霞便一定要来学。养母无奈，只好将花撑子和绣针一并找出，掸去花撑子上的尘埃，然后将绣针打打光，然而现今不大时兴绣花了，所以满街买不到花线，幸而还存着几匹，大抵都是缺红少绿的一团黯淡颜色：浅灰、深紫、酱黄等等，现在看来都是过去用剩的那些不稀罕的颜色，可见鲜丽的岁月毕竟是过去了。养母看着这些花线不免生出许多感慨，她觉得是应该让烟霞学学刺绣的时候了。女孩子一学灵秀活儿，身上的巧劲就被调动起来了，会使人变得柔顺和恬静。养母觉得烟霞大了之后是会嫁个好人家的，所以更想教她点手艺，让她更贤惠些。只是线的颜色太老气了些，只能绣些箩筐、乌云、藤条等等的图案，好在烟霞还不嫌弃这些颜色。初学时，养母一边讲着要领一边手把手地教，过了两日，烟霞便能自行掌握了。她做起活儿来一五一十，很刻苦，很认真，但因为不很熟练往往让绣针扎了手指。烟霞的手指每次出现血点的时候，她都情不自禁地想起自己腿上的伤疤，她很担心，她不明白自己的血为什么会这么多。养母见到烟霞的血很难止住的时候，心里也升起种种疑团，后来认为，这完全是私生子的怪癖所导致的，所以也就不放在心上了。而烟霞自己却隐隐地感觉出了什么似的，她常常在捏着绣针的时候呆呆地想着什么，那副可怜相仿佛她一人置身于寒冷的冬季，孤立无援一样。她常常觉得头晕、恶心，有时把绣针看成铁棒，有时又将花撑子当成了一片雪花，她常常眼花缭乱，一种无法言及的绝望笼罩着她。

八岁：烟霞同许多到了这个年龄的孩子一样去上学了。养母给她买了个红书包，本子、铅笔、格尺、橡皮一应俱全，烟霞很满足。她所在的学校离家有半里左右，不算远，养母只要有空便去送她。她害怕狗，一见到狗就吓得不会走路了，所以养母去屠宰场买了几根猪尾巴给她做了吃，因为许多老辈人都迷信猪尾巴可以治胆小。吃猪尾巴的时候，烟霞只是不停地哭，十分不情愿，尾巴根部含在嘴里，梢部却左右摇晃，又可笑又可怜。一根猪尾巴是一道下酒的好菜，可给了烟霞，却如同让她嚼蜡，养父站在旁边不免瘪着苍白的嘴角悻悻然，而烟霞的哥哥们却眼巴巴地站在旁边闻着那股别致的肉香。吃过了猪尾巴，烟霞果然有些不怕狗了，她可以一人独自去学校上学，而且天傍黑时也敢一人在胡同里穿来穿去，显出她从未有过的朝气。她的眼睛似乎是亮了许多。

烟霞的功课并不很好，她学习时好像漫不经心。老师曾对她的养母说，烟霞喜欢坐靠窗的位置，几乎整节课都把眼光投向窗外，读书声并没有给她多大的刺激。她喜欢早到、晚归，课间休息时她支着下巴颏坐在窗前看同学们做游戏，而上课时她却常常请假去上厕所，她似乎并不会利用课间的休息时间。但烟霞做起功课来却很认真，每逢她回到家中，第一件事就是在窗前的松木桌子前坐下，把作业本掏出来，挖空心思地回忆白天学过的内容，然后一丝不苟地做作业。养母怕她累坏了脑子，便整天提醒她到外面溜达溜达去松松脑筋，而且不停地给鸡捉虫子吃，以使它们有情绪和能力多生些蛋来补养烟霞。烟霞记着养母的诸多好处。然而平和的日子没有过多久，这年秋天快尽的时候，烟霞的养父却突然在一次晚饭的黄昏中去世了。那时候烟霞刚好从门外归来，她亲眼看见养父突然间从门里出来被门槛绊倒了，停了许久，养父不曾有动弹的迹象。她便隔着窗子呼唤养母，养母出来时，养父身上的热气正欲散去，烟霞在养母的哭声中知道父亲死了。她一声不吭地走到门口，蹲在门柱下，死也不肯抬头，身子抖抖的，牙齿不停地打战。养父被葬之后，烟霞一连几天没有上学，她总是恹恹思睡，而且厌食，眼见她的两颊凹陷下去了。她对养母说，她不想再上学了，养母也就不逼她，她又安安静静地待在家里了。不过显得极端魂不守舍，纯粹地害怕着什么，似乎什么人会暗中将一把刀插进她心脏似的。冬天来了的时候，烟霞开始不停地咳嗽，手臂上漫起一片针尖般大小的密密的红点，像水面上的无数红嘴鸟，艳得吓人。养母隐隐地觉得心往低处沉，气短，头晕，走路而后怕，她担心家中又会起什么不幸。而烟霞似乎是悟到了自己的身世似的，她常常眼神迷离地问养母："你是怎么把我生出来的？"

九岁：从春天起烟霞就单薄得像张纸片，轻隽得像片云絮。她的眼圈常常发乌，有时连绣针的眼儿都看不真切了。她弃学在家已经好久，她并不留恋上学的日子。窗前永远是她长坐的地方，不到睡觉的时候，她是不肯离开的。她曾在这一年的清明节跟养母一同给养父上坟，除了一座圆圆的坟丘之外，她并不记得养父的模样了。她只依稀记得一个人在某一日黄昏的门槛栽倒了，就再也没有起来。上坟时养母在落泪的时候她就直直地提着一条手绢看着，待养母哭毕，她就把手绢递上去，养母用它擦净了眼泪，然后把手绢留在坟头上了。这一年夏季多雨，雨后常起大雾，烟霞喜欢看雾。有时她在雾中站着，养母便觉得她要消失了，便一声一声凄厉地喊"烟霞、烟霞……"，像招魂似的。烟霞常说："雾来了，妈妈我要走了。"养母的心便哆嗦不停，恐怕这无边无际、无来头的雾会使烟霞陷于劫难之中。养母整日担惊受怕，夜里就噩梦迭出，常常是深夜醒来，觉得满屋的失落。她知道她可能要失去烟霞，而她不能失去烟霞。她便三番五次地领着烟霞去看医生，然而每次走到医院门口烟霞都挣扎着跑回来，她拒绝去见医生，而街上所有见了这孩子的人都觉得她要死去了。她活得飘飘摇摇，大家担心她活不过年了。然而年终于还是晃晃悠悠地走近了，烟霞仍然活着，养母为她做了一套水红色的新衣服，她穿了，显得很柔美。除夕的早晨，她早早地起来，为炉子生起火来，然后到院子中去扫雪，因为除夕前夜降了一场大雪。养母起来时，见烟霞神色怡悦，以为是新年带来了好气象了，便笑着说："今年有好事情了。"烟霞笑笑，觉得有些累，便回去歇息了。子夜时分到来时，远近都是爆竹声，像一张巨大的珠帘子在随风响动，烟霞出来看了会儿天，然后回屋子去吃年夜饭，那一顿她吃了两盘饺子，面色好看极了。饭毕，养母一一地给孩子们分着压岁钱，一边分一边说："你们刚刚都长了一岁，知理了，懂事了，我真高兴。"孩子们一边数钱一边笑，分到烟霞时，她嘻嘻地笑着摇头说："我长大了，不要了。"养母说："你一定要。"烟霞便回答："我收好，上路时买东西。"然后将钱揣在口袋里。"你要去哪里？"养母不安地问，心乱如麻。烟霞的小哥哥都看着烟霞，全都显现出一副舍不得的样子。除夕夜说此绝话养母觉得戚然，便早早地打发孩子们入睡，厨房里才收拾停当，养母便给孩子们铺被，这时烟霞突然倒在窗前，她面色苍黄，继而死灰，呼吸越来越弱，鼻孔像两道泉眼一样不停地向外涌流血液，她的脖颈处一片鲜红。养母知道她寿路已尽，便轻轻地将她抱在怀中，对着她的耳朵说："妈妈喜欢你，你是妈妈生的，用好力气生的。"烟霞努力地点点头，然后微弱地说了一句话。

十岁：烟霞在这一岁说的唯一的最后的一句话是："我十岁了。"说完，她走了。经医生诊断，她死于白血病。就是说，很可能她的生身父母知道她患有此病才将她遗弃的。养母每日思念烟霞，想想一个孩子本来是将死的，她却给了她十年的生命，她有些慰藉。可再一想这个孩子仅仅活了十岁，她便又伤心不已。四个月之后，她神经失常了。她常常披头散发地跑到法院门口大骂："我要控告两个人，他们是我女儿的杀人凶手，他们不该生下她！"所有的人都可怜这个女人的遭遇。于是，有一天，有一对中年男女走进疯女人的家，开始帮助她料理和恢复这个家。他们是这里最有名气的一对医生，据说感情一直很好，就是因为十年前得一女婴，而女婴不幸死于肺炎，所以两人就再也没要孩子。不过，十年前除了从他们嘴中得知那个女婴死了之外，任何人都没有见过女婴的尸体。现实是，有一个叫烟霞的十岁的女孩子睡在一座坟的旁边，那是她父亲身边的坟。她的十年充满了云雾、烟霞、恐惧和美丽。

1991 年

爱情故事

故事之一：红房子

我站在那个春气回荡的日子里，我的背倚靠着泥土和杂草混合而成的土墙，土墙上是让人看厌了的浓厚的晚霞。我就这样站着，屋檐的滴水声传导在我的脚面上，我看见那双包裹着我陈年脚趾的大鞋在慢慢地潮湿起来，新鲜起来。

许多许多的人无声地抬着我亲手建造的那个红房子，踩着那些破碎的摇摆不定的晚霞和晚霞笼罩之下的尘土，像出工一样地朝山上去了。那个美丽得让人落泪的红房子和簇拥着红房子的队伍离我、离我身后的土墙越来越遥远，最后遥远得让我产生一种实在的幻觉：我看见那黑色的队伍变成了一朵乌云，而那个红房子则像一只天堂飞来的红鸟一样凌驾于乌云之上，正向着那片我永远也望不到头的地方飞去。

我倚着土墙，同那房檐流下的春日的融化的雪水同声哭泣了。我那年二十四岁，我的胡须已经阵容整齐地进入了嘴的四周，我从来没有想过已逝的日子是怎样走的，也没有去考虑今后的日子该怎样过。我的手里拥有着斧子、刨子、锯这些寒意袭人而又光华无比的工具，它们占有了我全部的生活和色彩。我的胃从未空虚过，我的骨骼强壮得像七月锋利的阳光，我每天都可以看见一个女孩子隐喻给我的闪闪烁烁的微笑。

　　又有一个人去了。那是半月之前的一个无风的正午，我被队长喊醒后他告诉我说八连死了一个男的，让我赶快起来去打棺材。我起床后头有些晕，我走到外面的时候春风正像野狼一样地嗥叫，声音像瘟疫一样把我抽打得疼痛难忍，我从宿舍走上木匠房的那条路仿佛用了整整半个世纪的时光。

　　我开始为那个死去的男人建造最后的房屋。我把料子下好，用皮尺量过一个人的安眠所应有的大致的共同的长度，然后就坐在窗台前喝着凉白水重温午睡的梦境和一个女孩子的若隐若现的微笑。我的日子大多是这样过的。

　　后来我造好了那座房子，我把夸张的红颜色涂在房子的外表，使它看上去热烈而年轻。然后我想躺在里面试试是否舒服。我就慢吞吞地像秋末一只衰老的虫子一样爬进棺材，并且深深地躺下来。那坚实而逍遥的一躺真让人迷醉极了，我的身心都有一种被解脱的感觉。那个时候已经是子夜时分，四周静寂无声，我的头上悬挂着一盏明亮的电灯，那盏电灯把屋顶的椽子映照得极其分明极有层次。

　　我疲惫极了，起身把灯灭掉，干脆就躺在棺材里打算舒畅地睡上一觉。我把灯关掉后屋子灰暗了好长时间，很久以后我才发现星光零零散散地从窗棂走进屋子。我睡得透彻极了。我多么喜欢这个美丽的红房子。

凌晨时分，许多脚步声踩碎了我的睡眠。我从睡眠中脱落出来。我看见有四个人来抬这个红房子，他们全都是八连的。八连这四个穿着各色衣服的男人像四只站在不同角度的老鹰一样朝我投来恶毒的目光。

他有一米九五的身材，你为什么做这么一个小小的棺材？其中一个个子偏高的人忿忿地骂我。

一米九五?! 一米九五?! 队长他没有告诉我，他只说让我打棺材。

我的心底无限凄凉。我从未想过我的冒失竟要使得一个无畏的生者在死之后还要饱尝一番痛苦，忍受他无法反抗的屈辱。我不知该怎样惩罚自己。

那个正午春风为什么会那样狂热，它把我吹得仿佛要分肢解体。我重新做了一个大大的红房子。我熬红了双眼，手上起了许多紫罗兰色的血泡。

那个一米九五的小伙子终于不用在他最后的房子里屈尊身体了。可我却因工作失职而离开了木匠房。我精心制造的那个像梦的天堂一样可爱的红房子就放在木匠房外的土墙旁边。我们没有什么好景致可看的时候就去那看那座红房子。它看起来十分神秘十分遥远。我们对于它的主人曾做出过千万种绚丽的猜测。

四天之前，一座桥突然坍塌了。那是一座承受力还相当可观的仅有五岁的桥。我们怀疑有人暗中搞破坏，所以从那天开始队长就派人在夜间去守护桥。

她也去护桥了。我们亲眼看见那天傍晚她穿着军大衣背着一杆枪朝桥那儿走去。她路过我们宿舍的时候我的心一下子变得明亮起来，她的脚步声像悠扬的口琴声一样飞进我的胸怀。我们几个跟她开着玩笑，她并不说话，她只是远远地冲我们这堆人送来一个闪闪烁烁的微笑。我们分不清这微笑是送给谁的，因而每个人的心中都很明媚。

　　午夜时刻，有人去换岗，发现她不见了。那件军大衣上留有血迹。凌晨时分，我们分头去山上寻找。在几棵苍黑色的柞树后面，我们突然发现一个黑乎乎的东西。它看上去像个树桩，但又在微微摆动。我们走上去，那正是她。她半跪在那里，脸上大半的肉已经被熊舔完，她的腿猩红得像一堆夏日刚上市的草莓。她的眼睛向下滑着，似乎就要被一阵风或一场微雨所吹掉。我们不敢看她。她见了我们分明一句话也不能说了，她的嘴唇也像初放的花蕾一样被一阵淫雨劫落风尘了。我们把她抬回去后不久她就死了。她没有一句话。她那双眼睛似乎轻轻一触就会落下来。

　　那个红房子被她抢到了。她鲜红鲜红地躺在那里。她那闪闪烁烁的微笑也变成了一团变幻莫测的红光笼罩着我。她和那个八连的大个子男人死在同一个月份，因而大家建议为他们举行合葬仪式。让一个男人和一个女人的灵魂重合，让白骨与白骨互相照耀。

　　我就这样倚着土墙，土墙上的夕照已经杳无声息。那座红房子已经走出我的视野，暮色洒进我的眼睛。她那闪闪烁烁的微笑或许已经在笼罩那个她所陌生的男人了。我看见天地间许多白骨一下子变得年轻起来、灿烂起来，而我的骨骼不知怎的竟像被人鞭打了，变得奇异得苍老。我蹲下身，第一次倾听到自己的哭声。

故事之二：古老童话

　　我走进这个村子的时候，漫天正飞舞着鹅毛大雪。我的周身都留有雪花吻过的痕迹。我觉得异样的寒冷，我看不见这个村庄的任何一个人，哪怕是一只狗或猫也好。我向前走去，我看见一条干净而光滑的雪路辽阔地躺在我面前，雪路两侧栽种着整齐而绵密的桃树，这些桃树像篱笆一样为我隔出前行的道路。

　　我继续向前走，我听不见自己的脚步声。一些平板而单调的黑色的房屋开始出现在我的视野中，那一缕缕清晰悦目的炊烟正从这些黑色的房屋上空直直地升起。

　　雪还在下，我仍旧向前走。这时我忽然听到几声鸟的鸣叫，鸟声让我觉到一股浓重的暖意袭来。鸟声未落，我看见雪路两侧那些整齐的桃树开始脱胎出一群群嫩绿的树芽，接着这些芽开始茂盛地生长，当鸟声消逝的时候我已经看见雪路两侧桃花盛开了。

　　桃花纷纷地像晚霞一样地铺展在雪路两侧了，可雪仍然下得洋洋洒洒。这时候我身上的寒意基本消失，我看见林立的房屋之间有一条斜出的道路，我毫不犹豫地就岔上这条道路，我越往前走发现桃树越稠密，花束缤纷得犹如清脆的驼铃。粉色的花朵与花朵之下的白雪相映成趣。

　　在那条路的尽头，我发现了一座天蓝色的房屋。这个房屋远远望去像水晶宫一样玲珑剔透。房屋呈椭圆形，有一个半月形的拱门，还有两个方形的窗户。那两个窗口明亮极了，明亮得让人怀疑那不是窗口。

我惊喜万分地走进这座房子。房子里面温暖如春，墙壁是奶白色的，墙壁上唯一的装饰是一把剑。我走到这把剑前的时候背后响起了袅袅的脚步声。我回转身，看见一个身材高大的男人穿一身征战服装站在我面前。他胸前的铠甲鳞光闪闪，跳荡出悠久的寒气，他的眼睛透射出一股震人心魄的英气，我被他照耀得心旌摇荡。

他把我抱起来，朝一张床走去。他的步态年轻而活泼，我被他放到床上，我看见他的头颅正向我靠近，他鲜红的唇像雨露一样滋润我的脸颊。我的眼泪浸湿了枕头。我把头枕在他的胸膛上，我疲倦万分。我迷醉地合上眼睛。

夜半，我从睡眠中滑翔出来，忽然发现我的身边躺着一只鼾声大作的老虎。虎皮斑斑驳驳，花纹灿烂，毛发间闪耀着诱人的光泽。我骇然地大叫起来，跑到剑前，把剑摘下来并且退下剑鞘。我带着这柄凛冽的剑朝老虎走去。我把剑猛地刺进老虎的胸膛，虎声长啸，鲜血如注喷射，整个床上红云漫卷。

我走出这座天蓝色的房屋。那个房屋的窗口像眼睛一直盯着我。我反身回顾的时候，看见一个武士打扮的男人英姿勃勃地站在门前，他的身上带着一把长剑。我稍稍迟疑一下，便又朝前走去。

我向前走去。雪花像歌声一样激情地飞扬。道路两侧的桃花依然轰轰烈烈地开放它们的心事。我踩着丰盈的雪花有所戒备地选择着方向。寒意重新回到我身上，我看中了一条窄窄的小路，我走上去，觉得桃花的芬芳像蜜蜂一样的热闹。我看到一个杏黄色的房屋掩映在桃林中间。我慢慢地走到这座房屋前，我没有走进去，我先站在窗前向里面察看。我看到一个瘦弱而清秀的男人盘腿坐在地上，地上长满了茵茵的绿草。他的面前横着一张漆黑的条桌，桌上摆着纸、砚、笔、书等东西。他的头微微垂着，看起来文气浮动、逍遥无比。他的从容和自在引导我走进房屋。我走到他面前盘腿坐下，为他慢慢研墨，他只稍微地漫不经心地看了我一眼，接着又捉笔去写什么了。我就这样陪着他度过了漫长的时光，他始终不肯向我微笑一下。我看见月光从我们窗前流了遍地，桃树正在招引一群一群的小鸟绕着我们的房屋飞旋。

我不知道该陪伴他多久。我眼角的皱纹一天天地丰富起来，我不敢看窗外涌动的春水和春阳。我等待他把所有的墨用光的那一瞬间。

他终于用光了所有的墨。他停住了笔。他开始缓缓地站起。我打着深深的哈欠为他打水洗脸。他一丝不苟地洗着他的脸。后来我出去为他寻找食物，待我抱着几只野果子重新回到房子的时候，他已经吊死在房梁上了。我那时已经没有哭声了，我把他放下来，他落地的一刹那间站成了一株桃树，这株桃树很快在风中开出一大朵硕大的花朵。我把花摘下来，放到怀中，亦步亦趋地朝外面走。这时那张黑色条桌上的诗文正化作一群金色的小鸟飞出房屋。

我向前走，那条路永无尽头。我的头发一天天变得苍白起来，我的皮肤粗糙不堪，我的身体虚弱消瘦。我向前走，远方有那么多的房屋和窗口在向我招手，可我终于走不动了。我走不到那些新异的窗口了。我躺下来，看见雪天的桃花仍然如火地怒放，许多人正朝我来的方向跟跟跄跄地走来，似乎都是走不动的样子。

1989 年

重温草莓

　　母亲的咳嗽惊醒了窗外的树叶。我看见房屋旁边那棵枫桦树的叶子开始下雨般地落在墙头。瓦灰的墙头立刻就淌过一串金色的音符。

　　她卧床已久了。这许多天她的眼睛一直闪现着少女般的梦幻情调。她每天除了有心情吩咐我去坛中给她取一杯草莓酒外，她对我就再没有了多余的语言。我的大学录取通知书和启程日期就压在她的枕下。

　　九月迫在眼前了，我已经听见小鸟遥遥地歌唱了。我不知道她所热恋的草莓酒是否可以在最近的几天使她复苏。她的气色并不难看，她说话的声音也不虚弱，她只不过是像一个爱做梦的女孩子一进入了森林，就忍不住躺下去，睡下去了。

　　我昼夜守护着她。我同她一样依靠坛中的草莓酒去支持着精神和身体。此时夕阳已经消失，秋夜正像涨潮的海水一样漫漫地濡湿了我的脚面。我和她都喝了过量的草莓酒，我们同样微微地醉了。

我来到一条人影幢幢的灰白的路上。我看不到路的尽头，那条路好像没有尽头。那时天非常虚空，我看不见本属黑暗之灵光的星星、月亮之类的东西，闻不到它们金色的肉体所散发的那种欲望的芬芳。我只感觉到我身边有一群一群人蜂拥而过，他们垂着头，走得很有秩序，又一律没有声音，好像一团团云彩在悠闲地流浪。

喂，姑娘，你愣站着干什么？你父亲就在前面的一家酒馆。

有一个人影在路上停顿了一下。他侧身对着我，他的面孔和他的背景一样模糊。他的声音不是经过我的耳膜进入头脑的，他的声音是直接进入我的心脏的，我有一种被刺伤的感觉，一股温暖的痛感涌遍全身，我多想哭。

有雪的日子，炉膛里的火苗总是活跃的。母亲站在锅台那儿烙饼，父亲就像少年一样举个酒盅在旁边说笑着什么。他常常打趣母亲头上越来越多的白发，并且老是调侃母亲年轻时快乐得过于丰满而现在却变得疲倦了的胸脯。我和姊妹们在里屋窗前看雪，常常被他们的笑声搅扰了那平静。母亲通常是提着那个烙饼用的黑黑的锅铲红光满面地走进里屋，动作敏捷地去箱子里折腾她年轻时穿过的那些胸围很大的旧衣裳，硬是把它们套在我和姐姐身上。我们充实而挺拔地使衣裳在我们身上显出吃力的样子时，母亲便像欣赏刚出锅的馒头一样满意地站在旁边看，而当那衣裳的纽扣因为不吃劳苦而"砰"地坠落在地的时候，父亲的笑声就变得格外热情了。

他们骚扰完我们，就形影相随地离开我们。我们又会听见相隔的房间里传来他们温存的、梦呓的、遥远的声音，那种声音像雪花一样柔婉而苍茫。

我要去见父亲了，这是一个多么漫长又多么亲切的念头。它使我的欲望的冲动变得更加明朗。我加入到飞快流动着的没有声音的人流中，我觉得自己的脚步显得格外轻盈和舒展，有一种酒醉后的超然。

曾经有过无数的黑夜，不过那是有星光照耀的黑夜。我守在路口，看着一条细长的山路像蛇一样弯曲着，看着星光碎裂在它身上所隐现出的那些斑斑驳驳的花纹。我在等待父亲归来。只要是很晚很晚的时刻他还未归，他就一定是去酒馆了。酒馆里有他许许多多的朋友。那些人和父亲一样喜欢大着嗓门说话。只要是过了晚饭时辰院落里还没有爸爸的咳嗽声，母亲就早早地沏好一杯浓茶放到窗台上预备给父亲解酒。这个时刻我就会从母亲的眼光中感觉到一种吩咐，我知道我应该去路口等待父亲归来。因为父亲有好几次醉酒迷路。有一次他竟走进了深秋的森林，睡在了一片胖墩墩的蘑菇圈中。第二天，母亲的眼睛因为苦思冥想和担惊受怕而布满血丝的时候，他却穿着背心短裤回来了。他把长裤的裤脚用草扎死，里面装满了蘑菇，然后他让那条长裤骑在他的脖子上，他的胳膊还挽着一个大大的包袱，可以想见他的上衣里也装满了蘑菇，而窗台上隔夜的凉茶也就成为他最喜爱的早餐了。

我走到酒馆的时候父亲还没有到来。我发现酒馆里因为灰暗而显得很温暖。那里没有任何一盏灯，所有的脚步都是无声的。许多似曾相识的面孔正围着一张灰白的桌子自在地喝酒，喝酒也是无声的。

姑娘，你走得太慢了，我已经到了一个时辰了。

坐在我对面的一个影子对我说话。我分辨出这是刚才我踌躇在路上时，指点我来酒馆的那个人。他的面孔虽然与我近在咫尺，但我却觉得格外遥远，因而我分辨不清他的五官。我循着他释放声音的这条长线走下去，在声音的极端发现了一条马鞭，我联想起多年前一个车老板赶着受惊的马经过峡谷的片段。那个时刻峡谷和马车所负载的一切仿佛都断裂了，湮灭了。

他递给我一杯酒。那杯酒在被我接过的一刻曾经燃烧了一下，那种燃烧的光芒使得我周围的身影猝然消失，我看见杯子像是一块透明的骨头，而那里面燃烧的酒，则像鲜血一样红润。但这种光芒很快消失了，我的眼前重新灰暗起来，那些消失的人影又纷纷重现在桌旁。我把杯子放在唇边，我觉得杯子的边缘凉爽而光滑，不像是曾经燃烧的器皿，我倾斜杯子，结果什么也没喝到，那里面分明已经干了。

你的手不要再碰那个杯子，你糟蹋了一杯多么好的草莓酒。

我听到了责怪。责怪附在我的眼角，使那里涌出一片湿意。

我想离开这家酒馆，可我多么盼望一双熟悉的眼睛把我照亮。我必须埋下头，我埋下头的时候忽然觉得一片金色的光芒正徐徐地从我脚下升起，冉冉地爬上我的脖颈，接着，我觉得一双坚实的大手异常温暖地抓住我的手，那种久违的温暖令我战栗。

多年不见了，爸爸多么想你。他用手摩挲着我的头发。

我想说出许多许多积郁已久的情话，可我唯有哽咽。

你是不是有了男朋友，就忘了爸爸了？他开始打趣我，并且召唤别人递来一把椅子放在我旁边。

怎能忘了你……爸爸……我抽泣了。

你母亲好吗？

她好像是病了，已经卧床许久了，她的头发全白了。她仍然习惯于晚上沏好一杯浓茶把它摆在窗台上，然后站在窗前看着我们家的小院。

她为什么不让别人来喝那茶呢？你母亲她是个开朗的人啊。

我想她是在等你回来吧，她一直认为你会回来的。

哦……父亲呻吟着，我看见他的眼泪正滑向脸颊，他的脸颊犹如两片对称的旗帜，辉煌的旗帜，在无风的季节中沉默着。

我预感到父亲要做什么事情。

他拉起我的手，我马上就随着他飘出酒馆。他的手温让我舒畅和惬意。外面的路仍然灰白无比，许许多多的人影在那上面无声地晃动。父亲紧紧地拉着我的手，我被他实实在在地拥有着。

我们越走上前人流也就越寥落，我丧失了所有的方位感。父亲带我走上一条长满头发的柔软的小路。我忽然闻到一股奇异的独特的芳香，这芳香像掌声一样朝我迎面而来，我觉得自己受到了隆重的欢迎。

夏天朝我们越来越近的时候，一股浓浓的森林中的野草莓的气息就袅袅飘来。我和姊妹们在夜晚睡觉的时候也常常敞开窗口，我们闻着草莓的芳香入睡，总要有美妙的好梦出现。

我再也没有发现过世界上有任何女人能像母亲一样地热恋草莓。我家园子的垄台上后来越来越多地涌现出她从山上移植过来的草莓秧。一到草莓成熟的季节，她的脸色和嘴唇就格外红润。只要这个季节里父亲休班，那么他们一定要像热恋中的情人一样双双挽着篮子走进森林，而我和姊妹们则像奸细一样远远地跟踪他们。但他们总是老练地摆脱掉我们，我们常常无奈地望着他们消失在山路的尽头，走向一片绚丽的色彩中。这样的日子如果不到晚霞落尽的时候，他们是绝对不会回来的。

他们回来时头发里就夹满了树叶，母亲的眼神显得格外清亮和温情。她和父亲身上都有一股浓郁的草莓香气，可以想见他们曾在生长草莓的地方躺过的情景。而我和姊妹们一哄而上，抢过他们手中的篮子，把头埋在里面直吃得不知该怎样张口。我们就像疲倦的小狗一样满意地瘫在地上，看着父母忙忙碌碌地为我们操劳晚饭。

你闻到什么香味了吗？

草莓——多么芬芳的草莓！我惊叫。

父亲平静地告诉我，我们分别的这许多年来，他一直独居着种植草莓。每年收获的草莓都被酒馆的老板给包揽了，老板用草莓酿酒，使得酒馆的生意盛况空前。

我告诉父亲，刚才在酒馆里，本来有一杯多么芳香的草莓酒，可是因为我的手接触了杯子，便使得那里燃烧出一片金色的光焰，草莓酒为此付之一炬。

不要伤心，爸爸让你看一看比草莓酒更好看的东西。

父亲突然从我身边消失了。我陷入了无边的黑暗之中。我极目远眺，发现遥远的那一边隐隐浮游出一个不太实际的苍蓝的人体。这人体像大鹏鸟一样张着手臂朝生长草莓的地方飞翔过来，并且那苍蓝的色调正徐徐地变得亮堂起来。我很快察觉苍蓝已经被几条灿烂的金线所缠绕，勃发出一片幽深而神秘的色调。接着，人体离我越来越近，我突然发现那人体的姿态酷似父亲年轻时在原野上奔跑时的一张照片的情景。我正惊诧着，那人体却猝然破碎，我被一片浓烈的金色刺疼了双眼。我看见人体已经组合成一个巨大的球体，这球体像太阳一样明亮。我的眼前展现出一大片鲜明的草莓，那些草莓果实充盈，硕大无比，此起彼伏地依靠在一起，犹如一望无际的镶嵌着红色玛瑙的沙地。我感觉到无数颗草莓正光着圆圆的脑袋醉态十足地飘进我的心扉，我躺倒在这片草莓地上，我感觉到芳香正透过我的脊背爬上我的胸脯，我的头发正飘扬着这最后一季的美酒醇香。此时那碧绿的草莓秧，也因这如潮汹涌的金色而明丽得如一顶顶金灿灿的草帽。

我感觉肉体已经被融化，我知道永恒正沿着眉梢爬上我的额头。

母亲常常对我说，金色的小鸟就要一群一群地出现了。山的那一边雪也要化尽了，金色的小鸟就要一群一群地来我们的房屋唱歌了。母亲还对我说，那些金色的落叶爬满墙头的时候，你父亲就会来开我们的屋门。屋门不上锁，从你父亲走后就一直不上锁，这样他回来时多么方便。

我此刻多想把母亲的情话转达给这一片嘹亮地生长草莓的地方，可我发现金光正一缕缕返回天际，那一片生动的草莓也由橙红转为深紫。

我重新为灰暗所笼罩。

我寻不见父亲，但我在隐隐约约、若有所失地走回酒馆。

那些影子还在围着桌子喝酒。我重新坐在椅子上，我找不见父亲，但我发现刚才父亲唤人搬来的那把椅子正依靠着我。

坐在我对面的那个为我所熟悉的声音说：你父亲他自己刚才把自己一年的收成都糟蹋了。那是一片多么好的草莓园啊。

我不知道他说的是什么意思。我只知道父亲消失后，我曾经看到过一片从未见过的草莓园，金灿灿的草莓园。

你父亲为了让你看那片园子，他释放了他身上所有的光亮，熟透的草莓一见光就会腐烂。那个影子提示我。

父亲常说，草根腐烂的地方最容易长蘑菇。有一年我们全家在野猪经常出没的地方找到了一片像星星一样稠密的蘑菇，这些蘑菇把我们家一冬的腌菜都解决了。我从那时起就对"腐烂"怀有莫名的温情。

草莓腐烂之后，便也有了美酒了吧。我说。

美酒……哦，我不去想受伤的父亲，却只念着美酒。

父亲怎么会受伤，但父亲却实在地消失了。

灯光从屋子里消失后，有很长时间我的眼睛都不习惯于黑暗。这时候我能清晰地分辨出蚊子叫嚷的方向。蚊子通常是先从烫印着星光的窗棂上飞起，然后嗡嗡地叫着穿过屋内空地，热闹非凡地飞到我们睡觉的地方。蚊子的叫声在父母合用的被窝那儿停留的时间并不长，因为他们老是窸窸窣窣地动着，使蚊子很难大胆地在他们身上落脚，这样，倒霉的便是我和姊妹了。我们常常被蚊子叮得咿咿呀呀怪叫，父母听到我们的怪叫声便会骂：该死的蚊子，还不快滚开！这时我便要吵着开灯，因为蚊子在黑暗中是很难捉到的，蚊子惧怕光明。

但父母总是慌张地命令我不许开灯，他们说习惯于黑暗之后再重见光明是一件极其痛苦的事情。我便趁机讲条件，让他们为我讲一个故事，他们心不在焉地答应着，并且心不在焉地讲着子虚乌有的故事，红的讲成了白的，扁的说成了圆的，直把我听得晕晕乎乎，在糊涂中沉沉入睡。

我现在已经习惯于黑暗，我也习惯于在黑暗中产生芳香的睡眠。我又在芳香的睡眠中重温了那片灿烂的草莓园，并且觉得五脏六腑都被软绵绵地浸在酒中。我看见瓦灰的墙头上爬满了金色的落叶，落叶上有脚印的痕迹，因而风中的黄叶发出疼痛的叫声。我看见家中窗台上那杯预备醒酒的凉茶已经不再古老。

我感觉我旁边的那把椅子微微动了一下，接着我听到了父亲的声音。我循着声音望去，我只看到一个影子的大致轮廓。那个轮廓虽然朦胧，但又为我所熟悉。

我听别人说，你最近要外出上学，你能告诉爸爸你去上什么学吗？

爸爸，我要去上大学，可母亲却在病中，我在犹豫是否该去如期报到……

我突然听到了一声梦呓般的满足的叫声，接着我发现那影子的轮廓裹着一团白气袅袅地消失了。我旁边的椅子在疼痛中颤动不已。酒桌上那些喝酒的人影纷纷消失，只是有一个声音在重现：你不要去追你的父亲，他一生从未上过大学，他听说你上了大学了，所以他就出去哭去了……

我的脸颊湿漉漉的，像是感染了盛夏清晨的露水，那清新和滋润鲜明极了。

母亲的叫声把我拉入另一种境界。她平静地躺在床上，她的头发银白皎洁，好像枕头那儿落着一片雪花。她在问询我墙头上的金色落叶是否落着脚印。我跑出屋子，在初秋的月下察看墙头，我发现了熟悉的脚印。我跑回屋子，告诉她脚印已经留在墙头，并且院落里也脚印重重。母亲微微地笑了，她告诉我说你父亲回来了。

她微妙地咳嗽了一声，我刚要为她捶背，她却示意我打开窗户。

我打开窗户，我感觉有微风袭来，母亲说：你要好好看家，饿了就学会自己做饭，我和你爸爸去山上采草莓去了。

我听见遥远的森林中传来了草莓那猩红的果实纷纷坠地的声音，接着，我们从这个敞开的窗口闻到了一股像鲜血一样醒目的草莓气息，母亲就伴着这气息去漫游遥远的森林了。

我用草莓酒为她最后一次洗了脸面，然后我用一块宁静的白布把她裹好。我一个人坐在门上，看苍天上那轮永恒的月亮。

金色的小鸟就要 群 群地飞来了，一群一群地飞来了。

1989 年

图书在版编目（CIP）数据

最短的白日 / 迟子建著 .—北京：作家出版社，2022.9（2025.4重印）
（迟子建作品）
ISBN 978-7-5212-1799-5

Ⅰ.①最… Ⅱ.①迟… Ⅲ.①短篇小说—小说集—中国—当
代 Ⅳ.① I247.7

中国版本图书馆 CIP 数据核字（2022）第 014824 号

最短的白日

作　　者：迟子建
责任编辑：省登宇　周李立
装帧设计：好谢翔
出版发行：作家出版社有限公司
社　　址：北京农展馆南里 10 号　　邮　　编：100125
电话传真：86-10-65067186（发行中心及邮购部）
　　　　　86-10-65004079（总编室）
E-mail:zuojia @ zuojia.net.cn
http://www.ZUOJIACHUBANSHE.COM
印　　刷：北京盛通印刷股份有限公司
成品尺寸：145×210
字　　数：170 千
印　　张：7.625
印　　数：13001—16000
版　　次：2022 年 9 月第 1 版
印　　次：2025 年 4 月第 3 次印刷
ISBN 978-7-5212-1799-5
定　　价：49.80 元（精）